BJÖRN KERN

SO LI KAN TE SO LO

ROMAN

FISCHER

Aus Verantwortung für die Umwelt hat sich der S. Fischer Verlag zu einer nachhaltigen Buchproduktion verpflichtet. Der bewusste Umgang mit unseren Ressourcen, der Schutz unseres Klimas und der Natur gehören zu unseren obersten Unternehmenszielen.

Gemeinsam mit unseren Partnern und Lieferanten setzen wir uns für eine klimaneutrale Buchproduktion ein, die den Erwerb von Klimazertifikaten zur Kompensation des CO_2-Ausstoßes einschließt.

Weitere Informationen finden Sie unter: www.klimaneutralerverlag.de

Originalausgabe

Erschienen bei FISCHER Taschenbuch
Frankfurt am Main, April 2021

© 2021 S. Fischer Verlag GmbH,
Hedderichstraße 114, D-60596 Frankfurt am Main

Umschlaggestaltung: Andrea Janas
Umschlagabbildung: Martin Rügner / Getty Images
Satz: Pinkuin Satz und Datentechnik, Berlin
Druck und Bindung: CPI books GmbH, Leck
Printed in Germany
ISBN 978-3-596-70089-9

Für S.

ERSTES KAPITEL

1.

Seit ihrer Trennung war Ruth vor allem eines: in Eile. Auch jetzt war sie wieder eine halbe Stunde zu spät. Es regnete, sie stand an der Ampel und ließ sich nassspritzen von den Taxen, die beinahe im Sekundentakt über die Potsdamer Straße rauschten, doch keines hielt an. Die Taxischilder auf den Dächern der Limousinen waren ausgeschaltet, die Rückbänke alle schon besetzt.

Auf der anderen Straßenseite standen zwei Prostituierte, die sie vom Sehen kannte, sie strahlten eine Gelassenheit aus, um die Ruth sie beneidete. Als ein Doppeldecker der *BVG* direkt vor ihr vorbeifuhr und eine Wolke warmer Dieselluft unter ihren Filzmantel kroch, ging sie einen Schritt zurück und hielt unwillkürlich die Luft an. Nun fing sie auch schon so an. Sie suchte ihr Handy. In der Manteltasche. In der Hosentasche. Fand es zu ihrer eigenen Überraschung in der Brusttasche ihrer Bluse.

»Kate? Du, ich noch mal, die halbe Stunde reicht mir nicht. Es wird noch später. Kauf doch einfach schon mal die Karten, ja? Ich lad dich dann ein.«
»Ich dachte, Carlotte wär jetzt endlich da?«, sagte Kate.
»Ist sie ja auch. Aber ich krieg einfach kein Taxi.«
»Kein Wunder, bei dem Regen.«
»Da, endlich. Ich muss auflegen. Und, Kate? Es tut mir leid.«

Im Taxi wischte sie sich den Regen aus dem Gesicht und aus den Augen, schminkte den eben erst aufgetragenen Lidstrich ab und zog ihn neu nach, der Fahrer immerhin ließ sie in Ruhe.

Sie hatte Kate schon bei ihrem letzten Treffen warten lassen und sie bei ihrem vorletzten sogar versetzt. Es war nicht ihre Schuld, dass die beste Babysitterin, die sie finden konnte, zugleich die unzuverlässigste war. Sobald Carlotte in der Wohnung war, konnte Ruth entspannen. Dann nahm Carlotte die Kleine auf den Schoß und balgte und schmuste mit ihr und las ihr vor, bis sie schlief. Aber bis sie mal da war? Kurznachricht über Kurznachricht. Anrufe. Absagen. Absagen der Absagen. Und immer alles in letzter Minute.

Sie zahlte den Fahrer mit einem Schein, ohne sich das Restgeld herausgeben zu lassen, und lief ins *Babylon*, den Arm als Regenschutz vor das Gesicht gelegt. Das Foyer war menschenleer, ein ungewohnter Anblick, wo sich sonst die Menschenschlangen vom Kartenschalter zum Biertresen schoben und von dort weiter in den Kinosaal. Inmitten der Leere, an einem einzelnen Bistrotisch, saß Kate.

Sie winkte mit zwei Abreißkarten.

»Der Film hat vor zwanzig Minuten angefangen«, sagte sie zur Begrüßung. Sie sah dünn aus. Ihr Haar war in eine aufwändige Hochsteckfrisur gezwängt.
»Lassen sie uns nicht mehr rein? Es tut mir leid, Kate.«
»Doch, schon, aber es ist ein Almodóvar.«
»Kate, es tut mir leid. Was soll das heißen, ein Almodóvar?«
»Das ist Kunst, verstehst du, das guck ich doch nicht ab Minute fünfundzwanzig. Das ist kein Tatort.«

»Kate. Nun sei doch nicht so. Lass uns rein. Bitte. Und danach lad ich dich zu einem Pernod ein. Wie früher, ja?«
»Nein. Wir sind zu spät. Also, du. Aber gib mir jetzt bloß kein Geld für die Karten.«

Sie gingen dann nach nebenan, in die *Teufelsbar*, in deren Fensterfront sich die Kerzen zu immer wilder wuchernden Wachsbergen auftürmten. Die Scheiben selbst waren beschlagen, ein leichter Alkoholgeruch schlug ihnen entgegen, als sie das Halbdunkel betraten.

»Fenster oder Tresen?«
»Scheint mir eher ein Tresenabend zu werden.«
»Pernod?«
»Doppelt, ja.«

Sie bestellte und nahm Kate den nassen Mantel ab und hängte ihn an den Garderobenständer, fragte, ob Kate etwas essen wolle, sie lehnte ab, Ruth bestellte Oliven, wenigstens das.

»Sind bio«, sagte der Barmann, als er das Schälchen vor ihnen abstellte.
»Das ist mir so was von egal«, sagte Ruth.

Sie aß. Die Oliven schmeckten ranzig, was sie in ihrem Urteil über korrekt erzeugte Lebensmittel bestätigte. Wie sollte etwas frisch sein, wenn es so fürchterlich korrekt war? Da entschied sie sich lieber für inkorrekt und frisch. Korrekt und ranzig hatte sie in ihrer Ehe lange genug gehabt.

»Ich bin von der Praxis direkt zur Kita und von der Kita zu *Netto*, und an der Kasse hat Sisal dann einen Heulkrampf bekommen, weil wir die Cornflakes vergessen hatten. Hinter uns eine Riesenschlange. Am Ende hab ich gezahlt und mich noch mal angestellt für die Cornflakes, zu Hause hab ich dann Essen gemacht für Sisal, und dann hat auch noch Jann angerufen, und –«

»Ich hab ihn neulich auf *Radio Eins* gehört.«

»Mit der Stelle, wo er lallt?«, fragte Ruth.

»Nein, die haben sie rausgeschnitten. Er kam eigentlich ganz sympathisch rüber.«

»Ja. Weil's ne Wiederholung war. Von früher.«

Ruth überlegte, ob Kate absichtlich keine von den Oliven aß. Was wollte sie ihr damit sagen?

Kate sah sie nicht einmal mehr an.

»Und sonst, Sisal? Kann schon lesen?«

»Ich wollte heute eigentlich nicht von Sisal reden«, sagte Ruth.

»Du willst von nichts anderem reden. Nun sag schon, liest sie? Goethe? Heidegger?«

»Kate, hör auf damit. Lass uns einfach Pernod trinken.«

»Ich mag sie trotzdem. Ist ja nicht ihre Schuld.«

»Nicht ihre Schuld, dass sie so eine schreckliche Mutter hat?«

»Das wird doch heute nichts mehr, Ruth. Ruf mich an, wenn du mal einen Abend lang Zeit hast. Zeit haben? Zuhören? Weißt du noch, was das ist?«

»Kate, bleib. Wenn du jetzt aufstehst!«

»Dann was? Dann war's das? Weißt du was? Seit du da raus bist, in dieses fürchterliche Oderkaff, war's das doch längst. Seit du mit Jann bist. Mit Sisal oder Nichtsisal hat das alles gar nichts zu tun. Verstehst du? Ich brauche kein Kind!«

Sie wusste nicht, ob der türkische Barmann sie belauscht und sich beeilt hatte, oder ob es ein Zufall war, jedenfalls standen im nächsten Moment zwei doppelte Pernods vor ihnen, in den schönen Originalgläsern, mit Eiswürfeln und einer beschlagenen Karaffe kalten Wassers. Der Anisduft stieg ihr sofort in die Nase, stieg auch Kate sofort in die Nase, sie verharrte, bereits im Stehen, musterte den Pernod, musterte ihre beste Freundin, lächelte, musste einfach lächeln, setzte sich und stieß mit Ruth an. Ruth atmete durch. Wenn sie auch Kate noch verlor, war sie am Ende.

»Wie geht es denn dir?«, fragte sie. Da fing Kates Kinn auf einmal so seltsam an zu zittern, Tränen stiegen ihr in die Augen. Ruth beugte sich zu ihr, wollte sie in den Arm nehmen, doch da klingelte ihr Telefon.

Carlotte. Mist.

»Tut mir leid. Muss ich ran. – Ja? Carlotte?«
»Sie hat sich im Bett übergeben. Es ist alles braun. Die Laken, das Kissen. Es tut mir leid, aber sie will dich sehen.«

Ruth blickte Kate an, die sich die Tränen aus den Augen wischte, und sagte in den Hörer, sagte Kate ins Gesicht:

»Ist gut. Ich bin in einer halben Stunde bei euch.«
»Wär besser«, sagte Carlotte. »Sie sagt, sie hat den ganzen Abend nur Eis gegessen? Stimmt das? Eis zum Abendessen?«

Ruth legte auf.

»Sag nichts jetzt«, sagte Kate. »Sag jetzt einfach mal nichts.«

Später am selben Abend war Ruth schließlich in Sisals Armen eingeschlafen. Und Sisal in ihren. Sie hatte den warmen, kleinen Schlafatem des Kindes auf ihrer Wange gespürt, die nachtschlaffen Fingerchen in ihrer Hand, und sie hatte sie angeschaut, immer nur angeschaut, die geschlossenen Augen mit den feinen Wimpern, den blassen Mund. Sobald sie zu Hause angekommen war, hatte sich Sisals Übelkeit in Luft aufgelöst und war durch den Schornstein geflogen.

»Geht das denn?«
»Was denn, mein Bienchen?«
»Dass Bauchweh fliegt?«
»Hast du denn noch Bauchweh?«
»Nein.«
»Na, dann ist es wohl weggeflogen.«
»Aber wir haben gar keinen Schornstein. Nur Papa hat einen.«
»Dann ist es eben durch das Fenster geschlüpft.«
»Obwohl es zu ist?«
»So ein bisschen Bauchweh, das passt schon noch durch.«

Sie fürchtete sich schon heute vor dem Tag, an dem ein Einschlafen mit Sisal nicht mehr möglich war. An dem sich Sisals junge Glieder nicht mehr willfährig mit den ihren verflechten ließen. Immerhin war Sisal ein Mädchen. Das würde den Tag hinauszögern. Doch eines Tages würde auch Sisal sagen: »Mama, das ist peinlich.« Oder gleich: »Mama, du stinkst.« Sie wusste nicht, wann sie das letzte Mal ohne ihre Tochter entspannt eingeschlafen war. Wenn Sisal bei Jann war, konnte Ruth gar nicht schlafen, sondern guckte sich müde. *Netflix*. Die Mediatheken. Sie entspannte dann nicht, sondern erstarrte und dämmerte irgendwann weg, während *Netflix* in zehn, neun, acht Sekunden von allein die nächste Folge vor ihren geschlossenen Lidern abspielte.

Als die Weckfunktion des Handys sie aus dem Schlaf riss, lag kein Kleinkind neben ihr im Bett, sondern ein kleiner, warmer Stein. Komplett bewegungslos. Wecken unmöglich. Sie rollte auf Sisals Seite hinüber, auf Janns Seite, wie sie sie immer noch nannte, und nahm Sisal fest in den Arm. Keine Reaktion. Sie streichelte ihr die langen, blonden Haare aus der Stirn. Leichtes Nasekräuseln. Sie küsste Sisal auf den Mund. Energisches Wegdrehen des Kopfes, Embryohaltung.

»Binnomüde.«
»Guten Morgen, mein Bienchen.«
»Nobisschenschlafn.«
»Wir müssen aufstehen. Die Kita.«
»Mh-mh.«

Das Handy klingelte ein zweites Mal. Schon zehn Minuten weg. Zehn Minuten von einem entspannten Morgen mit ihrer Tochter. Sie beugte sich über Sisal und blies ihr sanft über das Gesicht. Stirnkräuseln. Ein leichtes Kinderschnarchen. Dann summte sie Sisal ins Ohr. Sisal zerrte an ihrer Bettdecke und verschanzte sich darunter, parierte den morgendlichen Angriff durch erneutes Totstellen.

Mist, schon Viertel nach. Sie wusste, wie das endete. Mit Tränen. Oder Geschrei. Sie hatte keine Lust mehr, die Organisierte, die Genaue, die Strenge zu sein, nur weil Jann an den wenigen Tagen, die er seine Tochter noch sah, alle Regeln für abgeschafft erklärte. Aufstehen? Warum nicht liegen bleiben. Ins Bett gehen? Warum nicht aufbleiben. Dreimal am Tag Nudeln mit roter Sauce? Warum nicht. Dreizehn Folgen *Benjamin Blümchen* hintereinander? Wo ist das Problem.

Es war einfach, der ruhige, der verständnisvolle Papi zu sein, wenn man sein Kind kaum noch sah. Seit dem Sommer füllte Jann eher die Rolle des Großvaters aus, der seiner Enkelin hin und wieder Schokolade zusteckte, wenn die Mutter gerade nicht hinsah.

Sie fasste einen Entschluss. Ihr fehlte die Kraft, ihre Tochter erneut durch alle ermüdenden Morgenabläufe zu schleusen, durch Zähne putzen und Spängchen suchen, durch Milch austrinken und Brot nicht aufessen. Heute setzte sie einfach mal aus. Wählte den Exitplan.

»Komm, Bienchen, heut frühstücken wir draußen. Im Café!«

»—«

»Du kriegst einen Kakao. Und eine Müslistange, die magst du doch so.«

»—«

»Freust du dich? Komm, wir gehen los!«

»—«

Sie trug Sisal schlafend ins Bad und setzte sie auf die Toilette, stützte sie, damit sie nicht herunterfiel, und hoffte, dass zumindest ihr vegetatives Nervensystem ansprang, Gleichgewicht, Blasenentleerung, und Sisal dadurch in einen annähernd der Wachheit entsprechenden Zustand fand. Doch keine Chance. Sisal sackte immer wieder zur Seite. Drohte von der Klobrille zu sinken. Und schnarchte leise.

Zwanzig Minuten später standen sie endlich unten in der Potse vor der Ampel, Sisal noch immer in einem tranceähnlichen Zustand, immerhin war sie die vier Stockwerke nach unten selbst gegangen, hatte brav einen Fuß vor den nächsten gesetzt. Die

Fußgängerampel stand noch immer auf Rot, der morgendliche Berufsverkehr rollte langsam in beide Richtungen, darüber ein leichter, feiner Regen, beinahe Nebel, der dem Verkehr eine beruhigende, stille Haube gab.

»Was machst du denn da, Bienchen?«
»Papa hat gesagt, man soll das nicht atmen.«
»Lass den Quatsch, Sisal. Nimm sofort den Pulli wieder runter. Man muss nicht durch einen Pulli atmen.«
»Auch nicht, wenn man an einer Ampel steht?«
»Auch nicht, wenn man an einer Ampel steht.«
»Aber es stinkt.«

Es stank tatsächlich. Verdammt nochmal, ja, es stank. Aber wie lange atmeten sie das? Eine Minute? Zwei? Sie ließ sich nicht einreden, sie sei eine schlechte Mutter, nur weil ihr Kind in einer deutschen Großstadt eine Minute an einer Verkehrsampel stand.

Jann hatte so viel kaputtgemacht, mehr, als ihm eigentlich bewusst war. Er hatte sie von innen ausgehöhlt, wie es die Tumore taten, vor denen er solche Angst hatte. Wenn sie von etwas krank wurde, dann von ihm, von der ewigen Grübelei, von der schlechten Laune, von seinem beständigen Leid an dieser bösen Welt. Das bisschen Ruß, das da vor ihr aus dem Auspuff einer Kehrmaschine drang, war dagegen absolut zu vernachlässigen.

Die türkische Bäckerin begrüßte sie wie eine Freundin. Sie mochte das. Diese unkomplizierte Herzlichkeit. Morgens angelächelt werden, auch wenn man nur eine ganz gewöhnliche Kundin war. Das kannte sie nur von den Türken. Keine deutsche Frau, mit der sie nicht befreundet war, lächelte sie morgens um diese Uhrzeit an.

»Einen Kakao und einen Kaffee, bitte.«
»Kakao kalt oder warm?«
Sie sah auf die Uhr, die über dem Verkaufstresen hing.
»Kalt, bitte.«
»Nein, warm«, sagte Sisal.
»Wir sind spät dran. Wir haben getrödelt.«
»Ist ganz schnell«, sagte die Bäckerin.

Sie nahm sich vor, bei der nächsten Gelegenheit nachzufragen, wie die Bäckerin eigentlich hieß. Sie setzten sich an den kleinen Bistrotisch in der Ecke vor dem Kühlregal, in dem Milch und Butter auslagen, Käsescheiben und alkoholfreie Getränke. Ein richtiger Morgenladen war das. Kein Alkohol, keine Zigaretten. Irgendwie auch mal nett.

»Ich dachte, ich krieg eine Müslistange«, sagte Sisal.
»Ach, ja, und noch eine Müslistange, bitte.«
»Leider«, sagte die Bäckerin.

Sie musste schmunzeln. Ein Glück, dass Jann nicht neben ihr stand. Der hätte den Satz allen Ernstes richtiggestellt. »Ist leider aus.« Oder: »Haben wir leider nicht mehr.« Natürlich hatte er recht. Aber was um alles in der Welt war daran so wichtig? Ihr war eine freundliche, türkische Verkäuferin mit kreativen Deutschkenntnissen lieber als die muffige Berlinerin vom *Netto*, die auch kein Deutsch konnte, sondern »Hamwa nich« murmelte und dabei den Blick nicht von ihren rosa Fingernägeln nahm. Zugegeben: Rosa lackierte Fingernägel hatte die türkische Bäckerin auch.

»Kein Problem. Dann ein Simit, bitte.«
»Kommt es sofort.«

Das war doch schön, dass Sisal schon mit fünf wusste, was ein Simit war. Sie selbst hatte es erst mit dreißig gelernt. Sisal mochte Simits. Und die Sesamkörner trugen sicher zu einer morgendlichen Grundversorgung an Mineralstoffen bei. Dazu das Calcium im Kakao. Das bisschen Zucker, geschenkt. Sie wollte nur das Beste für ihr Kind, ihm alles anbieten, ihm alles ermöglichen, ihm alle Wege öffnen.

Sie wollte es bunt haben für ihr Kind und es niemals der Enge aussetzen, die sie selbst erlebt hatte, in ihrem Tal in der Eifel. Wenn Sisal sich später entscheiden sollte, in der Provinz zu leben, auch in Ordnung. Aber bis dahin sollte sie das andere Leben wenigstens kennengelernt haben. Die Dreadlocks und Graffiti. Den sudanesischen Imbiss und den Ramadan. Die Bongos im Kleistpark und die Einradfahrer. Die melancholischen Banjospieler in der U-Bahn und den Berber, der ihr vorm *Netto* stets das Fahrrad hielt, wenn sie die Einkäufe darauf hievte. Das Hammelgrillen und Fastenbrechen. Den Wasserpfeifengeruch, der aus den türkischen Kaffees herausdrang, und die rund um die Uhr feiernden Touristen.

Die fein zurechtgemachten Punks und die etwas verwahrlosten Omas, die mit ihren Pudeln sprachen. Den Eckladen, in dem man nicht rauchen durfte und in dem alle rauchten. Die Boulespieler, die billigen französischen Rotwein tetrapakweise leerten und als Alibi hin und wieder eine der schweren Eisenkugeln vor ihre Füße fallen ließen. Die stolz Tätowierten, die aus ihren Gesichtern, Armen, Nacken und Rücken Kunstwerke machten, die niemals fertig wurden.

Den Inder, der im Kleistpark sein Papadam verkaufte, »Papa-Papa-Papa-Papadam!«, »Papa-Papa-Papadam!« Die Sintifamilien, die in aller Öffentlichkeit kochten und zankten, liebten und schliefen. Die jungen Modestudentinnen in ihren Stiefeln und schräg geschnittenen Mänteln. Den kleinwüchsigen, armenischen Friseur, der den Bürgersteig vor seinem Laden dreimal am Tag fegte.

Die Gewürzläden mit den soukähnlich aufgetürmten Auslagen, mit Safran und Kümmel und Kardamom, mit Minze und Chili und Paprikapulver. Die Ladengeschäfte mit dem *Turkish delight*, den gerösteten Mandeln und Dattelbällchen und Aprikosenkugeln mit Pekannuss. Der türkische Honig zum britischen Breakfast in der französischen Bäckerei. Die Saftpressen auf dem Bürgersteig, Orange, Apfel, Karotte oder auch Rote Beete, Kohlrabi, Ingwer, mit oder ohne einem Schuss Olivenöl. Die Souterrainpizzerien, die auf den Bürgersteig hochdufteten, betrieben von Ägyptern, die alle deutschen Arbeitslosen, die sich als Muslime ausgaben, umsonst bedienten. Das Coffee-Bike auf dem Mittwochsmarkt mit seinen Obstauslagen und Gemüsestiegen. Die Frisbeespieler. Die Jongleure. Die Bauchtänzerinnen.

Die wohlerzogenen Dealer, die jeden, der ein Kind an der Hand führte, nicht nur in Ruhe ließen, sondern freundlich grüßten. Die Geschäftsleute, die den ganzen Tag rannten, und dann, am Abend, wenn sie sich umsahen im Kiez, ihre Krawatten, ihre Blusen lockerten und so bewusst ihren Gang verlangsamten, dass es aussah, als würden sie bremsen. Die Kinder mit den zwei Vätern, die Mütter mit den zwei Männern. Die einsamen Alten mit ihren Gebetsketten, die einsamen Jungen mit ihren Handys. Die Spontanpartys vorm Spätkauf.

Die türkischen und die arabischen Eltern in der Kita. Die kroatisch-russischen Eltern. Die norwegisch-kirgisischen Eltern. Die französisch-peruanischen Eltern. Das Zuckerfest und Ostern.

Chanukka und das Kirschblütenfest. Das Opferfest und die Fête de la musique. All das feierten sie in Sisals Kita, all das kannte sie schon. Die Frauen mit Kopftuch und die Männer im Wickelrock, auch die nickte sie ganz gelassen ab, wie auch die beinahe anrührende Tatsache, dass all das Platz hatte in dieser großartigen, lebendigen Stadt.

Nichts erschien Sisal seltsam, auf nichts reagierte sie mit einem »Guck mal, was ist denn mit dem los?« Für Sisal war es normal, dass alle anders waren. Darauf war Ruth, die Sisal diese Freiheit überhaupt erst ermöglicht hatte, stolz. Zu sagen, dass man das Andere nicht ablehne, war einfach. Das Andere tatsächlich nicht abzulehnen war dagegen schwer.

Sie dachte an Sisals Vater. Was, wenn Jann irrte? Wenn seine ewigen Messungen schlicht nicht stimmten, denen er, ausgerechnet er, verfallen war wie einer unantastbaren Gottheit, einer heiligen Größe, einem Absolutum, das er doch eigentlich gestürzt zu haben glaubte, oder nicht?

Mister Aufklärung schien auf einmal gläubig geworden zu sein. Mister »multiple Perspektive«. Mister »von unten betrachtet ist der Kegel aber ein Kreis«. Auf einmal hatte nichts mehr einen doppelten Boden. Auf einmal gab es wieder richtig und falsch, in seinem Leben. Drinnen und draußen. Stadt und Land. Türkisch und deutsch. Ruth verstand ihn nicht. Ja, die Welt war unübersichtlich geworden. Aber sie wurde doch nicht übersichtlich, indem man in ein Dorf zog. Dort bekam man keinen Überblick, dort blendete man aus. Darum ging es doch am Ende. Ums Ausblenden. Ums Ordnen. Um ein schales bisschen mehr Übersicht. Um einen Schutzraum. Und nicht, wie Jann behauptete, um reine Luft für ihr Kind.

Mikrogramm pro Kubikmeter.
Brüssel. WHO. Grenzwert.
Altlasten. Asbest. Bodenproben.
Sie konnte es nicht mehr hören.

Aber wo blieb denn nun der Kakao? Sie sah auf die Uhr über dem Verkaufstresen. Viertel nach acht. Punkt halb neun würde ein Schild an der geschlossenen Kitatür hängen »Morgenkreis. Bitte nicht stören!« Eltern, die zu spät kamen, durften ihr Kind dann erst wieder um neun bringen. Abliefern, wie Jann gesagt hätte. Verdammt nochmal, was war nur los heute Morgen? Konnte sie nicht einen einzigen Gedanken fassen, in dem Jann nicht vorkam? Wenn sie den Morgenkreis verpasste, wäre sie erst um halb zehn in der Praxis. Ganz schlecht. Denn heute kam Roland F., ein nicht ganz einfacher Klient. Danach war Teamsitzung. Danach eine Supervision. Und sie befand sich noch immer in der Probezeit.

»Entschuldigung? Entschuldigung!«
»Ja, bitte?«
»Haben Sie den Kakao schon gemacht, sonst würd ich den lieber abbestellen. Wir müssen leider los!«
»Gleich fertig. Die Milch muss noch warm!«
»Nein, das geht nicht. Wir müssen sofort los. Leider.«
»Ohne Kakao geh ich nicht in die Kita«, sagte Sisal.
»Können wir ihn vielleicht mitnehmen?«
»Zum Mitnehmen? Aber gern.«

Sie bat die Bäckerin, auf den heißen Kakao kalte Milch zu gießen, damit er wieder kalt würde und Sisal sich nicht an ihm verbrannte, dann drückte sie einen Plastikdeckel auf den Kartonbecher, nahm Sisal an die Linke, den Kakao in die Rechte.

Ihr gemeinsames Frühstück war ohnehin nur ein kleines Ritual. Gleich nach dem Morgenkreis gab es in der Kita Müsli, Brötchen und Milch.

Die Kita *Zwergenaufstand* lag in der Gardenerstraße, einer verkehrsberuhigten Seitenstraße. Gardenerstraße. Der Name gefiel ihr. Ein gutes Omen, wie sie fand. Eine Oase in der Steinwüste. Ein richtiger, kleiner Stadtgarten, in dem die Kinder sprossen und den Aufstand probten. Zwei Minuten vor halb neun erreichten sie den Gruppenraum. Die anderen Kinder saßen schon im Morgenkreis. Sie knöpfte Sisals Mantel auf und zog ihr vorsichtig die Schuhe von den Füßen, dann schob sie sie durch den Türspalt.

»Und der Kakao?«
»Du kriegst heute Abend einen neuen, mein Bienchen!«

Sie küsste ihr Kind. Sie küsste es nochmal. Und nochmal. Umarmte es. Malte ein Herz in die Luft. Sisal strahlte. Ruth drehte sich um und lief zu ihrem Elektroroller, der neben der Kita parkte, goss den Kakao in einen Gully und warf den Becher in den nächsten orangen Mülleimer. Während sie am Sicherheitsschloss ihres Rollers nestelte, bekam sie eine Kurznachricht. Sie sah auf ihr Handy, falls Roland F. abgesagt hatte.

Doch es war Kate.

2.

Nebel lag über dem Land, das Land war weit. Knorpelige Äste einzelner Obstbäume. Apfel. Birne. Kirsche. Sonst nichts. Jann ging in Richtung Oder. Der Feldweg war grob geschottert, hin und wieder lief er über gebrochene Asbestplatten, die jemand hier entsorgt hatte, oder über kleine Berge von Schutt. Es war eine grobe, angegriffene Landschaft. Nichts stimmte. Feldwege. Äcker. Gräben. Alles wirkte versehrt.

Sein Handy vibrierte in seiner Parkatasche. Er fischte es heraus, wollte es ausstellen, doch dann sah er die Nummer.

»Papa?«, fragte sein Kind.
»Sisal. Mein Engel.«
»Papa?«
»Ja, ich bin dran.«
»Bist du das, Papa? Papa?«

Er legte auf und rief zurück. Ein nicht funktionierendes Handynetz, so etwas regte ihn schon lange nicht mehr auf. Es gab weitaus wichtigere Dinge, die in seinem Leben nicht funktionierten.

»Papa?« Sein Kind schluchzte. Aber die Verbindung stand.
»Ja, mein Engel.«
»Warum hast du einfach aufgelegt?«

»Ich konnte dich kaum hören.«
»Ja, aber warum hast du aufgelegt?«
»Wein doch nicht. Ich verstehe nichts, wenn du weinst.«
»Ich darf Sonntag kommen. Oder übermorgen, oder wann Mama gesagt hat.«
»Wie schön. Dann machen wir ein großes Indianerfeuer! Oder willst du lieber eine Hütte bauen?«
»Mama kommt jetzt. Willst du mit ihr reden?«
»Ich? Nein, ich glaub nicht.«
»Und du? Mama? Willst du mit Papa reden?«
»Was sagt sie?«, fragte er.
»Aber warum? Warum soll Papa nicht mehr hier anrufen?«
»Lass gut sein, mein Engel. Ist schon gut«, sagte er.
»Ich soll auflegen, Papa. Ich will aber deine Stimme hören!«
»Ist schon gut. Wir sehen uns. Leg ruhig auf.«
»Papa! Nicht auflegen! Nicht auflegen, Papa!«
»Ich lege nicht auf.«

Er hörte das Kind weinen, dann hörte er, wie es *Tschüs, Papa* sagte, und dann legte es auf. Er wartete einige Sekunden, dann steckte er das Handy in die Parkatasche und wärmte sich die vom Telefonieren klammen Finger auf. Der Feldweg näherte sich dem Bahndamm. Von Westen zog ein langes, donnerndes Stahlband aus rostfarbenen Loren vorüber. Schlagen der Räder. Quietschen der Kupplung. Eisiger Spurwechsel, dann langgezogenes Bremsen, offenbar ein rotes Signal oder ein Abstellgleis.

Einmal hatte er zuerst aufgelegt, danach nie wieder. Sisal hatte zurückgerufen, nicht gleich, sondern nach einigen Minuten, weil ihre kleinen Finger zu sehr zitterten, um richtig zu wählen. Du darfst nicht auflegen, Papa. Nie wieder. Versprich mir, dass du nie wieder auflegst.

Er stieg auf den Bahndamm und sichtete das Gleis. Von Osten näherte sich der Siebzehn-Uhr-Zug. Ein dieselbetriebener, gelb leuchtender Lindwurm, unter einem grauen Himmel, kaum größer als ein Stadtbus. Jann stieg ins Gleisbett und folgte den Bahnschwellen nach Westen, den nahenden Zug in seinem Rücken. Er drehte sich nicht mehr um. Ließ den Zug näher kommen. Immer näher. Erst, als der Zugführer das Signalhorn betätigte, sprang Jann mit heftig klopfendem Pulsschlag über die Böschung.

Sisals Anruf hatte ihn durstig gemacht. Er ging nicht zur Oder, sondern zurück nach Solikante, direkt in die *Märkische Einkehr*. Drei Stufen führten ihn in die Unterwelt hinab. Graue Schwaden in der Luft. (Rauchverbot? Wen interessierte das hier draußen?) Ein zerschlagener Ofen aus Ostzeiten. Ein ausgetrockneter Zapfhahn. Warmes Flaschenbier. Jann fühlte sich sogleich zu Hause. Er umarmte Frieda, auch wenn die ein wenig auf Abstand blieb, und schüttelte Karl Oles versehrte Hand.

»Na, auch diesen Wisch im Briefkasten gehabt?«, fragte Karl Ole.
»Was für'n Wisch? Frieda, machste uns zwei?«
»Na, wegen dem Syrer.«
»Keine Ahnung, hab keinen Briefkasten mehr«, sagte Jann.
»Erwartest keine Post, Nachbar?«
»Schon. Ist aber abgefallen.«
»Ein Schloss ohne Briefkasten. Na, dann Prost!«
»Prost. Was hat er denn diesmal vor?«
»Na, was wohl. Land kaufen. Moschee drauf bauen.«
»Das kann doch nicht wahr sein«, rief Frieda hinterm Tresen. »Keine zwei Minuten hier und schon beim Thema?«

Es gab wenig im Dorf, was weniger präsent war und dennoch so viel Raum für Gespräche einnahm wie der Syrer. Da hatte

Frieda recht. Sie war im Sommer achtzig geworden. Aber der Syrer schreckte sie nicht. Auch Jann hatte nichts gegen den Syrer. Wenn er Solikante (Gut) zu steigenden Bodenpreisen verhalf, würde das auch Jann zugutekommen. Vielleicht konnte er dann endlich einen Trakt des Schlosses verkaufen?

»Frieda, sag du's mir«, bat Jann.
»Spaßbad.«
»Was?«
»Na, Spaßbad, eben. Kennste nicht? Sandstrand. Dampfgrotte. Rutsche mit Looping. So'ne Sachen.«
»Ein Spaßbad in Solikante?«
»Fünfzig Arbeitsplätze, Bahnhalt halbstündlich«, sagte Frieda.
»Das hat er doch schon beim letzten Mal erzählt.«
»Nee, bei der Schweinemast waren's dreißig Arbeitsplätze und Bahnhalt weiter nur stündlich.«
»Und der Haken?«
»Braucht keine Sau«, sagte Karl Ole.
»Die Schweinemast oder das Spaßbad?«
»Den Syrer.«

Der Syrer. Ohne dass die Bewohner von Solikante (Gut) den Mann je zu Gesicht bekommen hätten, sprachen sie über ihn wie über einen alten Bekannten. Heribert Koch, der nur zweihundert Meter neben dem Schloss in der Dorfstraße wohnte, hoffte darauf, dass sein Wasserwerk endlich einen Abnehmer fand. Die Grünlinge auf der Loose dagegen hatten sich noch immer nicht von dem Schock der drohenden Schweinemast erholt. Und Jann? Hatte gegen frisches Geld nie etwas einzuwenden. Syrer? Türke? Saudi? Alles gut.

Solange der Mann kein Moslem war.

Jann schmunzelte. Es hatte auch sein Gutes, dass er solche Sätze wieder denken durfte. Ruth hatte ihn ja mit einem umfassenden Denkverbot belegt. Ihr Mantra: Wo die Menschen am wenigsten Kontakt mit dem Fremden haben, ängstigen sie sich am meisten vor ihm. Und wenn Ruth mehr als drei Weiße auf einem Haufen sah, rief sie sofort: Nationalsozialistischer Untergrund! Ihr zufolge mussten die Menschen das Fremde möglichst früh kennenlernen. Jann hielt das für Blödsinn. Das Fremde war nicht per se besser oder schlechter als das Nichtfremde. Es kam doch auf den inneren Kompass an.

»Vielleicht ist er ja gar nicht gläubig?«, sagte Jann.
»Haste nicht zugehört? Syrien? Assad? Damaskus?«
»Vielleicht ist er Syrer. Aber Moslem?«
»Du bist ja wieder besonders schlau.«
»Welcher Moslem züchtet denn Schweine? Die dürfen ein Schwein nicht mal anfassen!«
»Solange die genug beten, dürfen die alles.«
»Wie viel Moslems haste denn schon gesehen?«, fragte Frieda.
»In Solikante? Keinen. Und ich hätt auch nichts dagegen, wenn das so bleibt«, sagte Karl Ole.

Jann kippte sein Bier in drei, vier großen Schlucken hinunter. Es war natürlich richtig gewesen, die Grenzen zu öffnen. Sie lebten in einem reichen Land, und es retteten sich Menschen zu ihnen, ganz gleich, aus welchen Gründen. Da gab es nichts zu diskutieren. Und doch war er einigermaßen verzweifelt, dass die Menschen, die er so gern begrüßt hätte, ausgerechnet Moslems waren. Wenn schon gläubig, hätten es dann nicht wenigstens Buddhisten sein können? Oder doch lieber eine Million Agnostiker?

Wenn es nach Jann ging, stand Deutschland am Scheideweg. Und das hatte nichts mit der Million Flüchtlinge zu tun. Von ihm aus konnte ganz Deutschland aus Flüchtlingen bestehen. Wenn das Abendland unterging, umso besser. Globalisierung, Mikroplastik, Hyperkonsum. Das Abendland, wie er es kannte, hatte auf ganzer Linie versagt. Deutschland stand aus ganz anderen Gründen am Scheideweg. Es blieb dem Land kaum noch Zeit, aus dem ganzen Wahnsinn geordnet auszusteigen. Zehn, zwanzig Jahre, danach kippten die Rechenmodelle und es folgte das finale Chaos. Sturmfluten und Überschwemmungen. Hitzesommer und Dürre. Seuchen und Entwurzelung.

»Zwei Möglichkeiten«, sagte Frieda, während sie einige mit Folie laminierte Spanholzplatten in den Ofen gab. »Entweder ich höre kein Wort mehr über den Syrer. Oder die Gaststätte Solikante macht heute früher zu.«
»Kannste nicht machen, Frieda. Wo sollen wir denn dann hin?«
»Dann mach uns mal lieber noch zwei.«

Jann leerte das neue Bier zur Hälfte. Wenn die Transformation in letzter Minute gelingen sollte, brauchte es jeden Mann und jede Frau. Egal, ob die nun aus Syrien stammten oder aus dem Allgäu. Das waren Petitessen. So was von egal. Aber sie mussten schon alle an einem Strang ziehen, wenn Sisal auch noch etwas abbekommen sollte von sauberem Wasser, von sauberer Luft. Mit Offenheit und Toleranz kamen sie da nicht weit. Da brauchte es keine Pluralität, sondern Identität. Ein Bekenntnis. Kein Glaubensbekenntnis, sondern ein Bekenntnis zur Natur, zum Leben. Die Kirchen, vor zweitausend Jahren gegründet, waren nicht so weise gewesen, dass sie die Probleme von heute vorausgesehen hätten. Auf Probleme von damals hatten sie womöglich Antworten gehabt. Vielleicht ergab es damals einen

Sinn, kein Schweinefleisch zu essen? Die Aufzucht? Die Sache mit der Hygiene? Heute führte das Gebot dazu, dass es in Sisals Kita kein Schweinefleisch aus dem regionalen Biobetrieb, dafür aber globalisiertes Industrierind gab. Die Religion, die Mensch und Tier tatsächlich bewahrte, war noch zu gründen.

»Ob Syrer oder nicht«, sagte Jann. »Hauptsache, es räumt mal einer auf, hinten am Kraftwerk. Da ist doch noch immer alles voller Asbest.«

»Sag mal, spinnst du? Oder steckste mit den Spinnern von der Loose unter einer Decke?«

»Mit Yvonne? Besser nicht. Die trägt Pluderhosen.«

»Und dann will man nicht mit ihr unter einer Decke stecken?«, erkundigte sich Frieda.

»Sicher nicht. Aber wo ist eigentlich Kasiuk heute?«

»Der is' schon duun.«

Als Jann zwei Stunden später das Schloss betrat, roch er den Bauschimmel. Immer noch. An den Geruch von Bauschimmel gewöhnte er sich nicht. Wie üblich, wenn er aus der *Märkischen Einkehr* kam, fand er den Lichtschalter nicht. Im Dunkeln roch der Schimmel besonders sporig. Dass er ein Bier zu viel getrunken hatte, fiel ihm niemals am Tresen, sondern immer erst im Schloss auf. Wenigstens hatte er keine Probleme mit dem Haustürschlüssel gehabt. Es gab keinen. Es gab nur einen eisernen, ohne Schlüssel zu betätigenden Riegel. Er stolperte über die Motorsäge und einen Betonquirl, er hielt sich an der Flurwand fest. Kalk rieselte zu Boden. Dann endlich fand er den Lichtschalter und stieg in den ersten Stock.

Schloss. Nun ja. Das alte Solikanter Gutshaus. Oder das, was hinter der fein herausgeputzten Fassade noch davon übrig war. Als

Schloss hatten Ruth und er das Gutshaus nur im anfänglichen Überschwang bezeichnet. Bald waren die Pausen, die sie vor dem Wort Schloss machten, immer länger geworden. »Komm, wir fahren raus ins – Schloss.« »Wie viele Fenster hat das – – Schloss eigentlich?« »Glaubst du, wir haben auf dem – – – Schloss bald endlich mal Strom, wenn schon kein Gas?«

Am Ende hieß es nur noch: »Was ist teuer und führt zielsicher zur Scheidung? Ein – – – – Schloss.« Aber kein Schloss war auch keine Lösung. Der Satz stammte im Übrigen von ihr. Auch wenn sie sich nicht mehr daran erinnerte. Dass es in ihrer Ehe einmal eine Stimmung voller Sommerabende und Leichtigkeit gegeben hatte, musste Jann sich in Erinnerung rufen wie ein fernes, nur per Google Earth bereistes Land. Sisal im Tragetuch auf seinem Rücken, zur großen Belustigung der Bewohner von Solikante (Gut). Ruth mit einem angeschwipsten Lächeln beim Aufteilen der Räume. Und das wird das Kinderzimmer, und das wird die Wohnküche, und da kommt das Kino rein: »Auf Ebay hab ich schon samtene Kinosessel bestellt.«

Am wichtigsten waren ihr zwei Dinge gewesen: ein Bahnhof, um schnell wieder nach Schöneberg zu gelangen. Und ein Gästezimmer mit Doppelbett, damit auch die Paare länger blieben als nur eine Nacht. »Ohne Gäste«, sagte Ruth, »ist mir das hier nicht bunt genug.« Ruths vorrangiger Beitrag zur Sanierung: im Cranlower *Toom*-Baumarkt Kräuterpflanzen über das Kassenband zu ziehen, Rosmarin, Majoran, Zitronenmelisse, Minze, die dann bald überall wuchsen. Neben dem vom Anbau gewehten Asbestdach. Im alten Abort. In Töpfen auf dem schiefen Fensterbrett. Inmitten von mannshohen Birkentrieben. Auf dem alten, zu Schichten gehärteten Misthaufen.

Noch in der ersten Woche, als die Sonne die Stauden grün und golden färbte und Ruth einen Pernod aus ihrem Rucksack holte und sagte: »Das ist ja fast wie damals, mit Kate!«, hatte er gedacht, er hätte gewonnen. Und sich erst einmal an die Fassade gemacht. Die alten Fensterfluchten wiederhergestellt. Historische Farbmuster aufgetrieben. Feldsteinerne Fensterblöcke eingemauert und handgezogenen Stuck nach Originalschablone aufgebracht. Als die Fassade stand, war er pleite. Daran hatte sich bis heute im Wesentlichen nichts geändert. Nur für zwei Schmuckstrahler hatte das Geld noch gereicht, welche die Fassade Abend für Abend ausleuchteten. Seither war sein kleines, selbst erarbeitetes Vermögen dahin.

Er verstand bis heute nicht, was Ruth gefehlt hatte. Was brauchte man für eine kleine Familie? Vier Wände, drei Teller, zwei Gläser, eine Tasse. Für alles Weitere musste er bereits nachdenken. Besteck? Einen Spülschwamm? Gut, Besteck und einen Spülschwamm. Aber doch keinen Mixer und keine Auflaufform, keine Dunstabzugshaube und kein Gewürzregal. Er strich den Staub von dem dunkel lasierten Holz. Auch die Tütchen mit gemahlenem Kardamom, Safran und Ingwerpulver hatten Staub angesetzt, die Döschen mit Chilifäden und Nelken, mit Kreuzkümmel und Kurkuma, das Garam Massala, die Fenchelsamen, der Koriander und das Ingwerpulver: Über allem, über all der Farbigkeit, wie Ruth das nannte, lag eine ölige Schicht Staub.

Farbigkeit als Metapher hielt Jann für bedenklich. Auch er liebte die Farbigkeit: auf den Feldern, in den Auen, im Frühjahr, wenn der Raps gelb stand, im Herbst, wenn die Kastanien blutrote Blätter bekamen. Aber Ruths Farbigkeit, die meinte keine Farben, sondern Menschen, die sich selbst ausbeuteten, um zweiundzwanzig Stunden am Tag einen türkischen Spätkauf zu betreiben, einen sudanesischen Imbiss oder ein bangladeschisches Restaurant, das dann doch nur alle Inder nannten und in dem sie rannten und rannten, um deutschen Selbstverwirklichern zwischen zwanzig und Mitte vierzig Speisen unter zehn Euro anzubieten. Das war nicht bunt, das war der Sieg des Kapitals.

Er beugte sich über das Ofentürchen, um es zu öffnen, und ging auf dem Ofenblech in die Knie. Er fasste an die Kacheln. Kalt. Ärgerlich. Er äugte in den Spankorb. Leer. Auch das noch. Er ging zum Kühlschrank und nahm sich ein Bier heraus, dann ging er mit dem Bier in den Hof. Immerhin, eine Freitreppe hatte er. Man konnte nicht sagen, dass alles gescheitert war in seinem Leben. Er hatte sogar eine Kieszufahrt und eine ovale Blumenrabatte, vor der Limousinen vorfahren könnten.

Im Mondlicht hackte er einige Buchenscheite durch, trennte vom letzten Scheit Späne zum Anzünden und trug die Hölzer in die Küche. Im Brennraum des Ofens stand kalte Luft, Asche stob ihm entgegen. Er entzündete die Kontaktanzeigen der *Cranlower Oderzeitung* und hielt sie lodernd an die Brennplatte, bis sie in den Schornstein gesogen wurden. Er schloss die Ofentür nicht, sondern nutzte den Ofen als Kamin, hielt die kalten Hände vor die Flammen. Mist. Bier im Hof vergessen. Er stand auf und holte sich ein neues.

An der Kühlschranktür klemmte das Viererfoto aus dem Passbildautomaten. Natürlich im Retro-Look. In Berlin war ja irgendwie alles im Retro-Look. Offenbar litt die Stadt unter zu viel innerer Leere, um einen eigenen Stil zu entwickeln. Er griff nach dem Magneten in Kleeblattform und wollte das Viererfoto endlich abnehmen. Aber Ruth war leider zu hübsch. Nichts zu machen. Verbrennen unmöglich. Sie war so unglaublich und unverschämt hübsch auf diesen vier Bildern, die alle nur sie zeigten, die ohnehin hellen Haare vom Sommer weiter gebleicht, die Augen groß und gerundet, wie immer, wenn sie fotografiert wurde, dazu ein leichtes, unironisches, liebesbegabtes Kräuseln um die Mundwinkel, das bei ihr niemals gestellt aussah.

Er ärgerte sich, dass derselbe Mensch, der ihm das Leben schwermachte, so fürchterlich hübsch war. Das war nicht fair. Er hätte sofort mit ihr schlafen können, jetzt, hier, in dem ganzen Staub, in den ganzen Trümmern. Er wusste genau, wie sie sich anfühlte, er wusste genau, wie sie roch. Seltsam, dass das, ihre Anziehung also, nicht gelitten hatte. Manchmal fragte er sich, ob ihre Beziehung überhaupt beendet war? Vielleicht war alles nur ein riesiges Missverständnis? Und seine Aufgabe war, das Missverständnis zur allgemeinen Erheiterung und Erleichterung im Handumdrehen aufzudecken? Es wäre so einfach. Aber sie hatte ja gleich von einer Tat gesprochen. Als wäre er ein Täter. Als habe er ihr etwas angetan. Dabei hatte er nur ein wenig die Nerven verloren.

Er trank das Bier im Stehen am Kühlschrank aus, damit er nicht wieder aufstehen musste, um sich ein neues zu holen. Eine bewährte Taktik. Als er die Kühlschranktür zustieß, fielen einige Briefe von einem Stapel, der sich auf der Glasplatte des Kühlschranks auftürmte. Er bückte sich. Zweimal Strom. Dreimal Wasser. Strom ging ja noch. Strom öffnete er. Strom bezahlte er sogar. Aber Wasser war eine Frechheit. Wasser leistete seiner Pleite rasant Vorschub.

Heribert Koch hatte sein neues Wasserwerk mitten in die karge Landschaft geklotzt. Und die Bewohner von Solikante zahlten Kubikmeterpreise, die fünfmal höher lagen als in Berlin. Jann fragte sich, wer zuerst pleiteginge. Er oder das Wasserwerk. Und doch war Solikante gut gewählt, wie er fand. Zum einen war das Dorf nicht an das Gasnetz angeschlossen. Überhöhte Gasrechnungen blieben ihm mithin erspart. Und zum anderen fiel das Pleitemachen in Solikante nicht sonderlich auf. Da befand er sich in Solikante in guter Gemeinschaft. Wenn es stimmte, was sie bei Frieda erzählten, stellten sie einem den Strom vor dem Wasser ab. Offenbar galt es als menschlicher, im Dunkeln zu hausen als zu dursten.

Er stellte das halb ausgetrunkene Bier wieder zurück in die Kühlschranktür. Das war ihm geblieben vom Leben als Gutsherr. Dass er nachts um halb eins allein am Kühlschrank stand und sein letztes Bier nicht mehr schaffte. Er machte es sich vor dem Ofen bequem, genoss den Blick in die Flammen. Das Lodern und Züngeln beruhigte ihn. Das Knacken und Fauchen. Er legte sich vor den Ofen, den Kopf auf dem Oberarm.

Später schreckte ihn der Rauchmelder aus dem Schlaf. Ein fürchterliches, überlautes Piepsen. Die Küche war zugequalmt. Wie so oft bei Ostwind, wenn der Schornstein nicht ordentlich zog. Er stemmte sich am Ofen in die Höhe, stolperte zum Fenster und ließ frische Nachtluft herein. Nach wenigen Sekunden beruhigte sich der Piepser wieder. Jann blickte durch das geöffnete Küchenfenster ins Luch. Nebel über der nächtlichen Weite. Ganz fern, am Horizont, die Ahnung des beginnenden Morgens. Ein Schweif aufkommender Hoffnung, der Schweif aufgehenden Lichts. Mist, verdammt, es war schön hier! Das immerhin hatte sie auch immer gesagt. Und Sisal ihr nachgeplappert. Ein einziges Zimmer im Schloss war fertig geworden in dem Jahr, das er hier lebte:

Sisals.

Ein Zimmer mit einer *Brio*-Holzeisenbahn und einem Systembaukasten von *Märklin*, mit zwanzig Bänden *Wieso? Weshalb? Warum?* für Zwei- bis Vierjährige und elf Bänden *Wieso? Weshalb? Warum?* für Vier- bis Siebenjährige, mit *Ice Age Junior* und *Siedler von Catan Junior* und *Ice Cool* und *Mogel Motte* und einer *Carrera*-Bahn. Es war das nahezu perfekte Duplikat ihrer Spielecke in der kleinen Wohnung in Berlin. Es war ein Kinderzimmer, das einmal im Monat ein Kind sah und die restliche Zeit Staub ansetzte. Wenn er doch bloß auf das Sorgerecht bestanden hätte. Aber er hatte ja wieder auf niemanden gehört.

Ein Kind in Berlin großziehen. Was war das nun wieder? Witz? Wahn? Provokation? Welcher Geist hatte Ruth da nun wieder überfallen? Wenn es nicht ausgerechnet um seinen kleinen Engel ginge, ihre kleine Durchlauchtheit, seine freche Prinzessin, hätte er der Idee vielleicht etwas Komisches abgewinnen können. Aber nicht, wenn es um Sisal ging. Da konnte man ja gleich die Käfighaltung für Legehennen wieder einführen. Die Raubtierhaltung in Zoos gutheißen. Die minimale Quadratmeterzahl von Schweinekoben halbieren.

Wenn er Sisal zurückholen wollte, brauchte er Geld. Dass er sich in all den Jahren nach der Pleite nichts Neues aufgebaut hatte, schien dafür keine ideale Voraussetzung. Doch seit ihn das wütende Signalhorn des Siebzehnuhrzugs vom Gleis getrieben hatte, stand sein Entschluss. Sisals Mutter hatte lange genug bestimmt. Ab sofort bestimmte ihr Vater. Er würde Geld verdienen, gleich morgen früh. Er würde das Schloss renovieren, gleich nächste Woche. Und dann würde Sisal in Solikante eingeschult werden. Punkt. Fertig. Entschieden. Gegen die Schöneberger Superschule würde es schwer werden zu gewinnen. Aber er würde sich wieder holen, was ihm zustand. Entweder Ruth fügte sich, dann konnten sie ganz sittsam miteinander umgehen, ganz friedlich, ganz leidenschaftlich. Andernfalls versuchte er es ab sofort mit Gewalt.

Am Sonntag stand Jann beinahe zwanzig Minuten zu früh am Gleis. Vom Schloss zum Bahnsteig hatte er kaum zehn Minuten zu gehen, über die Alte Oder, links in die graue Apfelallee, die Äste nass vom Nebel, dann den alten Bahndamm entlang. Und doch hatte er Angst gehabt, zu spät zu kommen. Nicht auszudenken. Zu spät zu kommen, das war nicht mehr drin.

Er stellte sich vor, wie Sisal aus dem Zug in die karge Landschaft des Luchs blickte, Felder, Nebel, Weite, die Nase gegen das Fensterglas gedrückt. Wie lange mochte eine Stunde Zugfahrt dauern, wenn man fünf Jahre alt war? Einen Tag? Eine Woche? Ein Leben? Sisal mochte Kate, und sie war zu jung, um zu begreifen, dass diese Liebe einseitig war. Kate hasste Kinder. Auch wenn sie es sich noch immer nicht eingestand. Dass sie Sisal nach Solikante brachte, war nichts als ein Freundschaftsdienst an ihrer alten Studienfreundin Ruth Korwaczek.

Der Zug drang pünktlich aus dem Nebel hervor. Janns Puls zog an. Er hatte keine Ahnung, was er Kate sagen sollte, oder vielmehr, was er ihr alles nicht sagen durfte. Schweigen war natürlich auch nicht in Ordnung. Der Zug, ein kleiner, blauer *Regio Sprinter*, kam zum Stehen, eine muffige Wolke Dieselmief wehte Jann ins Gesicht. Keine Tür öffnete sich. Niemand stieg aus. Niemand stieg ein. Der Zugführer wartete. Dann fuhr der Zug wieder an, als habe es den Bahnhof Solikante (Gut) gar nicht gegeben.

Wahrscheinlich war Kate mit Sisal in Solikante (Dorf) ausgestiegen, obwohl er ihr mehrfach gesagt hatte, dass das Schloss über einen eigenen Bahnhof verfüge, sie also in Solikante (Gut) aussteigen müsse, aber das hatte sie wohl als Witz verstanden. Erst kauft er ein Schloss, dann kauft er einen Bahnhof. Bald einen Berg? Hahaha. Er ärgerte sich. Nun würde sie Ruth doch noch sagen können, dass Jann nicht pünktlich am Bahnsteig stand. Und Sisal hatte niemanden, der ihren kleinen Körper am Gleis in die Arme schloss.

Er joggte das Gleis entlang nach Westen. Er wusste, was für ein Bild er abgeben würde. Nassgeschwitzt im November, zu spät am Bahnsteig, herbeigerannt wie ein Vollidiot über die Bahnschwellen. Ist er wirklich übers Gleis gelaufen? Vor dem Kind? Hat Sisal gesehen, wie er im Gleis gelaufen ist? Die beiden Freundinnen würden mindestens einen doppelten Pernod lang über ihn herziehen. Was machten sie sich nur aus dem klebrigen Zeug?

Ruth und Kate erinnerten ihn an die Reporter, die ihn damals heimgesucht hatten. Die hatten auch gern nach Bestätigung dessen gesucht, wovon sie schon im Vorhinein überzeugt waren. Dass ihm der Erfolg nicht bekam und er im Büro die eigenen Bierflaschen hortete. Dabei trank er damals gar nicht. Er hatte ein einziges, etwas angeschwipstes Radio-Interview gegeben. Aber wirklich nur eines.

Und dann sah er sie. Seinen kleinen Engel als kleinen Schatten auf dem verlassenen Bahnsteig. Ohne Kate. Im Nebel. Frierend.

Allein.

3.

Sonntag. Axtwerfen im Huxley's. Punkt 19 Uhr.
Letzter Versuch.

Das war alles, was Kate ihr geschrieben hatte. Und Ruth wusste, dass Kate es ernst meinte. Wenn Ruth heute, wo Sisal bei ihrem Vater war, auch zu spät käme, hätte sie keine Entschuldigung mehr. Sie betrachtete sich vor dem hohen Spiegel im Flur, drehte sich zur Seite und strich sich den halbkurzen Jeansrock glatt. Sie ließ den Blick ihren schlanken Körper hinaufwandern. Sie gefiel sich. Und sie fühlte sich frei.

Im Bad nahm sie das Schwämmchen aus dem Tiegel und trug eine Schicht *Orient Rouge* auf. Der Kauf eines *L'Oréal*-Tiegels von fünfzig Milligramm für achtunddreißig Euro war im Übrigen keinesfalls die Folge ihrer Trennung von Jann. Das wäre zu kurz geschlossen. Schlicht falsch.

Sie sah in den Spiegel. In dem künstlichen Badezimmerlicht war nicht zu erkennen, ob die Tönung vielleicht doch etwas massiv ausgefallen war. Ruth nahm lieber wieder eine Schicht mit dem Schwämmchen herunter. Normalerweise beugte sie sich zu Sisal hinab, um von ihr die Freigabe zu bekommen: Mami, du bist schön. Oder eben: Mami, da ist noch ein Fleck.

Ruth schmunzelte. Sisal fehlte ihr schon jetzt. Dieses kleine Wesen auf seinen zwei kleinen Beinen, das da unten, auf Höhe von Ruths Bauchnabel, durch den Tag schritt. Mit einer Energie, mit einer Ernsthaftigkeit, die nur jemand kannte, der sich noch nicht in der ironischen Phase befand. Alles, was Sisal sagte, meinte sie ernst. Damit war sie das exakte Gegenstück zu Jann, der sich die meiste Zeit in irgendeinem Jargon befand. Was auch immer er den Wörtern nach sagte, der tatsächliche Inhalt seiner Worte ließ sich auf drei Gedanken zusammenstreichen: *Die Welt ist schlecht. Der Mensch muss ausgerottet werden. Ich glaub, ich hab Krebs.* Ruth stöhnte auf. Wenn das nicht die perfekte Einstellung war, um einem fünfjährigen Mädchen Sicherheit und Geborgenheit zu bieten! Sie sah auf ihr Handy. Achtzehn Uhr elf. Seltsam. Mit oder ohne Sisal, die Zeit wurde ihr doch wieder knapp. Der Wohnungsschlüssel lag nicht an seinem Platz neben dem Küchenradio. Sie drehte die übliche Suchrunde, Bett, Bad, Radio.

Was aber auch wieder stimmte: Es gab einen einzigen Babysitter, der noch besser war als Carlotte, und das war Jann. Wenn Sisal bei ihm war, pausierte sein Wüten, gab es Momente, in denen eine gemeinsame Zukunft beinahe wieder vorstellbar schien. Wenn ihre Tochter bei ihm war, war Sisal in Sicherheit. Dann konnte Ruth entspannen. Sie sah nochmals auf dem Handy nach, wo dieses *Huxley's* schon wieder lag, sie hatte ein wenig den Anschluss verloren. Seit Sisal auf der Welt war, ging sie noch immer gern aus, das schon. Aber wie die Clubs hießen und was die Männer dort tranken, welche Musik sie spielten und ob der Laden als angesagt oder als peinlich galt, das hatte mit einem Mal an Bedeutung verloren. Aber wo war er denn nun, der Schlüssel?

Leider war das Vatersein die einzige Qualität, die Jann geblieben war. Sie verstand nicht, warum er sich so penibel zugrunde richtete. Und der Alkohol hatte nur den geringsten Anteil daran. Jann hätte glücklich werden können, da draußen, auf seinen vier Hektar Land. Doch seit er das Schloss instand setzte, verfiel es schneller als in den Jahren des Dornröschenschlafs zuvor. Er schwadronierte von früh bis spät über Selbstversorgung und den Systemwechsel, baute aber nicht eine einzige Kartoffel an. Und Ruth fragte sich einmal mehr, ob Jann-Marten Friedrich, mit dem sie einem Schwur nach eine Ehe führte, früher ein anderer gewesen oder ob sie all die Jahre über blind gewesen war.

»Ich soll jetzt wirklich zwei Finger heben?«

Jann, am offenen Fenster, eine letzte Zigarette mit ihr teilend, in der Hand ein gemeinsames Glas Wein, an dem sie nur mehr nippte.

»Natürlich«, hatte sie gesagt. »Sonst ist es kein Schwur.«
»Aber wir haben uns doch schon. Ich meine, was ändert sich denn dadurch?«

Er hielt das erste Ultraschallbild verkehrt herum. Und sie fragte sich, ob das Absicht war.

»Alles, Jann. Alles wird sich ändern. Es wird nichts mehr so sein wie davor. Und jetzt sprich mir nach.«
»Ruth, das ist doch albern.«
»Im Gegenteil. Das ist heilig. Wollen Sie, Herr Friedrich, mit Ihrer hier anwesenden Verlobten, Frau Korwaczek, die Ehe eingehen? Dann antworten Sie bitte mit *Ja*.«
»Ja, natürlich Ruth. Aber wir sind doch gar nicht verlobt?«

»Jetzt du.«
»Was?«
»Du musst mich fragen.«
»Ähm, Ruth. Das ist doch albern, diese Formeln.«
»Einmal, Jann. Ich trage dein Kind. Einmal. Tu es für mich.«
»Wie geht der Text?«
»Wollen Sie, Frau Korwaczek –«

Er hatte ihr fest in die Augen gesehen. Nicht mehr gegrinst. Nicht mehr gekaspert. Er hatte ihr nachgesprochen und sie tatsächlich gefragt.

»Ja, ich will«, hatte sie gesagt.

Sechs Jahre her.

Mit seinem selbstgebrauten Bier hatte Jann die Welt auch nicht gerade besser gemacht. Auch wenn er das bis heute behauptete. Seither, seit seiner großen Pleite also, hatte er vor allem eines: eine Meinung. So eine Meinung, die genügte ihm vollauf. Da musste er nicht zusätzlich auch noch Ahnung von etwas haben. Im Gegenteil. Allzu viel Ahnung zu haben, das hinderte ihn nur an einer gepflegten Meinung. Dass er sich für nichts einsetzte, was aus dieser Haltung hätte folgen können, tat seiner Meinung keinen Abbruch.

Damals, als die Interviewanfragen der großen Zeitungen kamen, die zu der Zeit noch tatsächlich gelesen wurden, als die Radiostationen und Podiumsgespräche lockten, war es auf einmal doch nicht mehr so wichtig gewesen, mit der radikalen Regionalität. Da war Jann Taxi und erste Klasse Bahn gefahren und konnte im Nachhinein froh sein, dass es *Ryanair* und *EasyJet* in Deutschland noch nicht gab, sonst wäre er sogar, *zähneknirschend*, wie er gesagt hätte, von Berlin nach Köln geflogen oder von München nach Berlin.

Ruth hatte es ihm damals schon nicht abgenommen. Die Mikros, die Scheinwerfer, die Besprechungen: allesamt lästig! Allesamt nur geduldet! Im heldenhaften Kampf für eine bessere Welt. So hatte er das dargestellt. Auf dem sogenannten Höhepunkt seines Erfolgs (zehntausend verkaufte Flaschen täglich) hatte Jann sich ein Buch schreiben lassen. *Das ist allein mein Bier.* Auf Amazon war es noch immer gelistet. Doch als es erschien, war Jann bereits pleite gewesen. Und das Buch floppte grandios. Ruths Fingerspitzen meldeten etwas Kaltes. Sie griff danach. Der Schlüssel steckte die ganze Zeit schon in ihrer Manteltasche. Sie blickte noch einmal in den Spiegel. Nein, keine Puderflecken. In gewohnter Eile verließ Ruth endlich das Haus.

In der U-Bahn stieg ein alter, gebeugter Saxofonist zu, der *Take Five* zu spielen begann, sie liebte das Lied und irgendwie auch den viel zu schief gewachsenen Saxofonisten, sie kramte sofort nach Münzen. Die Bahn fuhr wieder an, verließ eine Station später den Tunnel, Regen prasselte gegen die Scheibe, brach das Lichtermeer Berlins in Hunderte gelbliche Punkte. Das Gleis verlief nun auf Höhe des zweiten Stocks der flankierenden Häuser, Ruth hatte freie Sicht in die beleuchteten Zimmer.

Hinter einem der Fenster übte ein Mann das Balancieren von möglichst vielen Tellern auf seinem Unterarm, zwei, drei Sekunden später blickte sie in einen Club, der leer war, einsam drehte sich das Discolicht, dann sah sie eine junge Frau, beinahe nackt auf einem Regiestuhl, die sich singend die Haare machte, rauchte, telefonierte, sie tat das tatsächlich alles gleichzeitig, und dann fuhr die Bahn über die Spree, und der Saxofonist beendete *Take Five* und begann es sogleich von vorn, und sie sah auf die Spree hinab, die unter den Kegeln der Autoscheinwerfer, unter den Lichtpfützen der Straßenlaternen funkelte, sie liebte, sie liebte, sie liebte diese Stadt.

Axtwerfen im Huxley's. Kate hatte diese Art, ihr in vollendet nebensächlichem Ton Nachrichten zu schreiben, die man nur begriff, wenn man alle Stadtmagazine gleichzeitig abonniert hatte und sich von früh bis spät durch die Onlineportale scrollte. Oder aber, dachte Ruth, wenn man Single war. Dass Kate auf die Frage, wie es ihr gehe, zu weinen begann, geschah etwa einmal im Quartal. Ruth erinnerte sich nicht einmal mehr an den letzten gefallenen Helden. Torben? Torbjörn? Asbjörn? Jedenfalls skandinavisch, oder nicht?

Als sie dieses *Huxley's* endlich gefunden hatte, schlug sie die Samtvorhänge beiseite, die an der Eingangstür den kalten Straßenwind abhalten sollten, Kate stand schon am Tresen. Im Spiegelglas hinter den Spirituosen begegneten sich ihre Blicke. Kate strahlte, überrascht, erleichtert, es war noch nicht einmal fünf Minuten vor sieben. Ruth fühlte sich ihrer Freundin nah wie lange nicht mehr, sie ging auf sie zu und umarmte sie fest, neben Kate lagen zwei riesige Äxte auf dem Tresen.

»Kate! Sind die echt?«
»Aus Pappe sind sie jedenfalls nicht. Hier, das ist deine!«
»Ich, äh – danke. Und wo hast du die her?«
»Halbe Stunde zehn Euro. Stunde fünfzehn Euro. Da, am Tresen.«
»Man kann sie ausleihen? Und für wie lang hast du sie ausgeliehen?«

»Erst mal ne Stunde. Das sollte reichen für den Anfang.«
»Du hast dreißig Euro für zwei Äxte bezahlt?«
»Nee, für zwei gab's Rabatt. Was ist jetzt, gehen wir?«
»Warte, Kate. Nur schnell: Alles gutgegangen, mit Jann?«

Es war ihr ganz recht, dass Kate sie nicht gehört hatte oder nicht antworten wollte. Auch sie hatte nicht die geringste Lust, ein Gespräch zu führen, das um Jann kreiste. Kate zog sie beinahe hektisch hinter sich her, Ruth hatte alle Mühe, dass die Schneide der Axt ihr nicht gegen das Schienbein schlug und auch niemanden in dem Gedränge verletzte. Die meisten Gäste rauchten und tranken nur, doch einige trugen ebenfalls eine Axt. Sie verspürte keinerlei Neugierde, was mit den Äxten anzustellen war. Wenn sie überhaupt etwas spürte, dann einen leichten, kaum selbst eingestandenen Fluchtimpuls. Doch Kate hatte ihr einen echten Freundschaftsdienst erwiesen. Dass sie trotz ihres Streits noch mit Sisal nach Solikante (Gut) gefahren war, rechnete sie ihr hoch an.

»Wollen wir nicht erst mal was trinken?«, fragte Ruth.
»Vorher? Bist du wahnsinnig? Also dann bin ich aber weg, wenn du wirfst!«
»Komm schon, ein Pernod. Ich lad dich ein.«
»Ok, aber wir nehmen ihn mit runter.«

Sie mengten das Eiswasser noch am Tresen in den Schnaps, dann stiegen sie, ein leichtes Pernodglas in der Linken, eine schwere Axt in der Rechten, in den Keller hinab. Kate machte auf halber Treppe halt und stieß mit Ruth an, sie schlürften den Pernod im Stehen, der Alkohol stieg Ruth sofort zu Kopf. Wie immer, seit sie Sisals wegen nicht hatte trinken dürfen. Ihr Körper hatte sich an ihr vorheriges Trinkverhalten nie wieder gewöhnt.

Im Keller hingen einige elektrische Fackeln. Ein leichter, wirklich nur leichter Schweißgeruch schlug Ruth entgegen, wie in ihrem Wartezimmer, wenn sie einen besonders ängstlichen Klienten hereinbat. Nein, sie irrte sich. Was so süßlich roch, war kein Schweiß, sondern Gras. Nanu? Kiffen im Club neuerdings ok? Sie kriegte wirklich nicht mehr viel mit von dieser Welt, da unten, in den Clubs. Vor Sisals Geburt hatte man noch für jeden Joint einzeln vor die Tür gehen müssen.

Es gab ein halbes Dutzend Wurfboxen im Keller des *Huxley's*, alte Kellerverschläge, an deren Stirnseiten zermarterte Holzplanken standen. Die Wurfboxen waren von jungen Männern und Frauen besetzt. Auch das hatte sich geändert, seit Sisal auf der Welt war. Die Männer und Frauen in den Clubs waren jünger geworden.

»Wer will mal Pause machen?«

Kate rief das einfach so in die Runde, ohne jemanden direkt anzusprechen. Während sich von einer derart nervtötenden Ansprache normalerweise niemand gemeint fühlte, hatte Kate damit stets Erfolg. Zumindest bei den Männern, wenn man diese beiden Jungen da als solche bezeichnen wollte.

»Sie können unsere haben. Wir sind eh fertig.«

Das saß. Kates Miene erstarrte. Die beiden Typen in T-Shirts nahmen ein zerfetztes Bild von Donald Trump von der Holzwand und warfen es in einen Mülleimer. Ruth wusste, dass die beiden in Kates Gedanken noch nach Tagen eine Rolle spielen würden, während Ruth im nächsten Augenblick nicht einmal mehr wusste, wie die beiden überhaupt aussahen. Ob diese Kinder sie duzten oder siezten, interessierte sie nicht. Bei ihr lief das so nicht. Bei ihr lief das eher, so, nun – wie mit Jann.

Mist. Immer dasselbe mit diesem Pernod. Nein, sie würde nicht bei Kate nachfragen, wie Jann sich verhalten hatte. Wie er aussah. Ob alles mit ihm in Ordnung war. Es interessierte sie nicht. Nicht im Geringsten.

Kate zog ein zusammengefaltetes Din-A4-Papier aus ihrer Handtasche. Sie strich es auseinander, glättete es und pinnte es mit den Reißnägeln, die zuvor Donald Trump gehalten hatten, an die zermarterte Holzwand.

»Ist das Björn?«, fragte Ruth.
»Nein, Lars.«
»Oh, Entschuldigung.«
»Schon okay, Björn war auch nicht besser.«
»Prost.«
»Ja, hast recht, erst mal Prost, aber so richtig.«

Kate kicherte wieder, und Ruth liebte es, wie sie kicherte, und die beiden Frauen umarmten sich und legten die Wangen aneinander, atmeten sich Anisatem in die Gesichter, mussten gar nicht erst aussprechen, wie sehr sie das alles erinnerte an die *Années de la fac*, was nicht etwa ihre Zeit an der Uni in Aix meinte, sondern eine kleine, gut sortierte Bar daneben.

»Alles klar, jetzt?«, fragte Kate.
»Ich leb ja nicht hinterm Orion«, sagte Ruth.

Sie hob zum Spaß ihre Axt auf und tat, als wolle sie Björn oder Lars das Gesicht zermartern, doch alles in ihr wehrte sich, die

Axt tatsächlich loszulassen, sie kannte den Typen gar nicht, sie wusste nicht, was er Kate angetan hatte, zudem war ihr Pernod schon leer, noch vor dem ersten Wurf.

»Ich hol mal noch zwei, ja?«, sagte Ruth.
»Danke, mein Schatz. Ich üb so lang schon mal.«

Als Ruth mit den beiden Drinks wieder in den Keller stieg, hatte Lars oder Björn bereits einige schmerzhafte Schmisse auf den Wangen davongetragen. Als Ruth die Wurfbox erreichte, flog die Axt gerade erneut, doch blieb sie nicht stecken, zerschnitt nur die Stirn und fiel dann auf den mit Gummi wattierten Boden.

»Das Ding hält irgendwie nicht«, sagte Kate.
»Du musst mit einer Drehung aus dem Handgelenk werfen, mit mehr Schmiss. Prost.«
»Prost. Damit kennst du dich aus?«, fragte Kate.
»Um ein Haar wär ich mal Schlossfräulein geworden.«
»Mit Zofe?«
»Nee, mit Ofenheizung. Und Hackklotz. Da hat das Ding auch nie drin gehalten. Was hat er denn überhaupt angestellt?«
»Wer? Lars oder Björn?«
»Na, der mit den Schmissen im Gesicht.«

Kate warf ihre Axt, die diesmal die Nase einriss und wieder nicht stecken blieb, dann baute sie sich breitbeinig vor Ruth auf, gähnte, kratzte sich am Hinterkopf und sagte gedehnt:

»Gibt's Kaffee?«
»Was?«
»Sag schon, wer bin ich?«
»Der da vorne mit dem Riss in der Nase?«

»Ja, genau der! Und das, nachdem er die ganze Nacht Sex mit mir hatte. Er denkt, er kann dreimal kommen in einer Nacht, und am Morgen bin ich so dankbar, dass ich ihm erst mal Kaffee koche. Der dachte wirklich, ich bin ihm auch noch dankbar dafür!«

»Und deswegen hast du ihn rausgeworfen?«

»Er wollte ja nicht nur Kaffee.«

»Kate? Was willst du mir sagen?«

»Ach, Ruth. Das ist nichts für jemanden mit einer Zehnjahresbeziehung.«

»Meine Ehe ist seit diesem Sommer kaputt, Kate.«

»Nee, wirklich. Da wirst du doch rot.«

»Er wollte nur Sex?«

»Nur Sex wollen sie alle, das ist nicht das Problem. Das Problem: Er war ein paar Jahre jünger.«

»Ende dreißig?«

»Mhh.«

»Fünfunddreißig?«

»Na ja.«

»Dreißig? Kate? Jünger?«

»Neunundzwanzig. Wir sind die letzten, die ohne Internetpornos aufgewachsen sind. Weißt du überhaupt, was das bedeutet? Hast du in all den Jahren jemals mit jemand anderem geschlafen außer mit Jann?«

»Man kann jetzt nicht sagen, dass Jann keine Pornos geschaut hat.«

»Natürlich nicht. Aber nicht schon mit dreizehn. Das ist ein Unterschied, verstehst du?«

»Also, er wollte keinen Sex, sondern Pornos nachspielen? Hab ich gehört von dem Problem.«

»Als er hörte, dass ich vierzig werde, wollte er gar nichts mehr. Selbst wenn wir aus derselben Flasche getrunken haben, hatte er noch Angst, er könnte davon Vater werden. Eigentlich hab ich ihn gar nicht rausgeworfen.«

»Er kam nicht wieder.«

»Du bist gemein.«

Ruth holte ihre Axt, warf, das Ding sackte zu Boden. Der Kerl erlitt keine weitere Blessur.

»Darf ich dir mal nen Tipp geben?«, sagte Ruth, »aus professioneller Perspektive, mein ich? Du bist viel zu verhalten. Hau mal richtig weg das Teil. Du musst dabei schreien oder mit den Armen rudern, na los!«

»Oh Gott, da brauch ich aber erst noch nen Schluck.«

»Na, dann Prost.«

»Prost.«

Kate wischte sich den Pernod von den Lippen, riss den Mund auf, doch es kam kein Schrei heraus, sondern nur ihr Kichern, nur wieder dieses Katrin-Hohenhausen-Kichern, dieses *Erasmus*-Kichern aus der Bar *Les Années de la fac*.

»Na los«, rief Ruth, nun ebenfalls mächtig angeschickert, »raus damit! Schrei es ihm ins Gesicht! Sag ihm, was für ein kleiner, kindischer Loser er ist.«

»Du kleiner, kindischer Loser!«

Kate schrie. Jetzt aber wirklich. Sie brüllte es heraus. Aus den anderen Wurfboxen zog Kate bereits Blicke auf sich. Kate schwang die Axt, führte einen kreisenden Tanz auf, einer Kugelstoßerin nicht unähnlich, brüllte noch einmal, holte aus, zielte und warf.

Die Axt blieb stecken. Kate grinste nur still.

»Kate! Super! Mitten ins Auge.«

»Und du? Was ist eigentlich mit dir? Hast du Jann nicht mitgebracht?«

»Ob ich was?«

»Ausgedruckt, mein ich.«

»Na, das ist jetzt aber ein Runterbringer.«

»Du kannst auch Lars nehmen, wenn du willst.«

»Ich glaub, ich will eigentlich gar nicht. Aber ist denn alles in Ordnung mit ihm? Wie sah er denn aus?«

»Wer? Jann? Hab ich länger nicht gesehen.«

»Mach keine Witze, Kate.«

»Sisal ist allein gefahren.«

»Das ist nicht lustig. Sisal ist fünf.«

»Sie hat gesagt, sie weiß, wo sie rausmuss. Und sie kannte die Schaffnerin. Die wohnt direkt neben dem Schloss.«

»Neben dem Schloss wohnt gar niemand, außer einem alten Brabbelkopp. Jetzt hör schon auf damit. Kate? Kate! Schau mich mal an!«

Sie musste Kates Kinn mit der Hand nach oben heben, wie sie es früher mit Sisal gemacht hatte, wenn die ihr nicht gehorchte. Der wässrige, angetrunkene Blick ließ Ruth erstarren, sie ließ ihre Axt sinken und verfluchte jeden Schluck Pernod, den sie getrunken hatte, sie benötigte jetzt einen klaren Kopf.

War das ein Witz?
Meinte sie das ernst?

16.34 Uhr Abfahrt Berlin Ostkreuz. 17.48 Uhr Ankunft Solikante (Gut). Das war eineinhalb Stunden her. Eineinhalb Stunden, die Sisal nun schon nicht mehr im Zug saß, wenn sie denn überhaupt ausgestiegen war, vielleicht war sie einfach sitzen geblieben, bis Polen, und nun wieder auf dem Weg zurück nach Berlin. Oder aber, nein, undenkbar, sie musste in Solikante ausgestiegen sein, und Ruth musste sie abholen, und etwas anderes war gar nicht zu denken, daran dachte sie jetzt einfach nicht.

»Sie hat gesagt, sie kennt die Schaffnerin«, sagte Kate, nun doch etwas verunsichert. »Sie hat gesagt, dass sie das schon öfter gemacht hat.«

»Bist du wahnsinnig, Kate?«

»Sie hat sogar noch aus dem Zugfenster gewunken, ich dachte wirklich, es ist alles okay.«

»Du mieses Stück Scheiße, Kate, ach, was verschwende ich hier überhaupt meine Zeit!«

Ruth griff sich ihren Mantel und rannte die Treppe nach oben, zum Ausgang, zum Taxi, zum Bahnhof, während sie ein ums andere Mal die Nummer wählte, die sie längst gelöscht hatte, die sie stets wegklickte, wenn sie auf ihrem Display erschien, die sie aber partout nicht hatte vergessen können.

Ruth heulte, sie hatte einen metallenen Geschmack im Mund, kein Pastis, sondern Blut, sie schmeckte ihr eigenes Blut. Sie hatte mit dieser Wahnsinnigen pubertäre Witze gerissen und viel zu viel Alkohol gesoffen, während Sisal, ihr kleiner Goldschatz, ihr kleiner, einsamer Liebling, ihr einziges Bienchen, allein nach Polen fuhr, schon auf dem Weg nach Weißrussland war oder nach Sibirien, dieser kleine, lebenswarme Menschenpunkt, allein da draußen in einer kalten, verregneten Welt, sie schrie ihr Handy an, Tränen fielen auf das Display, sie wischte sie herunter und wählte erneut.

Doch Jann ging nicht dran.

4.

Er lief die letzten Meter auf seine Tochter zu, die allein und frierend am Gleis stand, den kleinen Filzmantel zu weit geöffnet, die blonden Haare vom Regen genässt und gewellt.

»Mein Schatz, mein kleiner Engel!«
»Da bist du ja endlich, Papi.«
»Alles okay mit dir?«
»Ich weiß jetzt nicht, ob du zu spät bist, weil vielleicht war auch ich zu früh.«
»Bist du okay? Ist alles in Ordnung? Warte, ich mach dir den Mantel zu. Ist dir nicht kalt? Wo ist denn Kate?«
»Mann, Papa. Ich mag nicht, wenn du so viele Fragen auf einmal stellst. Was willst du denn jetzt wissen?«
»Alles. Ach, nichts, Schatz. Komm her, lass dich noch mal drücken. Wo ist Kate? Und wie war die Fahrt?«
»Jetzt fängst du schon wieder damit an. Können wir vielleicht mal nach Hause gehen? Ich hab nämlich Hunger. Oder hast du wieder nicht eingekauft?«
»Doch, nein. Natürlich. Ich mein, wir können zu Frieda gehen. Magst du? Was essen und eine Brause?«
»Au ja, lass uns zu Frieda!«

Sie hakte sich bei ihm unter, was bei ihrer geringen Größe dazu führte, dass er ein wenig schief ging, aber das war ihm gleich.

Nur, wie rieb er sich jetzt die Tränen aus den Augen, ohne dass Sisal etwas davon mitbekam? Sie hatte etwas Besseres verdient als Tränen zur Begrüßung. Sisal war keine zwei Minuten allein gewesen am Gleis, aber wie mochten die sich angefühlt haben?

»Wie lange standst du denn da, mein Engel?«
»Ich weiß nicht. So ein, zwei Stunden vielleicht?«
»Und waren die lang, die Stunden?«
»Nee, ganz kurz. Nur der Bahnhof sah irgendwie anders aus.«
»Das ist, weil du in *Dorf* ausgestiegen bist, nicht in *Gut*.«
»Aber du wohnst doch in Solikante?«
»Ja, aber der richtige Bahnsteig heißt *Solikante (Gut)*.«
»Du hast einen eigenen Bahnsteig? Cool. Das muss ich Mama sagen!«

Als die karge Apfelallee aufs Feld stieß und vor ihnen ein endloser Raum aus Nebel und Krähen und nasser Erdkrume aufging, in dem sich ein Stromkabel von Mast zu Mast schwang, kleiner, immer kleiner werdend bis zum Horizont, versuchte Jann herauszufinden, ob Sisal sah, was er sah. Doch sie interessierte sich nur für die Pfützen auf dem sandigen Weg. Sisal blickte ihn schelmisch von unten an und trat, da kein Verbot kam, immer kräftiger auf die kleinen Lachen ein, und Jann hätte beinahe schon wieder losgeheult.

In der *Märkischen Einkehr* war es um die Uhrzeit noch leer. Der Ofen bollerte, es roch leicht nach Plastik. Sisal betrat den Schankraum, etwas erschöpft, aber zielstrebig, und schlang ihre Ärmchen um den mageren Leib der Achtzigjährigen, zusammen waren sie noch immer nicht älter als fünfundachtzig, dachte Jann, verdammt nochmal, was war denn los mit ihm, er konnte doch jetzt nicht den ganzen Abend nur heulen.

»Ich bin ganz allein Zug gefahren, Frieda!«
»Sisal! Goldschatz. Wie lange haben wir uns nicht gesehen?«
»Ach, nur ein paar Minuten oder so!«

Frieda sah Jann an, und Jann sah Frieda an, und beide wollten nicht schmunzeln, und beide schmunzelten, und dann machte Frieda zuerst, oder machte Jann zuerst einen Schritt nach vorn, und dann umarmten sie sich doch. Er hätte sie gern eine Weile ausgekostet, diese Umarmung, er liebte Frieda, auch dafür, dass sie achtzig war, ein Alter, in dem man eine Frau doch wohl etwas länger umarmen durfte, wenn einem danach war, oder nicht?

»Karl Ole und Kasiuk?«, fragte er.
»Fußball«, sagte Frieda.
»Na, dann mach mir mal eins, und Sisal, eine Brause?«
»Gibt es auch Mango-Lassi?«
»Du willst mir wohl verpiepen!«

Frieda öffnete ein Bier, nahm ein Glas aus der golden verspiegelten Rückwand hinter dem Tresen, stellte *Antenne Brandenburg* leiser, schenkte *Himmelspforte*, eine rote Fassbrause aus einer kleinen, braunen Glasflasche aus, blieb selbst bei einem Becher Kräutertee. In der *Märkischen Einkehr* war das, was andernorts so unüberwindbare Schwierigkeiten darstellte, immer einfach gewesen. Hatte man Durst, bekam man ein Bier. (Oder Brause, wenn man gerade trocken war.) Hatte man Hunger, bekam man Schnitzel mit Pommes. Die Frage lautete nicht: Was willst du essen? Sondern: Willst du essen? Jann hatte diesen Mangel an Entscheidungsmöglichkeiten immer geliebt.

Wozu es führte, wenn man von früh bis spät Entscheidungen zu fällen hatte, sah man eine Stunde weiter westlich. Es war hinlänglich bekannt, dass die meisten Berliner verrückt geworden waren. Das brachte die Stadt nun einmal mit sich. Rad oder U-Bahn? Café Americano oder Espresso Macchiato? Zu Hause bleiben oder ausgehen? Brot und Butter oder Bread and Butter? Gras kaufen oder abwinken? Abgase inhalieren oder Umweg durch den Park? Lidl oder Bio Company?

Almodóvar oder David Wnendt? Kurzstrecke oder Berlin AB? Berlinische oder c/o Berlin? Einstein Stammhaus oder Unter den Linden? Thailändisch oder indisch? Batthura oder Papadam? Raus an den Wannsee oder nur in den Park? E-Mail oder persönliches Treffen? Mit vierzig noch immer in den Ritter Butzke? Wirklich? Oder lieber ins Watergate? Und wann endlich in den Swinger Club? Davor noch eine Pizza? Lieber Falafel? Insomnia oder Zügellos?

S-Bahn und zehn Minuten laufen oder Taxi und Quittung? Aufrunden oder richtiges Trinkgeld? Bei der Fahrweise? Und: Kaufen oder mieten? Rauchen oder dampfen? Im Sitzen oder to go? Mit Deckel oder ohne? Tüte dazu? Ständige Vertretung oder Berliner Republik? Einen Kiez weiter nach Osten? Oder ist der auch schon gentrifiziert? Home-Office oder Coworking Space? Ohne Eintritt, aber Caipi zehn Euro, oder mit Eintritt, aber Bier aus der Flasche? Schlaflabor oder Dunkelrestaurant? Sex oder Fluoxetin? Diazepam oder One-Night-Stand? Molle mit Korn am Späti oder Finest Whiskey in Schöneberg?

Auch wenn die Beziehung zu Frieda nicht mehr dieselbe war seit dem Sommer, hierauf konnten sie sich noch immer verständigen: Berlin führte zu psychischen Krankheiten. Oder zu Krebs. Die Berliner hatten einen Trick entwickelt, um das Offensichtliche auszublenden. Sie bezeichneten die Hängengebliebenen und Einsamkeitsverwahrlosten kurzerhand als Originale. So konnten sie über sie lachen, und da sie so schön über sie lachen konnten, über die Berliner Originale, mussten sie sich keine Sorgen machen, mussten sie sich nicht um sie kümmern, konnten sie sie vergessen, sowie sie an ihnen vorbeigegangen waren.

Ja, es hatte sich eingebürgert, sie lustig zu finden, die singenden Berber, die kopfwackelnden Bettler, die aus dem Nichts gellenden Aufschreie in den modrigen U-Bahn-Schächten, die ukrainischen, rumänischen, bulgarischen Prostituierten, die einem folgten, auf dem Parkplatz vorm *Möbel Hübner*, die Alkoholiker in abgetragenen Anzügen, die mit gebügelten Hundertern zahlten, die Greisinnen, die ihre krebskranken Hunde im Kinderwagen vor sich herschoben, die mit sich selbst sprechenden Frauen, die jederzeit in die Hocke gehen und in die Büsche pinkeln konnten, die Männer mit den blutunterlaufenen Augen, die nach den Sternen griffen und sich dabei auf die Zehenspitzen stellten. Waren die nicht komisch? Waren das nicht Originale?

Ruths Wohnung lag in einem besonders toxischen Viertel, an der Potse, wie sie nicht müde wurde zu sagen, Jann fand das etwas anbiedernd. Weder sie noch er stammten aus Berlin. Er schauderte, als er sich das fadenscheinige Personal vor Augen rief, das rund um die Potsdamer Straße auf seine Auflösung wartete. Kindliche Nutten. Greise Freier. Und andersherum. Dazwischen ein paar gestresste Mütter mit Kinderwagen, die das alles unglaublich normal und unglaublich städtisch fanden und niemals, niemals etwas auszusetzen hatten an diesen Berliner Originalen, an dieser Berliner Vielfalt, das gehörte doch zum Leben dazu!

»Was gibt's denn zu essen?«, fragte Sisal etwas schläfrig. »Ich hab nämlich Hunger.«

»Kinderschnitzel?«, schlug Jann vor.

»Mit Pommes«, sagte Frieda, und machte sich bereits auf den Weg in die Küche.

»Ich ess aber kein Schnitzel.«

»Was ist das denn nu wieder für ne Mode?«

»Nur noch Hühnchen.«

»Hühnerschnitzel ham wa nich!«

»Dann einfach Pommes?«, fragte Jann.

»Gibt es Sabzi? Oder irgendwas mit Erdnusssoße? Ich mag nämlich gern Erdnusssoße und diese Hühnchen am Spieß.«

»Sisal, hier gibt's keine Erdnusssoße. Hör auf damit.«

»Aber Mama hat gesagt –«

»Es ist egal, was Mama gesagt hat. Du bist jetzt nicht bei Mama. Du bist bei Frieda. Hier gibt es Schnitzel. Magst du eins?«

»Dann bitte Pommes. Aber ohne was drauf.«

Frieda schwieg, Jann spürte, dass sie litt. Es war Jann in all den Monaten nicht gelungen, Ruth zu erklären, warum er ein Bio-Start-up geführt hatte, in der *Einkehr* aber Schweineschnitzel bestellte. Er meinte, die Erklärung dafür in Friedas Miene zu finden, vielleicht musste Ruth einfach etwas länger in Friedas Miene blicken, um Jann zu verstehen. Darin lag weniger Leid, darin lag vielmehr Trauer, die Ahnung des bevorstehenden Verlusts, dass man ihr Sisal auch wieder wegnehmen würde, bereits dabei war, ihr Sisal wegzunehmen, weil das mit dem Dorf auch in Solikante nicht mehr funktionierte. Das mit dem Dorf, das funktionierte überhaupt nirgends mehr. Jann hatte kein Mitleid, dafür war Frieda zu hell im Kopf und zu stark, er sah nur keinen Sinn darin, Berliner Bio gegen Solikanter Schnitzel auszuspielen, und –

»Das war echt toll mit Ingala. Ich durfte mit ihr mitgehen und einen Zahnabdruck in ihre Karten machen.«

»Einen was?«

»Na, man macht einen Zahnabdruck, und dann dürfen sie mitfahren. Wusstest du das nicht?«

»Aber was macht denn Ingala in dem Zug?«

»Sie ist da die Chefin!«

Bald trug Frieda zwei völlig überladene Teller aus ihrer kleinen Küche, stellte Mayonnaise und Ketchup dazu, leicht gekränkt, dass sie Sisal nicht noch mehr verwöhnen durfte, dass ihr Schnitzel nicht gewünscht war. Jann trank sein Bier aus, um den Plastikgeruch, der aus dem Ofen drang, nicht so sehr wahrzunehmen. Wenn er nüchtern in die *Märkische Einkehr* kam, benötigte er genau zweieinhalb Bier, bis er das Plastik nicht mehr roch. Er hatte es oft genug ausprobiert.

Ja, zum Teufel, wie sollte er Geld verdienen, wenn er tagein, tagaus mit Überleben beschäftigt war? Mit dem Abwehren der Angriffe auf seine Gesundheit? Ausnahmslos alle Autos starteten ihre Motoren in dem Moment, in dem er an ihnen vorbeiging. In seinem Trinkwasser im Schloss waren 0,01 mg Blei pro Liter gemessen worden, das entsprach exakt dem Grenzwert! Nicht etwa einem Hundertstel des Grenzwertes oder lieber noch einem Tausendstel. Nein! Exakt dem Grenzwert!

Am schlimmsten aber: Bei Ostwind kontaminierte das *Geteilte Land* ganz Solikante. Da kaufte er eigens ein Schloss, um dem Feinstaub der Stadt zu entkommen, und schon bereitete man hinterrücks einen neuen Angriff auf ihn vor. In seinem Acker lagerten Altölfässer aus der DDR. Da sollte er eine Kartoffel hineinstecken? Da sollte er auch nur atmen? Leben? Wie sollte das gehen: leben? Das Wissen darüber, wie zu leben sei, war ihm abhanden gekommen.

»Machste mir noch eins?«
»Nu iss doch erst mal was«, maulte Frieda ihn an.

Jann erinnerte sich an die Bedürfnispyramide aus dem Ethikunterricht. Was war da ganz unten gestanden? Sozialversicherungspflichtiger Industriearbeitsplatz? Nein. Dort stand: frische Luft. Noch vor Wasser. Noch vor Nahrung. Noch vor Sex. Und er hatte keine frische Luft. Schon gar nicht bei Ostwind. Er befand sich im Dauerkrisenmodus. Stand unter permanentem Beschuss. Wenn mal jemand die Freundlichkeit besäße, ihm zu erklären, wie er in diesem Krisenmodus Geld verdienen sollte? Er konnte ja nicht einmal in Ruhe nachdenken. Schon gar nicht bei diesem Plastikgestank.

Er würde Karl Ole fragen. Schluss. Fertig. Aus. Und da es üblicherweise zu nichts führte, Karl Ole etwas zu fragen, würde er die Miete einklagen. Im Grundbuch stand Jann eingetragen, nicht Karl Ole. Der wohnte in einem ehemaligen Gesindetrakt hinter dem Teich. Ob das schon immer so gewesen war? Interessierte ihn nicht. Jann war kein Halsabschneider, er würde keine fünfhundert Euro verlangen. Aber dreihundert? Dreihundertfünfzig?

»Du schläfst ja gleich ein, beim Essen!«, sagte er zu Sisal. Sie hatte ihr Köpfchen auf der Faust abgestützt und blickte ins Leere.
»Gar nicht wahr.«
»Bist du müde? Sollen wir gehen?«
»Ich bin nicht müde. Sag nicht immer, dass ich müde bin!«

»Es ist nicht schlimm, wenn man müde ist.«
»Ich bin aber nicht müde.«
»Dann iss.«

Jann nahm in Kauf, dass er sich nicht sonderlich beliebt machen würde in Solikante. Miete eintreiben, so was machte man hier nicht. Aber die Zeit, zu der er sich in Solikante beliebt gemacht hatte, war seit Ruths Anfall ohnehin vorbei. Sie sprach von seiner Tat? Dann sprach er eben von ihrem Anfall. Einem beinahe schon klassischen, hysterischen Anfall, zu dem nun wirklich nur eine Frau in der Lage war. Samt melodramatischem Abgang.

Er bat Frieda um zwei Kurze, aber sie wollte nicht mittrinken. Was bildete die sich denn auf einmal ein? Egal, trank er eben allein. Es beflügelte ihn, dass er offensichtlich auf der richtigen Spur war. Er würde mit Karl Ole nur beginnen. Es stand ihm weit mehr zu. Ingala, Karl Oles Tochter, wohnte ebenfalls in einem Nebengelass, das zum Schloss gehörte. Als Schaffnerin verdiente man doch genug, um Miete zu zahlen? Historisch gesehen gehörte ganz Solikante (Gut) zum Schloss. Alles seins. Aber erzähle das mal jemandem, dem vierzig Jahre lang Sozialismus gepredigt worden war.

Er nahm noch einen Schluck Bier. Leer. Och nö. Immer so schnell leer, alles. Ganz im Gegensatz zu Sisals Teller, auf dem sich rein gar nichts tat. Frieda flüsterte ihr irgendwelche Liebkosungen ins Ohr, Sisal strahlte, aß aber dennoch nichts. Vielleicht sollte er sich einen Anwalt nehmen und das Geld auch rückwirkend eintreiben. Mit Zins und Zinseszins. Falls Karl Ole das Geld nicht hatte, konnte er ihn noch immer vom Grundstück vertreiben. Und dann? Würden sie ihn lynchen? Wohl kaum. Nur weil ihm in Solikante niemand glaubte, dass er pleite war, war er dennoch pleite. Alles, was er noch hatte, war ein Schloss. Es war sein gutes Recht, damit Geld zu verdienen.

Der Kapitalismus hatte in dieser, seiner letzten Konsequenz in Solikante nie Einzug gehalten. Hier kaufte man nicht Häuser, um mit ihnen Geld zu verdienen, um sie zu vermieten oder gar weiterzuverkaufen. Hier kaufte man, wenn überhaupt, ein Haus, um es ein Leben lang zu bewohnen. Im Grunde kaufte man gar keines, sondern man erbte das, in dem man aufgewachsen war. Irgendwas schien ihm schlüssig an dieser Lösung. Zwei Häuser konnte man ohnehin nicht gleichzeitig bewohnen. Aber er war ja kein Kapitalist, nur weil er Geld brauchte. Den Unterschied verstanden die Bewohner von Solikante (Gut) leider nicht.

»Was ist denn nun, Sisal, isst du die noch?«
»Die sind so dunkel an den Enden. Ich mag nicht, wenn die zwischen den Zähnen kleben bleiben.«
»Soll ich noch mal welche machen, die heller sind?«, fragte Frieda.
»Auf keinen Fall. Diese oder keine«, sagte Jann.
»Dann keine.«
»Sag mal, Frieda«, sagte Jann, vor allem, weil er sich für seine Tochter schämte, »Karl Ole, der kriegt doch ganz gut Rente, oder nicht?«
»So, wie er hier anschreiben lässt, eher nicht. Wieso?«
»Na, LPG, Umschulung und so, das wurde doch alles angerechnet?«
»Was haste denn nu wieder vor?«
»Du weißt schon. Die Sache mit dem Schloss.«
»Wenn du nen Rat haben willst, Karl Ole ist randvoll mit seiner Wut auf den Syrer. Wenn de jetzt doch noch mit deinen

Forderungen kommst, platzt der. Und eins sag ich dir, wenn Karl Ole platzt, willste nicht daneben stehen.«

»Es ist mein Schloss. Ich hab's gekauft. Er wohnt auf meinem Gelände.«

»Er wohnt auf einem Altenteil. Das darf er. Bis er tot ist. Und seine Perle auch.«

»Kann ich nur Ketchup essen?«, fragte Sisal.

»Das ist doch ekelhaft.«

»Kann ich?«

»Ach, Sisal. Mach, was du willst. Und nein, es ist kein Altenteil. Im Grundbuch steht nichts davon.«

»Ich weiß, wie das endet«, sagte Frieda. »Mit eingeschlagenen Köppen. Das ist früher so gewesen, und das ist heute so. Die Männer ziehen eine Linie, und dann stellen sich die einen auf die eine und die anderen auf die andere Seite. Dann werden die Ärmel hochgekrempelt und gekämpft, bis eine Seite am Boden liegt. Worum es geht, ist absolut zweitrangig.«

»Ich bin pleite, Frieda.«

»Dann schreib ich an.«

»Und das Schloss? Wo kann ich das anschreiben?«

»Langsam wird es zu viel für ein Dorf. Erst du. Bekloppter Nummer eins. Dann Yvonne und die Biospinner in der Loose. Bekloppte Nummer zwei bis ich weiß nicht, wie viel da eigentlich hausen. Dann der Syrer. Und jetzt noch Streit um ein Altenteil? Ich kann dir sagen, wie das endet.«

»Mit eingeschlagenen Köppen?«

»Das war früher so, und das ist heute so.«

»Aber das Dorf, das bist ja nicht nur du. Das sind jetzt auch wir, also das bin jetzt auch ich, und Sisal, und –«

»Ich bin achtzig, Jann. Ich bin dann doch am längsten dabei von den ganzen Klößköppen.«

»Weißt du, was ich wirklich unfair finde? Erst ist man allein und braucht kein Geld, dann hat man eine Frau, die welches will, dann verdient man welches, dann ist man pleite wegen der Frau, dann geht die Frau, und am Ende hat man weder Geld noch Frau, aber auch nicht mehr die Ruhe, die man hatte, als man das Geld noch gar nicht brauchte.«

»Klingt nach *lose-lose*.«

»Was?«

»Haben sie vorhin auf *Antenne Brandenburg* gebracht. Das mit dem Brexit ist ein typischer Fall von *lose-lose*. Alle verlieren, verstehst du?«

»Frieda. Ich weiß, was *lose-lose* bedeutet.«

»Du willst sie wiederhaben. Gut. Versteh ich. Ist eine tolle Frau. Hier saßen schon Männer, die wegen weniger tollen Frauen geheult haben. Aber weißt du was? Du irrst dich. Geld ist völlig unwichtig. Und Geld von Karl Ole mal wieder so richtig ne duune Idee.«

»Der Ketchup schmeckt irgendwie nicht«, sagte Sisal.

»Zum Teufel, dann iss Senf.«

»Kann ich ohne Zähneputzen ins Bett? Ich bin müde.«

»Na klar. Schlaf einfach, mein Schatz.«

»Das ist aber nicht bequem.«

»Dann schlaf auf meinem Schoß.«

Frieda holte eine Decke aus dem alten Tanzsaal, in dem seit Jahren niemand mehr tanzte, und breitete sie über Sisal aus, strich ihr das Haar aus dem Gesicht, küsste sie auf den Mund.

»Was weißt du denn überhaupt über das Dorf?«, fragte sie, als sie wieder saß.

»Ich? Na ja. Befreiung durch die Rote Armee. Bodenreform. Produktionsgenossenschaft. Wende. Treuhand. Was meinst du denn jetzt?«

»Auf jeden Fall nicht diesen ganzen *Wessi-guckt-auf-den-Osten*-Kram. Ich meine, was weißt du wirklich über das Dorf? Nach dem halben Jahr, das du hier bist?«

»Die meisten haben irgendeinen Spleen.«

»Das sagt der Richtige. Aber ich erzähl dir jetzt mal was. Weiß jeder hier. Jeder. Wird dir aber niemand sagen außer mir.«

Und dann, als Sisal es sich auf Janns Schoß gemütlich gemacht hatte und im Ofen das laminierte Holz bollerte und Jann Sisals Pommes aufgegessen hatte, erzählte Frieda ihm eine Geschichte von früher. Sie begann mit dem großen Oderhochwasser, und da Frieda achtzig war, meinte das nicht das Hochwasser von 1997, sondern von 1947. Die Sirene ging nach Mitternacht. Frieda war sieben, ihr Vater trug sie in den ersten Stock der *Märkischen Einkehr* und nahm ihr das Versprechen ab, sich nicht zu rühren, vor allem nicht ins Erdgeschoss zu gehen. Die Bewohner von Solikante hielten alles für möglich in dieser Nacht.

Ein Wind ging, von Ost, der die Flutwelle vor sich hertrieb, Alt Nietzegöricke, Wandslow, sogar Alt Kebekow hatte das Wasser schon erreicht. Frieda, die keinen Bruder hatte, keine Schwester, lag im ersten Stock auf der Chaiselongue, ihr Herz schlug zu heftig, sie spürte den Puls schon im Hals. Von der Dorfstraße drangen Rufe herein, Schreie beinahe, Hufgeklapper. Wer spannte denn mitten in der Nacht die Pferde an? Frieda tat, was ihr untersagt worden war, sie stand auf und ging ans Fenster. Dunkelheit, dünner Regen, der gegen die Glasscheibe trieb.

Unten, auf der Dorfstraße, im Schein der Laterne, lag ein großer Haufen Sand. Die Frauen füllten ihn in Säcke und banden sie zu, die Männer transportierten die Sandsäcke ab. Frieda verstand nicht alles, aber sie begriff doch, dass es ernst war. Dass alle Bewohner von Solikante gefragt waren in dieser Nacht. Sie wollte helfen. Das sagte sie sich zumindest. Vor allem war sie neugierig. Sie zog sich die Schuhe an, schlüpfte in ihren Mantel und verließ die *Märkische Einkehr*. Auf der Dorfstraße stand das Wasser noch nicht. Frieda war ein wenig enttäuscht. Sie schlich um die Straßenlaterne herum, unter der ein Fuhrwerk nach dem anderen vorfuhr und Sandsäcke auflud.

Sie lief den Friedhofsweg entlang, unter den Linden hindurch zum Bahndamm. Von dort kam das Wasser. Es füllte die Sassen im Feld, überspülte den Feldweg, Friedas Schritte plätscherten nun. Die Männer aus dem Dorf brachten die Sandsäcke zur Unterführung, um den Bahndamm nach Alt Kebekow abzudichten. Frieda fand es spannend, dass alles, was sie sonst hell und trocken kannte, nun nass und dunkel war. Den Friedhofsweg, die Ponys von Ketterers, die schon im Wasser standen, den Feldweg zum Damm.

Aber es machte ihr auch Angst. Denn das Wasser ging ihr bald bis zu den Knöcheln. Was, wenn es weiter stieg? Sie näherte sich querfeldein dem Bahndamm. Das schien ihr eine gute Idee. Wenn das Wasser noch weiter stiege, würde sie auf dem Damm an Höhe gewinnen. Tatsächlich reichte ihr das Wasser nun schon zum Schienbein. Sie zog sich an den Dornbüschen, die den Bahndamm bewuchsen, nach oben. Als sie auf dem Gleis stand, war ihr, als blicke sie auf der anderen Seite des Damms auf ein Meer.

Alt Nietzegöricke. Wandslow. Alt Kebekow. Aus den Dörfern waren Inseln geworden. Ganz in der Nähe, in elektrischem Licht, stapelten die Männer des Dorfes einen Sandsack nach dem anderen auf, doch das Wasser schoss seitlings durch die Unterführung. Die Männer trugen Wat- und Angelhosen, darin verschwanden sie im Wasser bis zu den Knien. Frieda stand auf dem Damm in der Nacht und hatte Angst, allein zurückzugehen. Was, wenn die Flut immer weiter stiege? Sie wollte die Männer bitten, mit dem nächsten Fuhrwerk zurück ins Dorf zu fahren. Natürlich, das würde Ärger geben. Ihr Vater schlug nicht, das nicht, doch mit seiner Stimme konnte er Dinge tun, die weit mehr weh taten als ein Klaps hinters Ohr. Sie folgte den Schienen weiter in Richtung der Unterführung.

- Halt. Wer da! Einer der Männer richtete den elektrischen Scheinwerfer auf sie.
- Halt, da ist jemand, da oben, auf dem Damm!
- Geh zurück nach Kebekow, rief der Mann.
- Aber, sagte Frieda. Ich kann nicht zurück. Das Wasser.
- Geh nach Hause. Verschwinde. Wir haben hier keine Zeit für dich. Wir saufen hier alle noch ab.

Die ersten Männer machten sich wieder an die Arbeit und schichteten weiter Sandsäcke auf. Und Frieda bekam Panik. Von oben der Regen, von unten das steigende Wasser, die feindlichen Männer. Sie wusste nicht, wohin mit sich. Sie weinte, kauerte sich auf den Damm, mitten ins Gleis.

- Halt, Moment noch mal! Das ist doch die kleine Maliker.
- Was? Vom Hans?
- Ja, aus der *Einkehr*!
- Hans! Hans! Komm mal her!
- Frieda? Frieda? Frieda!

Es war die Stimme ihres Vaters. Frieda richtete sich auf. Der Mann, der den Scheinwerfer bediente, leuchtete ihr nun direkt ins Gesicht. Sie kniff die Augen zusammen, konnte nicht sprechen, hatte unselige Angst. Die Männer stiegen im Regen den Damm hinauf, Friedas Vater schimpfte nicht und schrie nicht, sondern nahm sie in den Arm. Die Männer des Dorfes schlossen sich um sie zu einem Kreis. Erst da, auf den Armen ihres Vaters, begann sie zu weinen.

Am nächsten Morgen hatten sie es geschafft. Das Wasser war zurückgedrängt. Die Häuser und Keller von Solikante wurden nicht überschwemmt. Weniger gut sah es auf der anderen Seite der Bahnlinie aus. Alt Nietzegöricke, Wandslow, Alt Kebekow waren allesamt überschwemmt. Als Friedas Mutter am Frühstückstisch fragte, ob sie überhaupt geschlafen habe, in all dem Lärm, traute Frieda sich nicht, sie anzusehen.

Auf einmal fiepte, bimmelte und vibrierte Janns Telefon. Er machte Frieda gegenüber eine entschuldigende Geste und warf einen kurzen Blick auf das Gerät. Sieben Nachrichten und einundzwanzig Anrufe. Allesamt von Ruth. Offenbar hatte sich gerade in dieser Sekunde eine Funkzelle in dem ewigen Funkloch geschlossen. Sekündlich gingen neue, angestaute Nachrichten ein. Er stellte das Gerät aus und steckte es in die Hosentasche. Später, sagte er sich.

»Von Ruth?«, erkundigte sich Frieda.
»Von Ruth«, sagte Jann.
»Und? Wird das noch was, mit euch?«
»Ich fürchte, nicht. Nein.«

Sisal auf seinem Schoß gab ein unwirsches Nuscheln von sich. Sonst war es still in der *Einkehr*. Jann nahm Friedas Hand, die auf dem Stammtisch lag, er strich über die seidene, beinahe knisternde Haut, Friedas Augen waren glasig geworden. Jann bettete

Sisal auf die Eckbank um, stand auf und nahm Frieda fest in den Arm. Ihr Haar roch nicht süßlich, wie das Haar alter Menschen manchmal roch, es roch nach nichts. Er gab Frieda einen Kuss, rechts auf die Schläfe.

»Ich weiß, dass de bekloppt bist«, sagte Frieda leise, »aber ich mag dir trotzdem.«
»Psst. Schon gut.«
»Nein. Ist nicht gut. Ich war nicht fertig.«
»Tut mir leid. Ich hab das Ding ausgestellt.«
»Solikante ist geteilt, verstehst du?«
»In Dorf und Gut, ja, ich weiß.«
»Nein. In die, denen die Geschichte peinlich ist. Und in die, die nicht verstehen, was um alles in der Welt daran peinlich sein soll.«

Da Jann nicht antwortete, war es mit einem Mal so still in der *Einkehr*, dass der Nachrichtensprecher von *Antenne Brandenburg* wieder zu hören war. Wetter und Verkehr. Regen. Kälte. Wind. Neunzehn Uhr fünfundvierzig, *Oldies am Abend*. Jann hatte keine Lust mehr auf Menschen. Er hatte keine Lust mehr auf Bier. Er wollte zahlen, doch Frieda nahm sein Geld nicht an. Er wusste, dass er sie beleidigte, wenn er den Zehner einfach liegen ließe. Und so zog er der schlafenden Sisal den kleinen Mantel an, fädelte ihre Füße in die Schuhe, dann hob er Sisal auf seine Schultern, wo sie liegen blieb, warm und nuschelnd und dankbar, dass es endlich nach Hause ging.

Draußen, vor der *Einkehr*, stand noch immer eine der Straßenlaternen mit diesem ovalen Leuchtkörper des *VEB Leuchtenbau Leipzig*. Als Frieda klein war, musste eine andere hier gestanden haben. Aus den Schloten der Höfe drang Kohlemief, der sich zwischen Einfahrten und Tore senkte, Kasiuk Ketterers Hund schlug an, dann verließ Jann den Kegel der Straßenlaterne, tauchte ab in die Dunkelheit, näherte sich dem Schloss.

Die Fassade war wirklich gelungen. Das hätte Ruth ruhig einmal zugeben können. Sechs symmetrisch in die Mauer gelassene, doppelflügelige Fenster mit je einem kleinen Spitzdach aus Stuck. Zwei in den Vorplatz zwischen den Rabatten eingelassene Strahler, die den mattgelben Farbton, das Sichtmauerwerk an den Erkerfenstern, betonten.

Er umrundete den Ostflügel, Sisal noch immer auf den Schultern. Im Hof war es finster. Er stolperte über den Hackklotz, in dem noch die Axt steckte, stieg dann die Freitreppe hinauf, stemmte sich mit der Seite gegen die Tür. Der Geruch nach Bauschimmel war heute erträglich, Jann nahm an, dass es mit dem Luftdruck zu tun hatte. Als Jann die gewendelte Holztreppe in den ersten Stock stieg, fühlte er sich, als käme er direkt aus dem Kreißsaal. Ruth an seiner Hand. Sisal auf seinem Arm.

Er würde Sisal ein warmes Nest bauen, mit bunten Kissen in ihrem Zimmer, und sich neben sie legen, er würde sie an der Hand halten im Schlaf und den Ofen für sie nachheizen und von innen die Tür verbarrikadieren. Sisal war so selten, so kostbar. Er erreichte das einzige Zimmer im ganzen Schloss, das fertiggestellt war. Er stemmte die Tür mit dem Fuß auf, Staub sog sich ihm ins Gesicht, er trug Sisal im Dunkeln auf ihr Bett, legte sich zu ihr.

Als er sich von ihr freimachen wollte, um ihr die Schuhe auszuziehen, klammerte sie sich um seinen Bauch, fasste sie nach seiner Hand.

»Geh nicht weg, Papa.«
»Ich gehe nicht weg. Ich bin bei dir. Niemals würde ich weggehen, mein Schatz.«

Er wartete, bis sie wieder schlief. Doch jedes Mal, wenn er seine Hand aus ihren kleinen Fingern zog, festigte sich wieder ihr Griff. Er wusste, was zu tun war. Er musste Gliedmaße um Gliedmaße vorgehen, ihr erst seinen Bauch, dann seinen Arm und erst ganz am Schluss seine Hand entziehen. Da, seinen Arm hatte er wieder für sich. Sie war nicht aufgewacht. Er wartete. Zählte bis hundert. Nahm dann ihren Kopf von seiner Brust. Achtung. Leises Schnuffeln. Wieder zählte er bis hundert. Dann entzog er ihr seine Hand. Doch im letzten Moment schnappte sie wieder zu.

»Papa.«
»Ja, mein Engel?«
»Du sollst nicht weggehen.«
»Ich gehe nicht weg.«
»Kannst du Licht machen?«
»Du schläfst doch schon.«
»Nein. Ich schlafe nicht.«
»Psst. Schlaf jetzt, mein Schatz.«
»Ich bin ganz wach, Papa. Guck!«

Sie setzte sich im Bett auf, um zu beweisen, dass sie nicht schlief. Er stand auf und machte Licht. Sisal saß mit müden Augen auf ihrem Bett. Vor ihr die *Brio*-Holzeisenbahn, auf der sie vor einem Monat das letzte Mal gespielt hatte, der *Märklin*-Metallbaukasten, den sie vor einem Monat das letzte Mal geöffnet hatte, die *Wieso? Weshalb? Warum?*-Bände, in denen sie vor einem Monat das letzte Mal geblättert hatte, die *Carrera*-Bahn. Erst jetzt, in dem künstlichen Licht, fiel Jann auf, dass auch die Klötze und Bücher, die Rennautos und Schienen, die Murmeln und Kräne eine feine Schicht Staub angesetzt hatten. Keine Flusen, aber doch schon eine geschlossene Schicht.

»Willst du noch spielen?«, fragte er.
»Nein. Ich weiß nicht.«
»Oder wir spielen zusammen? Wir spielen einfach zusammen, bis du müde bist.«
»Ich bin müde.«
»Aber du kannst nicht schlafen?«
»Ich hab Angst, Papa.«
»Aber warum denn?«
»Es ist so still hier.«
»Dann mach ich dir eine CD an. *Michel in der Suppenschüssel*, ist das okay?«
»Ist okay.«
»Aber hören willst du es nicht?«
»Kannst du wieder zu mir kommen?«
»Natürlich. Ich mach nur die Geschichte an.«
»Nein, lass.«
»Wir können ein Rennen machen. Wie früher. Auf der *Carrera*-Bahn?«
»Ich weiß nicht.«
»Lieber was bauen?«

Sisal ließ sich von der Bettkante rutschen und steckte müde eine Weiche an einen Bahnübergang der Holzeisenbahn. Sie suchte nach einer der vielen Loks, die er ihr geschenkt hatte, und zog sie auf. Die Lok fuhr über den Bahnübergang und dann auf die Weiche, und fiel dann auf die grobe, originale Dielung von 1904. Die Aufziehmechanik sirrte noch eine Weile.

»Sisal, was ist denn?«
»Ich weiß nicht. Es macht keinen Spaß, allein.«
»Du bist nicht allein. Ich bin doch da.«
»Ja, aber du spielst nicht mit mir.«
»Ich bin ja auch kein Kind.«
»Ich will auch gar nicht, dass du ein Kind bist. Ich will, dass du ein Papa bist.«
»Psst. Ist schon gut. Ist schon gut, mein Engel. Alles wird gut. Glaubst du mir das?«

Er strich ihr die Haare aus den verweinten Augen, ihre Lippen waren erschreckend in die Breite, die Mundwinkel nach unten gezogen.

»Alles wird gut. Alles, okay?«
»Alles?«
»Ja, alles, mein kleiner Schatz.«

Aus dem Hof drangen Geräusche in den ersten Stock. Schritte. Rufe. Schläge.

»Was ist das?«, fragte Sisal.
»Was ist was?«
»Na, unten. Hörst du es nicht?«
»Nein. Obwohl, ja. Ich seh mal nach.«
»Nein, geh nicht weg. Lass mich nicht allein!«

Unten polterte nun jemand gegen die Tür. Jann nahm Sisal wieder auf die Schulter, sie schmiegte sich an ihn, bis nirgendwo auch nur ein Hauch Luft zwischen sie ging. Dann lief er mit ihr in den Flur, an das bodentiefe Fenster, vor dem er einen kleinen Couchtisch aus Glas hatte aufstellen wollen und drei marokkanische Sitzkissen, jawohl, marokkanische, damit Ruth sich auch darauf setzte, und sie alle drei zusammen irgendein steinödes Familienspiel spielten, bei dem Sisal gewinnen würde, weil sie sich im Gegensatz zu Ruth und Jann merken konnte, wo das zweite, dunkelblaue Spielplättchen mit der Eule schon wieder lag.

Unten, im Hof, stand Karl Ole. Genauer: schwankte Karl Ole. Keine Frage, dass er direkt aus der *Einkehr* kam. Er wirkte schief, noch zerrupfter als sonst, hängende Cordhose, eine Art Pluderjacke, die Haare im Regen zerzaust. Er rüttelte an der Tür, die noch immer über kein Schloss verfügte, und rief nach ihm, »Jann!«, immer wieder brüllte er: »Jann! Komm runter«, brüllte er, »sonst komm ich hoch!«

Sisal nahm ihren kleinen, tränennassen Kopf von seiner Schulter, blickte nach draußen.

»Papa?«
»Ja, mein Engel?«
»Warum hat er deine Axt in der Hand?«

5.

»Jann? Jann! Endlich! Wo ist sie?«

»Ruth? Beruhige dich. Was ist? Wo bist du überhaupt?«

»Sag mir sofort, wo meine Tochter ist, oder ich zeig dich an!«

»Ruth, was soll das. Sie ist hier. Sie schläft.«

»Sie ist hier? Wo? Bei dir? Jann, gib sie mir ans Telefon. Ich will sie hören, sofort.«

»Sie schläft. Sie ist gerade erst eingeschlafen. Wir hatten, ähm, Besuch. Und, Ruth? Ruth? Wo bist du überhaupt?«

»Ich? Im Taxi, natürlich.«

»Im Taxi?«

»Du gehst ja nicht dran. Ist sie wirklich bei dir? Geht es ihr gut? Nun gib sie mir doch mal.«

»Ruth, verdammt nochmal, was ist mit dir? Sie schläft.«

»Sag mir, dass Sisal bei dir ist.«

»Aber das hab ich dir doch grade gesagt.«

»Gib mir mal Frieda.«

»Zum Teufel, Ruth. Sie liegt in ihrem Bett. Wir sind nicht bei Frieda.«

»—«

»Ruth? Du weinst ja?«

»Mach dir jetzt nur keine Hoffnung. Mach dir nur nicht das kleinste Fitzelchen Hoffnung!«

»Was kann ich denn dafür, dass Kate sie allein in den Zug setzt?«

»Ich sag dem Fahrer jetzt, dass wir umdrehen. Du lässt Sisal nicht aus dem Auge. Morgen hol ich sie. Und dann war's das. Aus. Vorbei. Solikante ist ab heute für Sisal gestorben. Verstanden?«

Ruth legte auf. Das Taxi hatte Berlin schon vor einigen Minuten verlassen, die Lichter der Straßen und Häuser dünnten bald aus. Rechts und links der B 1 öffneten sich die ersten Felder, schwarze Flecken in der Nacht. Ruth wusste nicht, was der Fahrer gehört hatte, sie beugte sich vor in dem dunklen Innenraum, um ihm zu sagen, dass er wenden und zurückfahren sollte, doch etwas hielt sie zurück.

Das Taxi surrte, seit sie die Stadt hinter sich gelassen hatten, in gleichmäßig hohem Tempo durch die Nacht, und nun, da Sisal sicher in Solikante angekommen war, lehnte Ruth sich zurück in das neue Leder und atmete durch. Jede Minute, in der sie sich nicht entschied, kostete ungefähr einen Euro, aber das war nun auch egal. Sie wollte nicht umdrehen, sie wollte auch nicht ankommen. Weder in Berlin noch in Solikante. Sie wollte immer so weiterfahren, mit konstant hoher Geschwindigkeit, einem angenehm schweigsamen Fahrer, durch eine klare, wenn auch noch etwas nasse Nacht.

Solikante bestand zu einem beachtlichen Teil aus Originalen, das war nicht neu. Jann. Sein brubbelnder Nachbar. Der Geheimrat. Yvonne und die Schamanen auf der Loose. So weit, so bekannt. Was neu war: Solikante war offenkundig so dermaßen verdeht, dass es nun schon ausstrahlte auf Menschen, die mit Solikante gar nichts zu tun hatten. Nun war auch Kate schon verrückt geworden. Und wieder irrte Jann: Das Reich des Wahns war nicht in Berlin zu verorten, sondern in Solikante, der Ort strahlte aus, schon bis in die Hauptstadt, Ruth fürchtete, dass der Wahn auch Sisal noch befiel. Immerhin war sie nicht auf dem Weg nach Sibirien. Das war noch das Beste, was dieser Abend gebracht hatte.

»Entschuldigung?«, sagte der Fahrer.
»Ja?«
»Wir fahren weiter?«
»Habe ich etwas anderes gesagt?«

Ab *Frankfurter Allee* eine Stunde pfeilgerade nach Osten. Keine Kurven, keine Kreuzungen, keine Berge, keine Brücken. Eine Stunde immer nur geradeaus. Eine derart bretterne Anfahrt konnte ein filigranes Umfeld nicht erwarten lassen. Ruth wusste nicht, woran es lag, Inzest, Alkohol, die Mauer, jedenfalls benötigte Solikante dringend Einfluss von außen. Inspiration. Frisches Blut. Einen Syrer, zum Beispiel.

»Stört es Sie, wenn ich rauche?«, fragte der Fahrer.
»Im Taxi?«
»Am Fenster. Ich würde das Fenster runterlassen.«
»Ich dachte, das ist verboten.«
»Es ist verboten. Aber stört es Sie?«
»Lassen Sie das Fenster ruhig zu. Sonst zieht's.«
»Danke. Wir fahren schon eine halbe Stunde, und ich bin wirklich süchtig. Wir können aber auch anhalten.«
»Nein, bloß nicht. Fahren Sie weiter. Und – geben Sie mir auch eine, ja?«

Ruth rauchte im Taxi. Wunderbar. Vor wie vielen Jahren hatte sie das zum letzten Mal getan? Und wer war an ihrer Seite gesessen? Ebenfalls rauchend? Doch nicht etwa Jann? In dieser total prolligen, total unpassenden Londoner Lederjacke, die ihm so gut stand? Damals, als er die Haare noch länger trug? Als er noch Geld verdiente, als er noch Visionen hatte, als er noch ein anderes Thema kannte als die Kaputtheit der Welt? Sie rauchte. Sie fror. Sisal war zwar am falschen Ort, aber in Sicherheit. Draußen trockneten die Pfützen, durch die sie rauschten, im nächtlichen Wind.

Als sie hinter Cranlow ins Luch hinabfuhren, tauchten sie in dichten Nebel. Wie immer hinter Cranlow. Der Fahrer verlangsamte, schaltete das Fernlicht aus, das sich in der weißen Nebelwand verfing und den Blick nur trübte. Da, war das nicht schon die Alte Oder? Auf der sie zu dritt Kanu gefahren waren? In welchem Leben noch mal? Sie näherten sich Solikante von Süden, über die Loose. Die Straße hatte so viele Schlaglöcher und Spurrillen, dass das Taxi erneut verlangsamen musste.

Rechts, auf der Loose, loderte ein meterhohes Lagerfeuer, die Flammen brannten den Nebel frei. Um das Feuer wiegte eine Frau im Stehen ihr Baby. Yvonne. Hatte sie doch noch ihr Kind gekriegt? Neben ihr und dem Baby zwei junge Typen, Yvonnes trotteliger, aber harmloser Mann und ihr Chef. Mike Fährenkötte. Aus dem war Ruth nicht schlau geworden.

Sie näherten sich dem Dorf. Als sie das Ortsschild erreichten, Solikante (Gut), und die kurze Apfelallee entlangfuhren, die zum Bahnhof führte, als der Nebel zwischen den kargen Bäumen hindurchwalkte, orange gefärbt von den beiden Laternen, als das Taxi in der totalen Landstille endlich zum Stehen kam, spürte Ruth etwas Vertrautes. Was war das? Ankunft? Gelöstheit? Verbundenheit?

»Sind Sie sicher, dass Sie da alleine rauswollen? Da ist doch nichts.«
»Er hat die Fassadenbeleuchtung ausgestellt.«
»Wie bitte?«
»Da steht ein Schloss. Sie sehen es nur nicht.«
»Natürlich. Dann warte ich hier?«
»Unbedingt.«
»Sicher, dass Sie alleine da rauswollen?«
»Danke. Fünf Minuten. Höchstens zehn. Dann fahren wir zurück. Sie haben doch einen Kindersitz?«

Im Hof sah sie nur Schatten. Ihre Rabatten aus Thymian und Minze, nun von Dornenranken überwuchert. Der Hackklotz, ohne Axt. Die Freitreppe. In die hölzerne Eingangstür war ein großes X geritzt, als sei die Tür gezeichnet worden, wie ein Baum, dem der Kahlschlag drohte. War Jann wieder in Raserei geraten? Im Schloss war es noch dunkler, mit dem Handy schnitt sie sich kleine Lichtkorridore aus der Nacht. Da, ein Rascheln. Eine Maus. Oder eine Ratte. Schleifspuren im Staub auf der Treppe. Was hatte er da aus dem Haus geschafft? Seit Janns Ausraster war sie nicht mehr auf dieser Treppe gestanden. Und es gefiel ihr nicht, was diese Treppe wachrief in ihr.

Der erste Stock sah schlimmer aus, als sie ihn in Erinnerung hatte. Betonquirl. Mischzuber. Gehärteter Beton. Farbeimer. Ein Türblatt herausgerissen, eine Türöffnung zur Hälfte zugemauert. Bierdosen natürlich, überall Bierdosen. Sie bahnte sich den Weg zu Sisals Zimmer. Das dritte im Ostflügel, links. Spinnweben sogen sich ihr ins Gesicht, sie rieb sie sich von den Wangen. Sie leuchtete das Zimmer aus. Es roch nach Holzrauch und war doch kalt. Die Holzeisenbahn, die Bücher, die Spielklötze wirkten wie ausgestellt in dem Licht ihres Handys, wie in einem Museum.

Jann lag in Parka, Jeans und Bergschuhen auf Sisals Bett. Auf der Seite. Sisal hielt er im Arm. Sie hatte sich zusammengerollt wie ein Kätzchen und sich an ihn geschmiegt. Sie trug Mantel und Stiefelchen. Hatten sie keine Decke? Warum deckten sie sich nicht zu? Ruth stakste in den umgefallenen Looping der *Carrera*-Bahn und überwand einen Eisenbahnspielberg von *Revell*, dann stand sie am Bett. Sie kniete sich vor Jann und das Kind. Sie löschte das Licht ihres Handys. Dann streckte sie die Hand nach ihnen aus. Berührte sie. Sisal. Aber auch Jann, der unter der Berührung zusammenzuckte und Sisal fester in seine Arme schloss. Sie strich ihm das Haar aus der Stirn, es war verklebt. Er sah gut aus, wenn auch ein wenig verwildert. Sie schliefen weiter. Sie atmeten, ihre Brustkörbe hoben und senkten sich, ein kleiner, ein großer.

Sie betrachtete sie. Ihre Tochter. Ihren Mann. Dann nahm sie Janns Hand und löste sie von seiner Tochter. Er schnaubte ein wenig, schlief aber weiter. Und dann fasste sie Sisal mit der Rechten unter den Kopf, mit der Linken unter das Becken und hob sie, während ihr alle viere nach unten sanken, aus dem Bett. Als sie sich den kleinen, schlafwarmen Körper vor die Brust hob, standen ihr Tränen in den Augen. Dann verließ sie leise, ganz leise mit Sisal das Schloss.

Eineinhalb Stunden später legte sie Sisal endlich wieder in der richtigen Wohnung ins richtige Bett.

»Mami. Mami?«
»Psst, mein Schatz, du hast es geschafft!«
»Ist auf der anderen Seite der Welt wirklich Frühling?«
»Schlaf weiter, mein Schatz, du bist wieder zu Hause, im Bett.«

Im Taxi hatte Ruth ihren Kopf auf Sisals Schoß gelegt, von Solikante bis vor die Tore Berlins, und sich von Sisal trösten lassen, indem Sisal einfach nur da war und schlief, auf ihrer Sitzerhöhung, die der Fahrer dann doch noch im Kofferraum gefunden hatte. Zweihundertfünfzig Euro hatte ihr Ausflug gekostet. In Anbetracht dessen, was sie dafür bekommen hatte, geschenkt.

»Sag schon. Ist da Frühling, wenn bei uns Herbst ist?«
»Ja, da ist Frühling, mein Schatz.«

Sisal war mit der Antwort zufrieden, kuschelte sich auf die Seite und zog sich die Bettdecke unter das Kinn. Sofort schlief sie weiter. Ruth legte sich zu ihr und wärmte sie – oder wärmte sich an ihr – und staunte über das feine, schlafende Gesicht, über die zarten Lippen, an denen, das konnte doch nicht wahr sein, ein Ketchupfleck klebte, oh Jann.

Als Sisals Atem wieder tief und gleichmäßig ging und ihre Augen unter den Lidern in der Tiefschlafphase zuckten, stand Ruth auf und kochte sich einen Espresso im Siedetöpfchen. Sie wartete, bis das Töpfchen pfiff und schnorchelte, stellte so lange den *Deutschlandfunk* an. Sie spielten eben die Nationalhymne. Ruth wechselte auf *Inforadio*. Dort lief schon die *ARD-Infonacht*. Ruth gab ein wenig Kardamom in eine chinesische Porzellantasse, stellte sie und das Siedetöpfchen auf ein Holzbrett, legte eine frische Dattel dazu und setzte sich ans Fenster.

Unten, vor der *Cacciola*, war eine der üblichen Großpartys im Gange, an die hundert Gäste standen in Pulks beisammen, sie passten nicht einmal mehr unter die rote Markise. Sie tranken und rauchten und riefen aufgeregt durcheinander. Auf der anderen Seite standen die Prostituierten und gingen mit jedem

Mann, der annähernd geschlechtsreif wirkte, einige Meter mit. Jann hatte sich von ihnen immer sexuell belästigt gefühlt. Von den Nutten da unten, wie er hier, neben ihr am Fenster, einen starken Chai in der Hand, sagen würde. Nicht, weil er auf sie herabblickte, nicht weil er Bezug zum Milieu vorspielen wollte, Jann war mit Sicherheit noch niemals bei einer Prostituierten gewesen. Nein, er nannte sie Nutten, weil er provozieren wollte, dem Klang des Wortes nachlauschen, ihre Meinung zur Verwendung dieses Wortes herausfordern wollte, im Grunde eine Diskussion über das Wort beziehungsweise über die Tätigkeit, über käuflichen Sex, letztlich also über Sex, in und außerhalb der Beziehung. Am Ende ging ja alles bei Jann um Sex.

Sie ärgerte sich, dass er ausgerechnet dieses Männerklischee erfüllte. Wie wäre es denn stattdessen mit Anpacken gewesen? Handwerken? Ein Gutshaus mal eben in einem halben Jahr instand setzen? Mit Freunden beim Fußball Bier zu trinken, statt ständig am Computer zu sitzen und irgendein neues Gift herbeizugoogeln, das bei Ostwind sein kleines Leben tyrannisierte, ein hochdramatisches Ostwindgift, das dazu in der Lage war, all das, was Ruth ausmachte und was sie begehrte, in Frage zu stellen.

Im zehnten Jahr ihrer Beziehung war auf einmal das aufgekommen, was sie im Stillen seine Angst vor dem Altwerden bezeichnete. Sexuelle Wünsche, die er zuvor nicht gehabt hatte. Eine Experimentierfreude, die nicht zu ihm passte. Sie glaubte nicht, dass er die Internetvideos nachspielen wollte, die nun offenbar alle sahen, es ging ihm nicht um spezielle Stellungen, nicht um die eine Praktik. Es schien ihm eher darum zu gehen, sich selbst zu beweisen, dass es auch jenseits der vierzig noch erste Male gab.

Sosehr der Sex ihre Beziehung immer getragen hatte, in all den Jahren, so sehr gingen diese ersten Male dann schief. Ruth lachte, verschluckte sich an ihrem noch immer zu heißen Espresso, als sie daran dachte, wie er im Sommer, nachts, obwohl Sisal noch immer nicht schlief, und dann auch noch mit all den Mücken, im Stehen – nein wirklich, zu komisch!

Sie bekam eine Kurznachricht.

Dann ist ja noch mal alles gutgegangen. Wirklich,
Ruth, es tut mir leid.

Ruth wollte erst nicht antworten, Kate noch etwas schmoren lassen, aber das kam ihr vor wie Verrat an ihrem Kind.

Es geht nicht darum, ob Sisal traumatisiert ist,
sondern darum, ob sie es hätte sein können!

Die Antwort kam prompt.

Wiedergutmachungsangebot: Fischabend in der
Künstlichen Beatmung. Meine Rechnung. Du
nennst den Termin.

Was sollte das schon wieder sein? Bouillabaisse in der Raucherbar? Singles am Köder? Ruth aß ihre Dattel und sah auf den feiernden Haufen auf der Straße hinab. Wenn sie das Fenster kippte, würde sie vier oder fünf verschiedene Sprachen auf einmal hören, drei oder vier verschiedene Gemütszustände, hohe, tiefe, schrille, gelassene, spöttische, hektische, nervöse Stimmlagen, das Werben und Schnalzen der osteuropäischen Frauen, das unwirsche Weiterstiefeln der Männer, die Sirenen, das Grundrauschen ihrer Stadt. Wieder sah sie nach, ob Sisal noch schlief. In ihrem Bett hatte sich ein Engel eingefunden. So jung. So glatt.

Kannst froh sein, dass du keine Kinder hast. Die wären dir bei drei verhungert, tippte sie.

Zurück kam: *Gute Nacht, Ruth.*

Am nächsten Morgen, Punkt sieben Uhr, riss sie die Weckfunktion des Handys aus dem Schlaf. Ihr erster Griff war der nach links, der auf Janns Seite, der nach ihrem Kind. Sisal schlief nicht, sie hatte die Augen geöffnet. Sisal musterte das Bett, die Zimmerdecke, dann fiel ihr Blick auf Ruths Gesicht. Falten lagen auf ihrer jungen Stirn.

»Wohnt Papa jetzt wieder hier?«
»Nein, mein Schatz.«
»Ist er noch hier?«
»Er war nicht hier, Bienchen.«
»Doch natürlich. Ich hab ihn gesehen. Er hat mich ins Bett gebracht.«

Sisal war fünf, das hatte klare Vorteile. Sieben oder acht wäre schlimmer. Noch nahm sie die großen Absonderlichkeiten des Lebens nicht für beunruhigender als die kleinen. Sie wunderte sich darüber, dass ein Schwarzstift nicht grün malen konnte, und ebenso sehr darüber, dass ein Marienkäfer tot war, wenn man auf ihn trat. Ruth wusste, was zu tun war. Sie schmiegte sich an Sisal, so nah es nur ging, und sog ihren Duft ein, und kitzelte sie einmal so richtig schön durch.

»Aufhören! Aufhören, Mama!«
»Du lachst aber so schön.«
»Aufhören, Mama, ich kann nicht mehr!«

Der Rest des Morgens verlief wie von allein. Sisal wirkte wie ausgewechselt nach ihrem Besuch bei Jann. Sie stand auf und ging ins Bad, sie putzte sich die Zähne und zog sich an. Ruth schmierte ihr ein Brot, Butter dünn, Tomatenaufstrich dick, und stellte eine Tasse für die Milch auf den Tisch.

»Sisal, willst du Milch oder Kakao?«
»—«
»Antwortest du mir bitte?«
»—«
»Willst du Kakao oder Milch?«
»—«
»Sisal, bitte. Ich mach dann Milch, wenn du nichts sagst.«

Da fiel Sisals Gesicht in wenigen Sekunden in sich zusammen, ihr Mund zog sich in die Breite, ihre Lippe begann zu zittern, Tränen rollten aus den Augen, netzten ihre Wangen, tropften vom Kinn auf den hölzernen Küchentisch. Unter der kleinen, feinen Nase mengten sich Tränen und Rotz.

»Ich will aber Kakao!«, rief sie. »Ich will aber doch Kakao haben, huhuhu.«

Ruth ging einen Schritt zurück und betrachtete, was da auf dem kleinen Stuhl am Küchentisch saß. Dann erinnerte sie sich an die letzte Nacht und ging wieder einen Schritt auf Sisal zu. Nahm das kleine, bebende, nasse Wesen in den Arm.

»Schon gut, mein Schatz. Schon gut.«
»Krieg ich Kakao?«
»Ja. Aber kippel nicht so, es fällt doch alles runter.«
»Mh.«
»Bienchen. Hast du gehört?«
»Mh.«
»Kannst du mir bitte antworten?«
»Okay.«
»Was hab ich gesagt, mein Schatz?«
»Ich kippel doch gar nicht.«
»Du klopfst mit dem Fuß. Das hören die, unten. Kannst du einfach ruhig sitzen und essen, ja? Guten Appetit!«
»Ich hab keinen Hunger.«
»Schmeckt es denn nicht?«
»Da ist so viel Butter dran.«

Ruth stand auf, nahm den Teller und leerte das Brot in den Mülleimer. Sie rang mit dem Impuls, auch die Brotscheiben aus der Tüte, die Butter und den Tomatenaufstrich wegzuwerfen. Überhaupt alles wegzuwerfen, was ihr Kind ohnehin nicht aß, und ihm Raumfahrtdragées zu verabreichen, klinisch, aseptisch, rein. In dem Moment klopfte der Mieter unter ihnen mit dem Besenstiel gegen die Zwischendecke. Die Brotkrümel auf dem Boden führten kleine Tänze auf.

»Na toll, jetzt geht das wieder los!«
»Das ist, weil du so rumgepoltert hast. Mit dem Mülleimer!«
»Nein, das ist, weil du immer kippelst und mit dem Fuß auf den Boden klopfst. Die hören das, da unten.«
»Ich hab überhaupt nicht auf den Boden geklopft.«
»Ist gut, jetzt. Willst du nun deinen Kakao?«
»Aber ohne die ekligen Nüsse drin.«

Die ekligen Nüsse kosteten vier Euro neunzig das Tütchen und waren Ruths letzter Versuch gewesen, dem Kind Spuren von Mineralstoffen unterzuschieben, nun hatte sie aufgegeben, es gab Fertigkakao mit Zucker. Als sie den Kakao vom Herd genommen und in Sisals Tasse gefüllt hatte, aß Sisal endlich, trank Sisal endlich, nur hin und wieder wurde ihr Gesicht noch von den Folgen des Anfalls geflutet, schniefte sie, zog sie dramatisch die Nase hoch. Ruth genoss, wie sich das Kind nach dem letzten Löffel, im Zuckerrausch, in ihre Arme schmiegte, die feinen Glieder, die sich nun ohne Zwischenraum mit den ihren verwoben, bis sie das Herz des Kindes an ihrer Brust spürte. Sie senkte den Kopf und vergrub ihre Nase in Sisals Haaren.

»Wie war's bei Papa?«, fragte sie.
»Toll.«
»Was habt ihr gemacht?«
»Weiß nicht. Musst du sagen.«
»Aber ich war doch gar nicht dabei. War er gleich am Bahnhof?«
»Er hat einen eigenen, wusstest du das?«
»Ich hab dich heute Nacht abgeholt. Hast du was davon mitbekommen?«
»Nein, Ich weiß nicht. Ich hatte, glaub, nur so einen Traum.«
»Und was hast du geträumt?«
»Da war so ein Loch.«
»Hell oder dunkel?«
»Na, mit Wasser drin.«
»Ein See?«
»Nein, eine Pfütze. Aber unter der Pfütze war ein Loch, man konnte durchfallen bis da, wo schon Frühling ist.«

Heute erreichten sie die Kita pünktlich. Ruth nahm Sisal den Mantel von den Schultern, der noch ein klein wenig nach Holzrauch roch, wie immer, wenn Sisal aus Solikante kam. Sie nahm ihr die kleinen Schuhe von den Füßen und stellte sie unter die Garderobe mit dem hölzernen Nilpferd. Dann wollte sie Sisal zur Tür in den Gruppenraum führen, in dem in wenigen Minuten der Morgenkreis begann. Doch Sisal strahlte nicht, wie sie es normalerweise an dieser Stelle ihres kleinen Abschiedsrituals tat.

»Was ist? Was ist denn, mein Bienchen?«
»Ich glaub, ich hab Bauchweh.«
»Wo tut es denn weh?«
»Na, irgendwo hier.«

Ruth sah auf die große Uhr mit den Tiermotiven. Halb neun, genau. Der Minutenzeiger war eben auf das Bärchen umgesprungen. In dem Moment kam die Erzieherin, um die Tür zum Gruppenraum zu schließen.

»Sisal, guten Morgen! Kommst du?«
»Sie glaubt, sie hat Bauchweh«, sagte Ruth.
»Du Arme. Dann ruhst du dich vielleicht besser noch etwas aus?«
»Sie hat das manchmal, wenn sie aufs Klo muss.«
»Sisal, willst du mit in den Morgenkreis, oder hast du Bauchweh?«
»Bauchweh.«
»Mit Bauchweh kann sie nicht hierbleiben. Und wir wollen jetzt eigentlich anfangen.«
»Ich habe heute noch zwei Klienten.«
»Das tut mir leid. Um neun können Sie sie wieder bringen. Gute Besserung, mein kleiner Schatz.«

Die Erzieherin nahm Sisal fest in den Arm, küsste sie, dann schloss sie hinter sich die Tür. Ruth sah auf Sisal, die unwahrscheinlich klein vor ihr stand, mit hängenden Armen, wie der letzte Mensch auf Erden. Ruth spürte, wie das Adrenalin durch ihre Adern schoss. Sie entsperrte ihr Handy. Elfter November. Zwei Minuten nach halb neun. Kalendarische Memo: Supervision.

In achtundzwanzig Minuten.

6.

Der Rauchmelder schreckte ihn aus dem Tiefschlaf. Den Rauch hatte er schon im Schlaf gerochen, da hatte er freilich am Lagerfeuer gestanden. Nackt. Ruth vor ihm. Nach vorne gebeugt. Ebenfalls nackt. Um sie herum Weite. Wärme. Nun sprang er, die nächtliche Erektion in der Jeans vor Sisal verborgen, ans Fenster und riss es auf, Nachtluft strömte herein. Das Gerät fiepte weiter, Jann wollte es ausstellen, doch Sisal war wahrscheinlich ohnehin längst wach. Er ging zurück zu ihrem Bett, setzte sich auf die Kante und fasste im Dunkeln nach ihr. Doch nichts.

»Sisal? Sisal?«

Endlich beruhigte sich der Rauchmelder. Jann trat auf einige Holzlaubfrösche und Metallbauechsen, dann machte er Licht. Sisal lag nicht in ihrem Bett. Ruhig bleiben. Ganz ruhig bleiben. Weit konnte sie nicht sein. Es hatte immer wieder Phasen gegeben, in denen Sisal nachts aufschreckte, nicht ansprechbar war, mit dem unbändigen Drang zu gehen, kaum zurückzuhalten war, unheimliche Runden drehte, um dann umso erschöpfter zurück ins Bett zu fallen. Wahrscheinlich eine Folge ihres Heranwachsens in Berlin. Er beugte sich unter das Bettgestell. Er sah hinter dem Türblatt nach. Er verließ ihr Zimmer und trat in den staubigen Flur hinaus.

»Sisal? Sisal!«

Er hatte Mühe, gegen das Adrenalin anzukämpfen, das seinen Körper flutete, den Puls niederzuringen, der anzog, doch so ruhig er sich auch zu atmen zwang, es gelang einfach nicht. Karl Ole würde ihr nichts tun, falls er sich noch immer da draußen herumtrieb. Aber was, wenn Sisal im Schlaf das Schloss verließ, im Hof umherirrte, bis an die Alte Oder stiefelte? Und warum gab es in diesem verdammten Schloss nirgends Licht?

Er trat an das bodentiefe Fenster, vor dem Karl Ole die Axt hatte fallen lassen, und versuchte, in die Dunkelheit zu spähen.

»Sisal? Sisal! Papa ist hier!«

Er ging zurück ins Kinderzimmer. Keine Sisal. Er versuchte nicht mehr, tief durchzuatmen, sondern überhaupt noch zu atmen. Ein klein wenig Luft in den Körper zu saugen. Nicht möglich. Alles verkrampft. Er griff nach seinem Handy, um den Flur auszuleuchten, doch es war ausgestellt. Als es hochgefahren war und er die Leuchtfunktion gefunden hatte, vibrierte es kurz.

Sisal ist in Berlin. Ich habe sie geholt. Gute Nacht,
Jann.

Jann fiel das Handy aus der Hand. Als er sich danach bückte, drückte etwas von innen gegen seine Stirn. Er schlug sich mit der flachen Hand dagegen. Half nicht. Er biss seine Kauflächen aufeinander, bis es knirschte, er versuchte zu schlucken, seine Gurgel war gelähmt. Mit letzter Kraft sog er wenigstens einen Stoß Atemluft ein. Dann wählte er die 110.

»Beruhigen Sie sich. Ganz ruhig. Wer spricht da?«

»Jann-Marten Friedrich. Mein Kind ist weg. Die Mutter hat es entführt.«

»Ihre Mutter oder die Mutter des Kindes?«

»Die Mutter des Kindes.«

»Friedrich, Jann-Marten, ist das richtig? Und Ihr Geburtstag?«

»Ich kann Ihnen sogar die Adresse nennen. Potsdamer Straße 145. 10783 Berlin.«

»Sie wissen, wohin das Kind entführt wurde?«

»Es wohnt da.«

»Und die Mutter?«

»Auch.«

»Ihr Kind wurde von seiner Mutter an eine Adresse entführt, an der es wohnt?«

»Ich wohne da auch, also ich bin noch nicht umgemeldet.

»Moment. Legen Sie nicht auf.«

»Nein, nicht *Moment*! Ich habe keinen Moment!«

»Jann-Marten Friedrich, wohnhaft Potsdamer Straße 145, 10783 Berlin, richtig?«

»Richtig.«

»Sie haben kein Kind.«

»Was ist das denn nun wieder, natürlich habe ich ein Kind!«

»Hier ist aber keins eingetragen.«

»Das ist doch völlig egal.«

»Nein, ist es nicht. Ein Kind, das es nicht gibt, nach dem können wir auch nicht suchen. Haben Sie Alkohol getrunken?«

Jann legte auf.

Er trat gegen das bodentiefe Fenster, das sogleich in beachtliche Schwingung versetzt wurde. Sehr gut. Das könnte die Lösung sein. Er trat noch einmal dagegen. Das Glas gab einen sirrenden Ton von sich und bewegte sich spürbar vor und zurück. Ja, das war es. Das Fenster. Eine andere Möglichkeit sah er nicht. Er bückte sich nach der Axt, und hieb auf die Scheibe ein. Den ersten Schlag parierte sie. Doch dann holte Jann kräftiger aus, verpasste seinem Schlag einen Schmiss aus dem Handgelenk, und das Glas warf eine Bruchlinie auf. Schon besser. Reichte aber noch nicht. Er schlug fester. Wieder. Und wieder. Das erste Stück brach heraus und ging klirrend zu Boden. Doch Jann hatte noch nicht genug. Er schlug die Zacken aus der Fassung und hackte und trat auf das Glas, und schlug und warf die Axt schließlich zum Fenster hinaus, von seinem rechten Unterarm tropfte das Blut.

Er sank zu Boden, inmitten der Splitter, ebendort, wo eigentlich drei marokkanische Sitzkissen hatten liegen sollen, ein Couchtisch, ein sinnloses Familienspiel, auf dem nun nur Glas lag, auf das sein Blut tropfte. Er untersuchte die Wunde. Nichts Schlimmes. Saute nur wieder blöde herum. Er schüttelte das Blut von der Hand und sah aus dem fensterlosen Fenster. Und dann, am Ende des Sichtfeldes, inmitten der grauen Dunkelheit, gingen die ersten Strahlen des Morgens auf, erklommen den Horizont, leuchteten das Luch noch nicht aus, hoben es aber doch aus der nächtlichen Versenkung. Der Raum wurde weit und tief, Nebel über den Weiden. Licht auf dem Nebel, und Jann nahm sich eine Bierdose aus der 24er Stiege, fummelte es unter der unsäglichen Schrumpffolie heraus, knackte den Verschluss und trank und sah in das aufkommende Licht.

Gewonnen, sagte er sich. Sie hatte gewonnen. Sie hatte ihn da, wo sie ihn haben wollte. Wahnsinnig. Blutend. Morgens um halb sieben am Saufen. Als Vater nicht mal in ein dämliches Register eingetragen. Zur Erziehung des Kindes nicht berechtigt. Abschaum. Dreck. Nur eines, das konnte sie nicht kaputt machen, das Licht da draußen über dem Herbstmorgen, die kahlen Weiden, die knorrigen Obstbäume, die Gräben in den Feldern, die sich nun aus der Dunkelheit hoben, der Tau auf den verwehten Stoppeln der untergepflügten Felder, betrachtet aus dem ersten Stock seines Schlosses. Das machte sie ihm nicht kaputt.

Er war aus Karl Oles Auftritt nicht schlau geworden. Mehr als duun war der hier angekommen, des Gehens kaum mächtig. Jann hatte eher Mitleid mit ihm verspürt. Nur weil er partout die Axt nicht aus der Hand geben wollte, war es zu dem Handgemenge am Treppenabsatz gekommen. Jann hatte nur die Axt gewollt, nur die Axt. Karl Ole hatte geröhrt wie ein Tier, als er unten aufschlug, und dann hatte er sich den Staub abgeklopft und war, die ersten Stufen auf allen vieren, dann auf den Beinen die Treppe wieder hinaufgestiegen. Der gibt nicht auf, bis einer von uns am Boden liegt, hatte Jann gedacht. Doch als Sisal durch die Brüstung des Treppenabsatzes lugte, hatte Karl Ole die Axt fallen lassen.

Durch das eingeschlagene Fenster strich eine kalte Morgenbrise ins Schloss. Ostwind. Natürlich. Er stapfte durch die Scherben in die Küche, die der Ofen ebenfalls zugequalmt hatte. Warum nur zogen bei Ostwind die Öfen nicht? Er atmete in die Armbeuge und öffnete das Fenster.

Dann setzte er sich auf die Toilettenschüssel, die noch immer in Folie eingeschweißt war, er hatte sie im Sommer bei *Toom* gekauft, weil Ruth behauptet hatte, in der alten klebten noch Exkremente aus der Weimarer Republik. Er hatte die neue nie eingebaut. Man ließ ihm ja keine Zeit, zu arbeiten. Er musste ja ständig überleben. Wo war eigentlich das Luftmessgerät? Er schob einige Farbeimer zur Seite, wobei ein Teleskop-Pinsel aus der Reinigungslösung fiel und ihm ins Gesicht spritzte. Er fand das Messgerät in seinem Werkzeugkasten aus Falzblech. Na bitte, ging doch.

Er tappte zurück in den Flur ans Fenster und schaltete das Luftmessgerät ein. Sechzig Mikrogramm Feinstaub. Fünfundsechzig! In einem Kubikmeter Luft! Was er atmete, war das pure Gift. Werte bis vierzig, bei Inversionswetterlage auch mal bis fünfzig Mikrogramm kannte er ja nun schon. Aber sechzig, das toppte alles. Da brauchte man eigentlich eine Atemmaske. Was war da los, am *Geteilten Land*? Bohrte der Syrer schon im Asbest herum? Ohne abzusaugen? Und das bei Ostwind?

Er hatte geglaubt, es würde einfacher werden, hier draußen. So ein Schloss, hatte er geglaubt, wäre doch wohl zu renovieren. So eine Dorfgemeinschaft doch wohl einzunehmen? So eine Ehe doch wohl zu kitten? Und nun saß er da, in den Scherben seines Lebens, ha ha. Er lachte, nicht über den Kalauer, sondern darüber, dass er über einen Kalauer noch lachen konnte. Er stand auf, rieb sich das eingetrocknete Blut vom Unterarm, steckte das Messgerät in den Parka und brach auf.

Stille. Licht. Nebel.

Der Morgen scherte sich nicht um Janns innere Verfasstheit. Im Gegenteil, das *Geteilte Land* sah großartig aus in dem frühen Licht, eingebettet in letztem Nebel, nur die beiden ungleichen Schornsteine ragten aus der weißen Masse heraus und fingen schon erste, ungebrochene Sonnenstrahlen ein. Nein, gegen das Wetter konnte man bei Ostwind nichts sagen. Sonne. Kein Wind.

Das Geteilte Land. Einen besseren Namen hätten die Bewohner von Solikante für das Kraftwerk nicht finden können. Ein Doppelkohlekraftwerk für die Gewächshäuser, das 1989 fertiggestellt werden sollte, um Anfang 1990 in Betrieb zu gehen. Doch dann fiel die Berliner Mauer. Seither war das Gelände zweigeteilt. Auf der einen Seite ein hoher, massiv gemauerter, weiß verputzter Schornstein. Auf der anderen Seite ein ebenso hoher, ebenso breiter Turm, der aber nur aus luftigen, schwarzen Eisenträgern bestand. Ein gigantischer, bereits fertigbetonierter Kühlturm auf der einen Seite und sein skelettartiges Gegenstück auf der anderen. Je nachdem, wie man stand, betrachtete man ein fertiges Kraftwerk – oder eben eine Bauruine.

Im Netz gab es einige Fotos vom *Geteilten Land.* Und es war sofort ersichtlich, ob Berliner oder Bewohner von Solikante das Foto aufgenommen hatten. Berliner fotografierten die morbide Seite, das niemals fertiggestellte Zweitkraftwerk, rostenden Stahl und Flughafer, der aus bröckelndem Mauerwerk spross. Das Foto eines Hiesigen zeigte hingegen die fertiggestellte Seite, verfugt und gemauert, sauber ausgeleuchtet, ohne Schatten, im Mittagslicht.

Jann nahm das Messgerät aus der Tasche. Fünfundsechzig Mikrogramm! Und er war noch nicht einmal an der Bannmeile. Er behielt das Gerät eingeschaltet. Und tatsächlich. Mit jedem Meter, den er sich näherte, stiegen die Werte. Siebenundsechzig. Siebzig. Fünfundsiebzig. Er erreichte die Bannmeile und krallte seine Hand in das Polizeigitter, die eisernen Stäbe waren nass und kalt. Spinnweben. Tautropfen. Tote Insekten. Achtzig Mikrogramm. Gemessen direkt am Gitter.

Jann untersuchte das Polizeigitter ringsum, doch es wies keine Lücke auf. Nein, hier hatte niemand am Asbest gebohrt. Zur Sicherheit nahm er nochmals einen Wert im Luv. Tatsächlich. Nur zwölf Mikrogramm. Ein fantastischer Wert. Mit anderen Worten: Die Luft strömte sauber hier an, wurde dann kontaminiert und vergiftete im Anschluss ganz Solikante. Das Schloss. Ihn. Jann-Marten Friedrich, der natürlich wieder Pech gehabt hatte mit der Wahl seines Schlosses. Die Luft in Berlin war ja der reine Alpenwind, im Vergleich.

»Soll jetzt bald losgehen!«

Er drehte sich um. Yvonne. Ein überraschend schönes Kleid, das an den Beinen leider in eine Art Pluderhose überging, darüber ein Lodenmantel, der geöffnet war. Sie roch gut, ein wenig nach Rauch, ein wenig nach Salbei. Aber was war mit ihrem Busen geschehen? Jann konnte kaum wegsehen. Das war doch nicht möglich? Zwischen linkem und rechtem Jackenaufschlag?

»Mit dem Sendemast, meine ich«, sagte Yvonne.
»Sendemast? Ich dachte, eine Schweinemast?«
»Für uns ist beides gleich schlimm. Da sind wir das Siegel gleich wieder los. Wir sind ja noch in Umstellung!«

Jann bemühte sich weiterhin, nicht auf diesen Busen zu schielen. Was war da los? Yvonne verkörperte so manches, was er an Frauen ablehnte. Linksideologisch verbohrte Weltsicht. Muttihaftigkeit. Pluderhosen. Aber irgendwie imponierte ihm auch, dass sie an etwas glaubte. Dass sie von etwas überzeugt war. Der Ernst, mit dem sie ihre Loose bewirtschaftete. Die Aufgeregtheit und Unbedingtheit, die mit jeder Gründung einhergingen. Und dieser Busen, der machte ihn ja ganz kirre. Was war das, in der

Mitte? Eine dritte Brust? Die sich jetzt auch noch bewegte? Wie ein kleines Köpfchen? Endlich begriff er: Yvonne hatte sich ihr Neugeborenes vor den Busen gebunden. Sie fiel in eine Art Wiegeschritt, schaukelte hin und her, federte auf der Stelle, war ein einziger Fluss, in steter Bewegung, damit das Kind in seinem Hanftuch nicht vollends erwachte.

Die beiden übrig gebliebenen Brüste, unschuldig neben dem Kinderköpfchen, von dem nun ein fusseliger Nacken unter einer Wollmütze zu sehen war, schienen durch die Bewegung des Köpfchens nach außen geschoben zu werden, an Rundung immer mehr zuzunehmen.

»Alles okay mit dir?«, fragte sie.
»Äh klar. Und das Spaßbad?«
»Das wär ja noch schlimmer. Teerparkplatz für tausend Besucher, Lautsprecherdurchsagen. Partygebrüll. Nee, das hat er zum Glück nicht durchgekriegt.«
»Du solltest vielleicht auf die andere Seite mit dem Kind.«
»Was?«
»Na hier, schau mal, sechzig!«
»Was ist das? Kosmische Strahlung? Erdwellen?«
»Nein. Feinstaub. Bis zehn wäre normal.«
»Also, ich riech nichts.«
»Man riecht auch nichts.«
»Dann schadet es dem Kleinen auch nicht.«

Jann stöhnte auf. Natürlich. Er hatte nichts anderes erwartet. Die Loose wirtschaftete sowohl nach biologischen als auch nach schamanischen Grundsätzen. Die bauten keine Kartoffeln an, die streichelten Erdfrüchte aus dem Boden. Zählten bei Vollmond die Regenwürmer. Ließen ihre Gurken Tango tanzen. Und missionarisch waren sie, wie die Popen. Verteilten Flyer, die Schwitzhütten anboten oder das Visionsfasten, um widerstandsfähiger gegen Erdwellen zu werden. Aber bei wirklichen, messbaren Bedrohungen, da stellten sie sich taub und blind.

»Schweinemast versteh ich ja noch«, sagte Jann. »Würde ich auch nicht haben wollen. Aber Sendemast, was ist denn falsch an einem Sendemast, der stört die Radieschen doch nicht?«
»Ich dachte, du hattest mal ein Bio-Start-up.«
»Bio, ja. Aber ohne Schamanismus. Und Sendemast gab's damals noch nicht.«
»Was? Ach so. Wie alt bist du noch mal? Also, Radieschen würden uns unter der Hand verschrumpeln, Melonen, Gurken: alles verkümmern. Vom Schornstein hier zum Mondacker sind es gerade einmal tausendfünfhundert Meter. Was glaubst du, was der Boden da zu absorbieren hätte, bei einem Sendemast. Da können wir den Laden hier gleich dichtmachen oder auf konventionell umsteigen. Da kriegst du von *Monsanto* ein Starterkit, mit Treibling und Nährlösung, das wächst auch auf nem Parkplatz. Oder im Keller. Nach nem Monat muss dann neue Chemie drauf, die ist auch von *Monsanto*, oder ist ja jetzt *Bayer*, und dann – Au! Autsch!«

Max war dazu übergegangen, sein Kinn in Yvonnes Busen zu bohren. Sie schob ihn zurecht, er fiepte, man konnte es nicht anders sagen, das war kein Nuscheln, kein Raunen, sondern das Fiepen eines frisch geschlüpften Vogeljungen im Nest, dem die Mutter etwas Wurmartiges in den Schnabel steckt.

»Alles okay?«, fragte nun Jann.
»Das macht er immer. Hier, schau, mitten in den Busen, ich bin da schon ganz wund. Siehste?«

Jann stellte das Gerät aus. Wenn Yvonne sich hier ausziehen wollte, ihre Sache. Wenn sie ihr Baby vergiften wollte, auch ihre Sache. Er hatte eine raue Kehle bekommen. Offenbar atmete er schon viel zu lang diesen Asbestfeinstaub.

»Ich geh dann mal«, sagte er.
»Warte! Wir haben eine neue Idee, wie wir das Dorf hinter uns kriegen. Vielleicht kannst du uns dabei helfen. Schweinemast. Sendemast. Ist denen doch alles egal. Aber wenn es ein Syrer baut, dann haben sie ein Problem damit.«
»Ihr wollt mit Karl Ole gemeinsame Sache machen?«
»Mikes Idee.«

Mike Fährenkötte. Der Frauenheld in Gummistiefeln. Wie der immer gegrinst hatte, wenn Ruth in seine Nähe gekommen war. Yvonne reichte ihm einen Flyer.

Uns reicht's.
Schweinemast? Spaßbad? Jetzt ein Sendemast?
Und als Nächstes eine Abhörstation?
Kein fremdes Kapital nach Solikante.
Unterschrift jetzt!

»Was meinst du?«, fragte sie.
»Also, für mich klingt das ziemlich schwachsinnig. Beinahe schon kindisch. Das unterschreibt doch nicht mal Kasiuk nach sechs Bier.«
»Anders kriegen wir die nicht hinter uns. Und Mike sagt, dass es nicht einfach ein Berliner ist, mit syrischen Wurzeln oder so, nee, da steckt eine ganze Familie dahinter, die da aus Syrien die Fäden zieht. Die gehen bei Assad ein und aus.«
»Der Syrer?«
»Nein, der nicht, aber sein Vater.«

Jann musste aufstoßen. Das frühe Bier. In dem Moment schien Yvonne klarzuwerden, dass sie Jann nicht gewann für ihre Aktion. Sie schlug den Mantel zusammen. Janns Blick war nun verdeckt.

»Kannste vergessen. Da bin ich raus. Ich hab nix dagegen, wenn hier endlich mal jemand aufräumt. Und, ganz ehrlich, ich hab grad andere Sorgen.«
»Sie kommt nicht wieder? Also, jetzt gar nicht mehr?«
»–«
»Na, komm.«

Sie ging auf ihn zu und nahm ihn in den Arm. Na, das hatte noch gefehlt, an diesem Morgen. Aber irgendwie fühlte es sich auch gut an. Er wies sie ab, indem er die Arme von sich streckte.

»Typisch Trinker«, sagte Yvonne.
»Aber Salbei rauchen ist besser, oder was?«
»Du hast ne Fahne drei Meilen gegen den Ostwind. Ein Kiffer hätte nie im Leben so abweisend reagiert!«

Als er die Bahnunterführung nach Alt Kebekow erreichte, fuhr eben eine schwarze Limousine hindurch, wie Jann sie im Dorf noch nicht gesehen hatte. Er sah dem Wagen nach. Berliner Kennzeichen. Oder? Er hatte gar nicht das kleine Fähnchen der Europäischen Union erkannt. Er kletterte den Damm hinauf und stieg ins Gleis. Keine Ahnung, wann der nächste Zug käme. Keine Ahnung, von wo. Trotzig ging er weiter.

Auf seiner Eingangstür prangte ein großes X. Einmal quer in das Holz geritzt. Hatte er gar nicht gesehen, als er aufgebrochen war. Das hatte Karl Ole in der Nacht da draußen zu schaffen gehabt?

Janns Tür zu markieren? In manchen Kulturen legte man zur Fehde einen toten Schweinekopf vors Haus. Hier kreuzte man offenbar die Tür an. Aussätzig. Geächtet. Ist nicht von hier. Jann war müde, vom Bier, von der Nacht, von Yvonne, aber er wusste, dass er sich das nicht gefallen lassen durfte. Wenn er auf das X nicht reagierte, folgte bald ein Y. Und dann dauerte es nicht lange zum Z.

Er ging in den Raum, der Ruths Badezimmer hatte werden sollen, eine feuchte Kammer mit freistehender Badewanne, die noch nicht ganz angeschlossen war, zugegeben, aber das war nur eine Sache von einer halben Stunde. Er nahm einen rosafarbenen Einwegrasierer, den Ruth in der Duschkabine hatte liegenlassen, und zerquetschte mit einer Rohrzange das Plastik, bis die Klinge brachlag. Er nahm die Klinge und ging in die Küche. Er nahm ein Stück Fleischwurst aus dem Kühlschrank. Steckte die Rasierklinge hinein. Ging zum äußersten Fenster des Westflügels, öffnete es, wobei es ihm mehr oder weniger in die Hand fiel. Unten, in Karl Oles Hof, spielte Itzenplitz mit einer Gummiente. Als er Jann am Fenster mit der Wurst hantieren sah, bellte er erfreut.

Später schloss er das Fenster wieder. Er weigerte sich, das Viererfoto von Ruth am Kühlschrank anzusehen. Keinen Blick würde er auf dieses Foto werfen. Ausgeschlossen. Obwohl, ihr Lächeln war wirklich süß. Wieder fragte er sich, welches der vier Passbilder das hübscheste war. Nicht zu sagen. Er sinnierte noch ein wenig darüber. Er küsste es. Drehte das Bild um. Heftete es, für ihn unsichtbar geworden, gegen die Kühlschranktür. Er nahm es wieder in die Hand. Heftete die Bilder schließlich an den Kühlschrank, wie sie gehangen hatten.

Er rief Ruth an. Sie ging nicht dran. Jann hatte Hunger. Aber er hatte nichts mehr im Kühlschrank. Blöd, dass er die Fleischwurst in den Hof geworfen hatte. Und Frieda machte erst mittags auf. Aber er musste dringend essen, irgendwas mit viel Salz und viel Fett.

Er würde sich Sisal wiederholen, ein Mal noch. Und dann würde er mit ihr aus Solikante verschwinden. Wenn nur ihre habgierige Mutter, diese kindesentführende Hyäne, einmal noch, ein einziges Mal noch ans Telefon ging.

ZWEITES KAPITEL

EIN JAHR ZUVOR

1.

Die Polizei hatte aufgeräumt, im Kleistpark. Die Königskolonnaden, die äußere Rotunde sowie die Ecken hinter dem Denkmal *Antike Frau*, aber auch das Gebüsch am Spielplatz und die Querung: allesamt dealerfrei. Jann ärgerte sich, denn ein Park ohne Dealer würde Druck aus der Versammlung nehmen. Und doch genoss er auch das stressfreie Queren des Parks. Law and Order. Zero Tolerance. Wenn es nach Jann ging, konnte die Polizei gar nicht hart genug durchgreifen, im Park.

Er blickte auf das alte Laub unter den Kornelkirschen, das eine dieser hübschen, blonden Polizistinnen mit spitzen Stangen nach Drogenverstecken absuchte, warum flochten die ihr Haar eigentlich alle zum Zopf? War das Vorschrift, der Zopf? Es hätte nicht viel gefehlt, und er hätte sich bei der Frau bedankt. Aber das brachte er dann doch wieder nicht übers Herz.

Die Polizei war zeit seines Lebens sein natürlicher Feind gewesen. Die Polizei, das waren Beamte, die ihn und seine Kollegen mit Wasserwerfern blendeten, von Janns frühester Jugend an, an der Verladerampe in Dannenberg, am Tor von Neckarwestheim, an der Elbe vor Brokdorf. Das waren Menschen, die ein System beschützten, dessen erklärte Absicht es war, ihnen und ihren Kindern jede Lebensgrundlage zu entziehen. Sie schützten, was sie alle zerstörte. Jann empfand das schon immer als schizophren.

»Danke für die Parkbefreiung!«

Nanu. War ihm einfach so rausgerutscht. Die Polizistin sah auf, war einen Moment unsicher, ob sie verspottet wurde, erkannte Janns klare Absicht, lächelte, sagte: »Immer wieder gern.«

Und damit brachte sie das Problem auf den Punkt. Die Dealer besetzten den Park, stellten sich Jann in den Weg, liefen ihm hinterher, schubsten ihn, wenn er Sisal auf den Schultern trug, spuckten vor ihm aus und nannten ihn einen Rassisten, weil er ihnen keine Drogen abkaufte. Dann kam die Polizei. Dann warteten die Dealer hinter dem Kammergericht in der Elßholzstraße. Dann zog sich die Polizei zurück. Dann übernahmen die Dealer wieder den Park. Und alles begann von vorn.

Jann hatte kein Problem damit, dass im Kleistpark Drogen verkauft wurden. Er hatte schon als Schüler dafür demonstriert, Cannabis zu legalisieren. Das Problem war eher, dass er nicht durch den Park gehen konnte, ohne des Inzests mit seiner Mutter verdächtigt oder als Spross käuflicher Liebe verunglimpft zu werden.

Auch hier irrte Ruth. Nicht die Abwesenheit des Anderen, sondern die brachiale Anwesenheit des Anderen führte zu dessen Ablehnung. Als er noch im Schwarzwald, in seinem eigenen Tal der Ahnungslosen, gelebt hatte, war er alldem offen und freundlich gesonnen gewesen, das er nun, da er es kennengelernt hatte, ablehnte. Etwas weniger Kennenlernen des Anderen, fürchtete Jann, hätte seiner Toleranz durchaus gutgetan.

Niemals im Leben wäre Jann auf die Idee gekommen, schwarze Männer könnten vulgärer, lauter, ungehobelter, plumper auftreten als weiße – hätte er sie nicht im Park in vulgärer, lauter, ungehobelter, plumper Mannschaftsstärke kennengelernt. Sein Ideal war rein, doch die Realität rieb sich daran. Er sah nicht ein, dass Sisal den Spielplatz im Park nicht nutzen konnte. Dass Jann ihn nicht queren konnte, wenn nicht gerade die Polizei darin aufräumte.

Er erreichte das Nachbarschaftszentrum, es lag in der Gleditschstraße. Gründerzeithaus, Tags, Graffiti, Hinterhof. Doch die Tür war verschlossen. Kein Aushang. Kein Hinweis. Nichts. Typisch Potse. Eigentlich hätte hier in zehn Minuten ein Podium beginnen sollen. Laut Wurfzettel sollte es der Frage nachgehen, wie das Zusammenleben von Dealern und Anwohnern erträglicher gestaltet werden konnte.

Rund um den Park war es in den letzten Monaten häufiger zu Gewalt gekommen. Vor zwei Monaten stach der Wirt einer Shisha-Bar in einem Akt von Selbstjustiz einen Dealer nieder. Zwei Flüchtlinge starben. Einen Monat später fanden sich Kokskügelchen im Sandkasten des Kleistparks. Danach wurde eine Kitaleiterin, die das Problem öffentlich machte, rassistisch beschimpft, sie war bis heute beurlaubt. Mehrere Linkenmuttis hatten in die Kameras gesagt, es gäbe keinen sichereren Platz für ihre Kinder als den Sandkasten im Kleistpark, seit die Polizei ihn mit Stangen durchsucht habe.

Jann trat den Rückzug an. Am Park dufteten die letzten Blüten der Sträucher und Bäume, eine warme Glocke aus Herbstluft lag über dem Park. Jann gelang es dennoch nicht durchzuatmen. Er wusste, was geschehen würde, wenn er Ruth in seiner jetzigen Verfasstheit begegnete. Zunächst eine sinnlose Diskussion, die dem anderen nicht den geringsten Raumgewinn zugestand, dann offener Streit, am Ende kein Sex. Jann hatte keine Lust auf keinen Sex, und sah sich nach einer Möglichkeit um, sein aufgewühltes Inneres wieder zu befrieden.

Jann fand eine Bar in der Elßholzstraße, die neu aufgemacht hatte. *Five Kangaroo.* Er betrat die Bar. Klare Luft dank Rauchverbot. Leichtfüßige Klaviermusik. Kerzenlicht. Er wollte sich an den Tresen setzen, aber der war ihm zu aufgeräumt. Er saß gern allein am Tresen, er hatte kein Problem damit, in irgendeiner Stadt, an irgendeiner Bar allein am Tresen zu sitzen – solange dieser ein wenig verratzt und abgewirtschaftet war. Doch an diesem klebte ja beinahe noch das Preisschild aus dem Baumarkt. Außerdem lärmte und spie ununterbrochen ein hochglanzpoliertes Kaffeemaschinenwunder. Er setzte sich ans Fenster. Gemütlicher Polstersitz, Zweiertisch, Blick auf das Kammergericht. Spätabendliches Dämmerlicht. Doch, ja: Wohligkeit.

»Hallo! How can I help you?«

Jann sah auf. Die Kellnerin war unglaublich jung und zum Glück weitflächig über Gesicht und Unterarme tätowiert. Ohne Tattoos wäre es schwierig geworden, eine Bestellung souverän aufzugeben, die Kellnerin war beinahe schon hinterhältig hübsch.

»Ein Pils, bitte. Vom Fass.«
»Bier? Okay. We have craft beer? Indian pale ale? Tannenzäpfle, or spiced root alcohol reduced?«
»Tannenzäpfle? Nein, danke, das ist mir zu süß. Irgendein Pils vom Fass, bitte.«
»So I'll get you a Tannenzäpfle?«
»No. No Tannenzäpfle! Draft beer. Do you have draft beer?«

»Oh, sorry, we only sell beer in bottles.«
»Ok, dann ein Tannenzäpfle.«
»You don't like Tannenzäpfle?«
»No, allright, put me on a Tannenzäpfle. I love Tannenzäpfle. So, please get me a Tannenzäpfle.«

Die Kellnerin lächelte, meinte ihre Freundlichkeit ernst, Jann blieb nichts anders übrig, als zurückzulächeln, und doch hatte ihn die Bestellung, Tattoos hin oder her, wieder erschöpft. Er nahm sich vor, gar nichts zu sagen, wenn das Bier käme, sondern auch nur noch zu lächeln. Er würde einfach nur noch lächeln. Bei jedem Auto, das rückwärts einparkte, während Sisal mit ihm über den Bürgersteig lief, bei jedem Dealer, der ihn durch den Park verfolgte und bei jeder Bestellung, die mal wieder vollumfänglich in die Hose ging.

»Excuse me. We've got the new Zäpfle ice version. Do you want that or rather the classic one?«

Na, das war ja endlich mal einfach.

»Classic, please.«

Sie stellte ihm das Bier auf den kleinen Couchtisch. Er hätte nichts gegen ein Glas gehabt, wollte aber keine weitere Diskussion anfangen (bauchig oder Stange, mit Untersetzer oder ohne), und trank das Bier, das ihm nicht schmeckte, ohne Glas, was ihm in der Stadt nicht gefiel.

Keine Frage: Er würde Ruth nicht von seinen Erlebnissen berichten. Weder von der Anwohnerversammlung, die nicht stattgefunden hatte, noch von der Kellnerin. Er wusste, wie so etwas ausging. »*Rosi? Meinst du Rosi? Die Neue aus dem Five Kangaroo? Die ist süß, oder? Sie kommt aus Neuseeland und macht hier ihren Master, Umweltmanagement oder so was. Wir haben uns mal ewig unterhalten, als grade nicht viel los war. Wirklich süß, die Kleine, grüß sie beim nächsten Mal von mir!*«

Jann hatte keine Lust mehr, in eine Ecke gestellt zu werden, in die er nicht gehörte. Er war kein alter, weißer Mann mit herabhängenden Mundwinkeln. Er lebte nur zur falschen Zeit am falschen Ort. Er liebte das Leben. Er liebte Sisal. Er liebte Ruth. Er liebte Sex. Er würde gern noch einmal einen Betrieb aufmachen in seinem Leben. Auch das hatte er geliebt. Er liebte es, im Wald zu sein und saubere Luft zu atmen. Er liebte es, in Ruhe gelassen zu werden. Er liebte Socken, die zueinander passten. Er liebte verlassene Dorfstraßen im Laternenlicht. Er liebte ein Feld ohne Horizont. Er liebte Morgenlicht. Er liebte Mitternachtskrimis im Radio. Er liebte Burger mit übersalzenen Pommes. Er liebte Geschäftstüchtigkeit. Er liebte die rasant ansteigende Kurve seiner Verkaufszahlen, als er noch etwas zu verkaufen gehabt hatte. Er liebte Schmetterlinge. Er liebte Spaziergänge im Regen. Er liebte Nächte mit Gewitter. Er liebte so viel. Welcher alte, muffige, weiße Mann liebte denn bitte noch immer so viel? Jann war nicht muffig, die Stadt machte ihn muffelig. Er fühlte sich wie ein Känguru im Kleintierzoo: Das Setting stimmte einfach nicht. Er trank aus und bat um die Rechnung.

»It's three ninety, then.«
»Bitte, was?«
»Oh, ähm, drai, and ninety.«

Sie tippte es in ihr Smartphone und zeigte es ihm, als sei er komplett debil. Ja, zugegeben: Jann hatte nicht in England studiert.

Er war noch nie in den USA gewesen. (Und es gab auch nichts, was ihn jemals dorthin führen würde, den Yosemite beiseitegelassen. Gut, die Rocky Mountains. Na ja, Anchorage. Alaska. Das hatte schon einen gewissen Klang. War ja aber im Grunde Kanada.) Also, ja, zugegeben: Er sprach nur Schulenglisch. Mit schwerem, deutschem Akzent. Na, und? Konnte er deswegen vielleicht schlechter denken?

Jann hatte immer wieder erlebt, was geschah, wenn seine Generationsgenossen zurückkehrten, von ihren Stipendien in Bejing, ihren Austauschsemestern in Uruguay, ihren Sprachaufenthalten in Bordeaux, sie bauten ein paar Wochen lang einige mitgebrachte Floskeln ein, *it's s just like, enfin bref, un pane di soia, prego, moshi-moshi,* freuten sich göttlich, wenn ihnen ein Allerweltswort zunächst in der geliebten Fremdsprache und erst mit Verspätung auf Deutsch einfiel. Sie servierten ein paar Wochen lang Sushi im Freundeskreis oder Yeni Rakı, den man in Istanbul immer nur zu Meze getrunken hat, unter der Fußgängerbrücke am Goldenen Horn, diese Meze-Platten, könnt ihr euch gar nicht vorstellen, wie lecker die sind, solche Hamsi kriegt man hier gar nicht, die gibt es nur am Schwarzen Meer.

Doch dann, nach einem Vierteljahr, dünnten sie aus, die Floskeln, wurden die Sushi-Einladungen seltener, verloren die Freunde diesen Glanz in den Augen, wenn sie von ihrem persönlichen Neuland sprachen. Sie begannen zu stottern und sagten, in Caracas hätten sie immer dieses, ähm, dieses, Anis-Dings, und dann griffen sie nach ihren Smartphones, um nachzugoogeln, ob sie zu ihren venezolanischen Tapas Cartujo oder Aguardiente getrunken hatten – was Jann auch herausfinden konnte, ohne nach Caracas zu jetten.

Jann gönnte seinen Freunden die Erfahrungen, die er selbst nicht machte, doch lag es auf der Hand, dass es nicht gutging, wenn Hunderte Millionen das Leben von Königen lebten. Natürlich fragte er nicht nach dem Ressourcenverbrauch des letzten Tauchlehrgangs auf den Malediven, nach dem CO_2-Ausstoß einer Erasmusliebe, das wäre allzu schlechter Stil gewesen. Und es war ja demokratischer Konsens, dass alle im Pulk vernichteten.

Kein Wunder, dass Janns Messgerät aus China stammte. Dort war man, was die Luftqualität anging, bereits sensibilisiert. Besser noch: Dort war die Luft bald wieder rein. Und warum? Weil sie sich nicht mit einem dämlichen Parlament herumschlagen mussten, dieser Quatschbude, die über Rentenbeiträge und Migrationsobergrenzen debattierte, über die Kulturhoheit der Länder und die Homoehe, über die Wiedereinführung der Wehrpflicht und den demographischen Wandel, nur über das eine Thema nicht: wie radikal die deutsche Wirtschaft zu transformieren war, wenn Sisal nicht in einer schwarzen, verbrannten Wüste voller Baumskelette, mit dem Bauch nach oben schwimmender Fische und Rauchschwaden zwischen den Ruinen volljährig werden sollte.

Natürlich hatte er sofort verstanden, was die Kellnerin gefordert hatte. Dafür brauchte er kein Praktikum in New York. Er hatte es nur nicht glauben können. Drei neunzig für ein Null-Dreier-Flaschenbier? Das waren ja Münchner Preise. Jann hatte den Berliner Dreck vor allem deswegen ertragen, weil er Cottbusser Preise dafür gezahlt hatte. Wenn er nun aber den Berliner Dreck zu Münchner Preisen bekam, gäbe es endgültig keinen Platz mehr für ihn in der Stadt. Er ließ einen Fünfeuroschein auf dem Couchtisch liegen und ging unter einem heftigen *Thank-you-so-*

much-what-a-lovely-place-have-a-nice-evening-see-you-Anfall zur Tür hinaus. So einfach ließ er sich nicht verarschen.

Draußen war es dunkel geworden, die Polizei wieder abgezogen. Jann querte den Park möglichst zügig. Einer der Dealer ging sogleich mit ihm mit.

»Hey bro, want some wheed?«

Jann hatte nun die Wahl. Entweder weitergehen und sich beschimpfen lassen oder dankend ablehnen und sich ebenfalls beschimpfen lassen. Unwirsch ging er weiter.

»I pay my taxes! More than you do«, rief der Mann ihm hinterher.

Das war neu. Das war nun wirklich kreativ. Ein Dealer, der seine Steuermoral hochhielt. Das waren sie, die seltenen, kurzen Momente, in denen Jann verstand, was Ruth liebte an dieser Stadt. Klarer Punktsieg für den Dealer. Schmunzelnd verließ Jann den Park.

Oben im vierten Stock war Sisal bereits eingeschlafen. Ruth küsste ihn auf den Mund. Jann schmiegte sich an sie. Genoss ihren Duft. Sie trug eine dünne Leggins und ein dünnes Oberteil, unter der ihr schlanker Körper in voller Schönheit zu sehen, zu fühlen war. Sowie er sich an sie schmiegte, wurde Jann hart.

»Wie war dein Tag?«, fragte sie.
»Alles gut, danke. Ich freue mich, dass wir Freitag rausfahren.«
»Sisal ist zu einem Geburtstag eingeladen. Reicht es nicht, wenn wir Samstag Abend fahren?«

»Nein. Freitag. Wir brauchen beide Nächte, wenn es sich lohnen soll.«
»Na gut, wie du meinst. Und noch was, Jann.«
»Ja.«
»Steht dir gut, wenn du mal lächelst! Ich hab dich lieb.«

Er machte nicht den Fehler, sie auf die passiv aggressive Verwendung des Wortes *mal* hinzuweisen, er fühlte sich auch so schon einsam genug. Seit Monaten ging das nun so: Entweder berichtete er von dem, was die Stadt ihm angetan hatte, dann gab es Streit. Oder er behielt es für sich, dann fühlte er sich einsam, dann war es, als ob er gar nicht hier lebte, an der Potsdamer Straße, mit Sisal und Ruth, dann lebte er ohne Resonanz, dann verstummte das Leben in ihm, da erst der Bericht über das, was er erlebt hatte, das Erlebnis zur Erinnerung formte.

»Warst du noch ein bisschen an der frischen Luft?«
»Genau. Ja.«
»Und?«
»Nichts. Also, ich meine, war schön.«
»Das freut mich. Ich hab auf dich gewartet«, sagte sie.
»Aber ich war doch nur –«
»Nicht als Vorwurf gemeint. Ich meinte eher: Ich hab mich auf dich gefreut. Hier ist nämlich ein Brief angekommen.«
»Für mich?«
»Für uns. Lies mal, Schatz. Magst du ein Bier? Ich hab dir eins aus dem Spätkauf geholt.«

Sie reichte ihm das Bier und den Brief. Einen Moment zögerte er, was er zuerst annehmen sollte. Dann griff er nach dem Brief. Er zog ihn aus dem bereits geöffneten Kuvert. Die Hausverwaltung. Ihre Wohnung wurde verkauft. Wenn sie dreihundertzwanzigtausend Euro übrig hatten, durften sie ihr Vorkaufsrecht ausüben und selbst kaufen. War ja nicht so, dass Mieter in dieser Stadt keine Rechte hätten. Dreihundertzwanzigtausend Euro. Ein Schnäppchen für fünfundfünfzig Quadratmeter zur Straße hinaus.

»Es gibt da noch eine andere Seite«, sagte Ruth.
»Wieso? Was soll daran gut sein, wenn unsere Wohnung verkauft wird?«
»Nein, ich mein, blätter mal um!«

Zitterte ihre Stimme? Er blätterte um und las. Oha. Noch im Sommer sollte direkt über ihnen der Dachstuhl ausgebaut werden. Er hatte davon gelesen. Der Senat hatte das *Be Berlin! Roof Extension Project* vor einem halben Jahr ins Leben gerufen, um die grassierende Wohnungsknappheit zu mildern. Vertikale Nachverdichtung. Sozialer Wohnungsbau. Bislang befand sich über ihnen nichts als ein luftiger Speicher, was der Hauptgrund gewesen war, warum sie sich für die Wohnung entschieden hatten. In einer fernen, noch gar nicht so lange zurückliegenden Zeit, in der man den Park noch nutzen und sich für Wohnungen noch hatte entscheiden können, solange sie so klein waren wie die ihre.

»Wie schnell können sie uns rausschmeißen?«, fragte er.
»Zehn Jahre.«
»Das geht doch noch, Liebes. Zehn Jahre, bis dahin finden wir was. Beruhige dich!«

Er nahm sie in den Arm. Reagierte sogleich wieder auf sie. Verfluchte diesen Brief, ohne den er längst mit ihr im Bett läge, auf dem Sofa kniete, in der Dusche stünde –

»Das ist ja auch nicht so schlimm«, sagte sie. »Aber was, wenn der Senat im Sommer mit dieser *Roof Extension* beginnt? Dann beben hier die Wände. Ich hab nachgesehen. Morgens um sechs dürfen die anfangen, auch Samstags. Da ist Sisal im Tiefschlaf!«

2.

Ruth gab dem Mann die Hand. Der Schreibtisch blieb dabei zwischen ihnen, das war ihr wichtig. Anders als die meisten ihrer Klienten, die den Moment des Abschieds herauszögerten, noch verweilten, noch etwas loswerden wollten, worüber sie sich die ganze Stunde nicht zu sprechen getraut hatten, verließ der Mann zügig ihr Zimmer. Ruth öffnete das Fenster und lüftete die leichte Schweißfahne, die der Mann hinterlassen hatte, in den Herbsthimmel hinaus.

Sie überblickte ihre Notizen. Roland F. 47. Festanstellung, Kreativbranche. Vater eines Sohnes. Status der Mutter unklar. Mal war sie im Urlaub, dann bei der eigenen Mutter, dann geschieden. Ruth spekulierte, ob sie tot war. Das würde dem Fall eine neue Wendung geben. Roland kam seit fünf Wochen in ihre Sprechstunde, und nach jedem Termin war sie unentschieden. Was war das? Das Selbstmitleid des saturierten, weißen Westeuropäers, der alles hatte, aber keine Freude mehr daran empfand? Oder ein Häuflein Elend, über den Feminismus, Globalisierung und Pluralisierung hinweggefegt waren, ohne ihm eine neue Perspektive zu eröffnen? Es war nicht ihre Aufgabe, Mitleid zu empfinden mit ihren Klienten. Und tatsächlich, der Mann tat ihr nicht leid. Aber auch wenn das völlig unerheblich war für ihre Arbeit: Sie verstand ihn. Ja, sie verstand das Problem –

In den letzten Jahren hatte sich das Verhältnis von weiblichen zu männlichen Klienten dramatisch verschoben. Jeder dritte Klient war inzwischen ein Mann. Nach dem Herbst 2015 hatte es noch einmal einen klaren Peak gegeben. Wenn das nicht typisch war für das starke Geschlecht. Kaum kam eine Million Muslime, mussten alle hiesigen Männer in Therapie. In ihren beruflichen Anfangsjahren hatte Ruth geglaubt, sie müsse Diagnosen stellen, Krankheiten behandeln. Inzwischen war sie anderer Meinung. Es ging nicht darum, die passende Therapie zur richtigen Krankheit zu finden, sondern die passende Therapie zum richtigen Menschen.

Als Roland ihr auf den Finger gestarrt hatte, war das ein heikler Moment gewesen. Eigentlich zu viel Hokuspokus für ihn. Doch seine Verzweiflung hatte ihn mitmachen lassen. EMDR setzte Ruth nicht deswegen ein, weil es eine gute Therapieform war, sondern weil es Klienten gab, die an genau so etwas glaubten. Die einen lachten darüber, denen kam sie lieber mit Erich Fromm. Die anderen nahmen den letzten Quatsch dankbar an, und wenn sie es dankbar annahmen, war es die richtige Therapie.

Das Paradoxon aller Heilberufe, dass die Patienten und Klienten ausblieben, sobald es ihnen besserging, trat in Ruths Fall noch einmal verschärft auf. Sie war noch immer nicht fest angestellt, ihr waren nur eine Handvoll ausgewählter Klienten zugeteilt. Wenn Roland F., Margitta K. und Gerhard C. nicht mehr aufschlügen bei ihr, verlöre sie ihren Job. Ja, das war der berufliche Ertrag ihres Psychologiestudiums: fünfundfünfzig Euro die Stunde, die sie nicht mit der Krankenkasse abrechnen durfte. Sie hatte keine Approbation, sondern nur die Erlaubnis nach dem Heilpraktikergesetz vom Gesundheitsamt erhalten, mit Zulassung auf dem Gebiet der Psychotherapie. Es gab einen klar definierbaren Grund, warum sie nicht längst fest angestellt war oder gar eine eigene Praxis aufgemacht hatte, und dieser Grund hieß Sisal Korwaczek.

Als Justus sie gefragt hatte, ob sie bei ihm einsteigen wolle, hatte man ihr noch nichts angesehen. Sie hätte zusagen können. Sie hätte sechs Monate später in Mutterschutz gehen können. Wäre alles legal gewesen. Hätte sie ein Recht drauf gehabt. Aber sie hatte es Justus nicht antun wollen. Er hatte ihr die Fairness damit gedankt, dass sie wenigstens auf Stundenbasis bei ihm arbeiten durfte. Doch die Festanstellung hatte er ausgeschrieben, in den nächsten zehn oder zwanzig Jahren wäre bei ihm nichts mehr vakant. Danach wäre Ruth über sechzig.

Sie musste sich alles ganz genau in Erinnerung rufen, wenn sie an dieser Stelle nicht schreien wollte, die ersten Tritte in ihre Lunge musste sie sich in Erinnerung rufen, die sie zuerst so erschreckt hatten und nach denen sie sich bald so sehr sehnte, weil sie stets fürchtete, es könne sich nichts mehr bewegen in ihr. Sie musste sich an dieses kleine, vom ersten Atemzug an selten schöne Wesen erinnern, das ihr die Hebamme auf die Brust gelegt hatte. An diese Lebensverbundenheit, die auch der Schnitt durch die Nabelschnur nicht gekappt hatte. An diese Fingerchen und Zehen, an diese Speckfältchen, die sich mit den Jahren geglättet hatten, an dieses Kleinkindergrübchen an Sisals Kinn. Ja, schon besser. Ruth lächelte. So ging es. Aber wirklich nur so.

Justus klopfte an die Tür, sie hasste dieses Klopfen. Dieses zarte, verschämte *Es-tut-mir-leid*-Klopfen. Aber Justus brauchte nun einmal das Zimmer. Er war ein vollkommen fairer, aufrichtiger und wohlmeinender Chef, und das war, neben der Tatsache, dass sie sich seit zwanzig Jahren kannten und duzten, genau das Problem. Die Praxis war absolut unspektakulär und prestigefrei, sie lag in einem Hinterhof in Nord-Neukölln, Ruth fuhr jeden Tag eine halbe Stunde mit dem Roller dorthin. Justus wollte nichts darstellen, niemanden übertrumpfen, ihr nichts vorschreiben, aber er trug seine Aufmerksamkeit, seine Bescheidenheit in seinen drei im Zyklus gewechselten Jacketts so augenscheinlich vor sich her, dass sie ihn manchmal schütteln wollte: *Kauf dir ein schickes Auto! Verkleide die Praxis mit Tropenholzpaneelen! Dann schmeiß mich halt raus!*

»Schon gut. Bin schon weg.«
»So war das nicht gemeint, Ruth. Es ist nur – Also, es ist schon gleich fünf.«
»Oh, hab ich überzogen?«

Wie unprofessionell. War ihr gar nicht aufgefallen. Sie räumte ihren Block und die Stifte zusammen und drehte die Fotos seiner Frau und seiner beiden Söhne wieder um, die anzusehen sie nicht mehr ertrug. Sie schloss das Fenster, schaffte es gar, Justus anzulächeln, als sie sich an seinem Bauch vorbei aus dem Zimmer zwängte. Fünf Uhr. Das bedeutete Stress. Sie waren um sechs am Ostkreuz verabredet. Jann würde Sisal abholen, aber Ruth musste noch Wein und etwas zu essen einkaufen, bevor es am Abend in das neue Kaff hinaus ging. Sie hatte den Namen vergessen. Irgendetwas, das nach einer ziemlich depressiven Begleitdiagnose klang. Solipsissen? Solickow? Solitud?

Seit wie vielen Monaten fuhren sie nun schon in diese Käffer? Und wie lange sollte das anhalten? Auch wenn Jann ein anderes Wort dafür gefunden hatte: Er war seit sieben Jahren arbeitslos. Und sie hatte nicht die geringste Ahnung, wie viel Geld denn nun eigentlich noch übrig war, nach seiner großen Pleite. Fünftausend? Fünfzigtausend? Alles möglich. Sie steckte da nicht drin. Es war ihr nicht wichtig, einen Mann mit gutem Verdienst zu haben. Sie wollte sich nicht mit dem Job ihres Mannes, sondern mit ihrem eigenen Job schmücken. Alles, was sie wollte, war ein ausgeglichener, glücklicher Ehemann. Und dafür wäre nach sieben Jahren die Wiederaufnahme einer Arbeit vielleicht ganz hilfreich gewesen. Doch Jann war ja nicht arbeitslos, sondern *abgefunden*. So nannte er das. Er hatte sich vor der Pleite noch schnell etwas ausgezahlt. Seither tat er, als schlummere da eine Million auf seinem Konto, als sei er von allen Geldsorgen befreiter Privatier.

Ruth zog ihren Helm an und schloss den Elektroroller auf. Dann düste sie los, leise und emmissionsfrei. Sie genoss den dichten Verkehr. Die Schlangen vor den Ampeln überholte sie von rechts. Sobald sie die Kreuzungen erreichte, schalteten die Ampeln auf grün. Die Autofahrer hupten und tobten in ihrem Rücken. Und sie bekam wieder dieses Hochgefühl unter ihrem Helm, aus dem ihre Haare im Fahrtwind wogten, und gab Strom.

Wein nicht vergessen! Ohne Wein kein gelungenes Wochenende! Dass Jann kaum mehr einkaufte (und seit Jahren in denselben Klamotten herumlief), passte nicht ganz in das Bild des geruhsamen Privatiers. Ruth drängte ihn nicht, sie war ja nicht seine Mutter. Doch je weniger er arbeitete, umso mehr verfluchte er die Stadt. Und umgekehrt: Je mehr er arbeiten würde, umso weniger hätte er Zeit, die Stadt zu verfluchen. Den *Berliner Dreck*. Das meinte alles, was seiner neu erblühenden Saubermannseele nicht passte: Abgase, Feinstaub, Dealer. Graffiti. Ja, neulich hatte er sich ernsthaft über ein neues Graffito am U-Bahnhof Kleistpark empört!

Na, klar, in zweiter Reihe parken und dann auch noch die Autotür aufreißen! Sie fuhr einen schnellen Schwenker. Hinter ihr hupte es. Ruth zeigte dem Typen den Vogel. Gab einfach Strom. Sie hatte sich Janns Reaktion auf den Brief etwas tröstlicher vorgestellt. Weniger körperintensiv. Sie waren ein Paar, das die vierzig erreicht hatte, dem die Wohnung unter den Füßen wegverkauft wurde, dem der Senat eine *Roof Extension* aufs Dach setzte und das Wochenende für Wochenende Berlin verließ, um ein bisschen dazuzuverdienen.

Doch Jann? Wollte Sex.

Manchmal fürchtete sie, dass es doch keine Klischees waren. Dass ein Mann in einer Ehe zufrieden war, sobald es etwas zu essen gab und er Abend für Abend seinen Penis irgendwo hineinstecken konnte und er (der Mann, besser aber noch der Penis) regelmäßig angebetet und bewundert wurde, zumindest für irgendeine Selbstverständlichkeit gelobt. Was, wenn das alles stimmte, was sie seit Jahren dekonstruierte und therapierte? Solange alles in ihrer Ehe in Ordnung war, mochte sie, dass ihre Körper aufeinander reagierten, ganz ohne Worte, ganz ohne Anbahnung, aber nicht, wenn ein Problem im Raum stand. Konnte er sie nicht einfach einmal in den Arm nehmen? Ein einziges Mal in den Arm nehmen, ohne ihr gleich ins Ohr zu schnaufen? Und hätte das nicht besser werden sollen, jenseits der vierzig? Weniger stürmisch? Weniger hektisch?

Am Kottbusser Tor war ihr ganzes Geschick gefragt. Verkehr aus allen Richtungen. LKWs, welche die rechte Spur verstopften. Dritte-Reihe-Parker, hupende Autofahrer, die sich über Rollerfahrer ärgerten, Radfahrer, die Fußgänger zur Seite klingelten, ein zwischen allen hindurchschießender Pizzadienst. Ruth lächelte, sie spürte das Futter des Helms an ihren Wangen, sie kam sich vor wie in einem großen Geschicklichkeitsspiel.

Auf der Schillingbrücke überholte sie den Stau auf dem Mittelstreifen, bog dann in Richtung Stralauer Platz ab, ließ den Ostbahnhof links liegen. Vor den Clubs an der Spree standen die Feiernden, nicht schon, sondern noch: zu irgendeiner *after hour*, sie schienen nachzusehen, ob es nun eigentlich Tag war oder Nacht, sie rauchten, tranken, starrten. Eine junge Frau fiel vor Ruth auf die Fahrbahn, weiß wie Schneewittchen, aber voller schwarzer Tattoos.

Sie erreichte das Ostkreuz überpünktlich. Rotwein. Rotwein nicht vergessen. Wieder bedauerte sie die fehlenden Einkaufsmöglichkeiten im Bahnhof. Sie ging dem Strom der abendlichen Pendler entgegen in die Sonntagstraße und kaufte bei den *Spätibrüdern* drei Flaschen Barbera, dazu Tütenbrot, Käse und H-Milch für Sisal. Salatkopf dazu? Nee, der war schon welk.

»Wollen Sie eine Tüte, Madame?«
»Gern, ja, das ist nett.«
»Wo gehen Sie feiern, mit dem ganzen Wein?«
»Ach, das wollen Sie nicht wissen, wir fahren raus.«
»Ausfahrt ins Grüne, ist doch schön.«
»Ja, nein, ich weiß nicht. Ich würde ganz gern hierbleiben.«
»Wirklich? Also, ich würde ganz gern mal raus.«
»Tauschen wir?«
»Was?«
»War nur Spaß. Ich weiß ja gar nicht, wie das hier geht.«
»Na ja, Wein und Bier verkaufen. So schwer ist das auch wieder nicht.«
»Nein, aber die Ansprache. Wie Sie mit den Leuten reden.

Wenn sie zu viel getrunken haben oder kein Deutsch können, oder – ach, ich weiß auch nicht. Vergessen Sie's einfach!«

»Aber Ihre Ansprache ist doch wunderschön, Madame.«

Ruth lächelte. Das war schon eine Kunst: Ihr ein Kompliment zu machen, über das sie sich nicht ärgerte, obwohl es nicht intelligent war. Die meisten Männer in ihrem Alter machten ja überhaupt keine Komplimente mehr, sie hatten allesamt Angst. Und die älteren, kahlköpfigen Männer bedankten sich nach wie vor, dass ihnen eine so attraktive Therapeutin zuhöre. Zwischen denen, die gar nichts sagten, und denen, die das Falsche sagten, klaffte bei den Deutschen eine Lücke. Die Türken aber, die hatten es raus. Eigentlich waren sie zu direkt. Aber gleichzeitig meinte ihre Direktheit nichts. Der Verkäufer hatte sicher Frau und Kind, deren Foto er in jeder freien Minute abküsste. Und da tat Ruth etwas Seltsames: Sie gab dem Mann zum Abschied die Hand.

Punkt achtzehn Uhr fünfundzwanzig stand sie am Gleis. Aber wo war Jann? Der Zug würde in vier Minuten einfahren. Nach einer kurzen Pause, um achtzehn Uhr vierunddreißig, ginge es zurück nach Polen. Der übernächste Zug führe erst in einer Stunde – und sie hatte sich nicht durch den Feierabendverkehr geschleust und beim Freundlichtürken in aller Schnelle Wein gekauft, um zuzusehen, wie Jann den Zug verpasste. Musste sie nun allen Ernstes hinter ihm hertelefonieren? Er war es doch, der aufs Land wollte. Ach, da, drüben am S-Bahn-Gleis. Ein dünner Mann mit Kind, der eben zur Überführung eilte. Nein, doch nicht Jann. Zu gut angezogen.

Der Zug fuhr ein. Die blonden Polinnen verließen ihre Abteile und verstreuten sich binnen Sekunden auf die Rolltreppen und in die Aufzüge. Achtzehn Uhr zweiunddreißig. Noch zwei Minuten. Sie hievte die Tüte mit dem Wein in den leeren Zug. Achtzehn Uhr dreiunddreißig. Sie hielt die Tür mit Mühe davon ab, sich automatisch zu schließen, achtzehn Uhr vierunddreißig. Und jetzt? Sie stellte die Tüte wieder auf den Bahnsteig hinaus, verharrte noch einige Sekunden in der Tür, die sich mit aller Kraft schließen wollte. Dann stieg sie aus. Der Motor des Triebwagens heulte auf. Und der Zug fuhr ohne sie los.

3.

Sie liefen in der Gosse der Landstraße, die Köpfe gegen den scharfen Regen gesenkt, ließen sich von Erntefahrzeugen überholen, die ihnen das Straßenwasser gegen die Hosenbeine spritzten, sie sprachen schon seit dem Bahnhof nicht mehr.

Bahnhof. Wenn denn da einer gewesen wäre. Doch da war nichts gewesen als ein einsames, einzelnes Gleis. Kein Kiosk, kein Kaffee zum Händewärmen, kein Regal mit lauwarmem Flaschenbier.

Nicht einmal Schnaps, dachte Jann, und zerrte Sisal hinter sich her, die bockte und sich weigerte, weiterzugehen durch diese Nacht, schließlich schlitterten ihre kleinen Halbschuhe über den nassen Asphalt. Nicht praktisch. Aber so ging es auch.

»Warum hast du ihr keine Gummistiefel angezogen«, rief Jann gegen den Wind und gegen den Regen.
»Warum sollte ich? Bin ich hier die Gummistiefelanzieherin, oder was?«
»Ich dachte, du hast ihr gerade erst neue gekauft.«
»Genau. Und wenn du schon keine neuen kaufst, könntest du sie ihr wenigstens anziehen.«
»Hast du sie denn eingepackt?«
»Ich war bis fünf in der Praxis. Und du?«

»Was, und ich?«
»Was hast du heute so gemacht?«

Das hatte er davon. Erste Regel: Richte niemals das Wort gegen eine Frau, mit der du ein Kind hast. Niemals. Keine Ausnahme. Quälst du dich spätabends im Herbst gegen den Regen: Richte das Wort nicht gegen deine Frau. Hast du kein Geld, weil dein ganzes, vierzigjähriges Leben komplett an die Wand gefahren ist: Richte das Wort nicht gegen deine Frau. Hast du den Zug verpasst und bist deswegen über zwei Stunden länger unterwegs als geplant: Richte bloß nicht das Wort gegen deine Frau.

»Wir sind gleich da«, sagte er, mehr zu sich als zu Ruth und dem Kind.
»Danach ging's beim letzten Mal noch drei Stunden.«
»Da vorne seh ich schon ein Licht!«
»Ja, klar. Den Stern von Bethlehem«, sagte sie.

Solikante (Dorf). Das Ortsschild spiegelte eine schwache Himmelshelligkeit wider, obwohl kein Mond schien, die Felder rechts und links der Landstraße weit und zerklüftet, die Erde roch nass und nach Lehm. Zehn Häuser. Ein Schinkelbau. Ein Friedhof. Dann schon das Ortsausgangsschild. Solikante (Dorf), diesmal durchgestrichen. Einfach durchstreichen, dachte er. Einfach alles durchstreichen und noch einmal, als wäre er zwanzig, von vorn beginnen.

Vorm Ortsausgang das letzte Haus rechts, hatte die Landlady gesagt. Der Code für den Schlüsselkasten immerhin stimmte, doch die Wohnung war nicht geheizt. Kalte, etwas feuchte Luft drang ihnen entgegen, und er wusste, dass nun der Lüftungsstreit begänne. Alle Fenster auf und alle Heizkörper aus (er). Alle Fenster zu und alle Heizkörper auf (sie). Doch der Streit erfuhr eine unerwartete Variante, es gab keine Heizkörper, hier draußen heizten sie mit Kohle und Holz. Er tastete sich durch die halbdunkle Wohnung, fand den Lichtschalter nicht.

»Warum müssen wir am Wochenende immer in diesen kalten Wohnungen sein?«, fragte Sisal.
»Diese Frage richtest du am besten direkt an deinen Vater.«
»Papa, warum machen wir das?«
»Nun wartet doch mal, bis es warm wird hier drinnen. Wir lüften kurz durch und dann heizen wir den Ofen an. Schaut, da liegt Holz.«
»Du willst nicht im Ernst bei dem Wetter die Fenster aufmachen? Sag doch gleich, wenn du willst, dass wir wieder gehen.«
»Sisal, hilfst du mir, Feuer machen? Nimm einen von den Spänen dort aus dem Korb.«
»Papa, ich will kein Feuer machen. Ich will zurück nach Berlin. Mirko hat morgen Geburtstag. Sie feiern im Schwimmbad.«
»Morgen? Ich dachte, am Sonntag?«
»Vielleicht hörst du beim nächsten Mal einfach zu, wenn deine Tochter dir was sagt?«
»Das sagt die richtige.«
»Was soll denn das heißen?«
»Wer sitzt denn hier den ganzen Tag in der Praxis?«
»Können wir nicht endlich mal Licht anmachen?«

In dem Moment schaltete sich die Straßenlaterne auf der Dorfstraße aus, der matt orange Lichtschein, der durch das Kreuzfenster gefallen war, erlosch. Mit einem Mal war es sehr finster und still. Sisal fasste ihn an der Hand. Ruth stöhnte etwas pathetisch.

»Also, kalt und dunkel wäre es ja schon mal«, sagte sie.

Endlich hatte er den Lichtschalter gefunden. Zwanzig in die Decke gelassene Halogenstrahler sprangen an und tauchten die Wohnung in ein aseptisches Reinweiß. Immerhin, die Wohnung war wirklich so groß wie auf den Fotos im Netz. An der Potsdamer Straße lebten sie auf fünfundfünfzig Quadratmetern. Hier draußen kehrten sich die Verhältnisse um. Für die Hälfte des Geldes bekamen sie doppelt so viel Raum.

»Du wolltest doch immer ein eigenes Zimmer haben?«, sagte er zu Sisal.
»Ja, aber nicht jedes Wochenende ein anderes.«

Seine Tochter ließ ihn nicht von der Hand. Tropfend und schniefend stand sie vor dem erkalteten Ofen. Ihre Mutter schätzte sie mit diesem vor Liebe verschlingenden, völlig distanzlosen Blick. Das war ja nicht mit anzusehen. Er machte sich an die Arbeit. Einige Minuten später hatte er nicht nur das Feuer nicht anbekommen, die Wohnung roch auch noch nach Rauch. Der Ofen zog irgendwie nicht (er). Oder er hatte das mit dem Anheizen falsch angestellt (sie). Sisal kauerte schlotternd am halb geöffneten Fenster und sog die kalte, nasse Außenluft ein. Ruth googelte irgendwas auf dem Handy.

»Du musst Papier anzünden.«
»Was?«
»Und dann hinten im Ofenrohr aufsteigen lassen. Das erwärmt die kalte Luft, die sich abgesenkt hat.«

Jann verstand kein Wort, befolgte aber ihre Anweisung, natürlich funktionierte es. Alles, was sie ergoogelte, funktionierte. Er gönnte ihr den Erfolg, er wollte keinen Streit, er wollte einfach nur Wärme und Wein.

Bald loderte das Feuer golden und schwer in der Brennkammer. Sisal hatte große Freude daran, vorgespaltene Birkenscheite nachzulegen, mit der Glut zu spielen, mit den Ofentürchen die Luftzufuhr zu regulieren und so das Feuer zu schüren. Eine von beiden hatte er schon. Fehlt noch die andere, dachte Jann.

»Setzt euch doch vor den Ofen. Ich hol uns was zu trinken!«
»Ich trink heut nichts«, sagte sie sofort.
»Kann ja was ohne sein?«
»Und wozu soll das dann gut sein, ohne?«
»Ich hab dich nicht gezwungen, hier zu sein. – Sisal, willst du Milch?«
»Lieber Kakao.«
»Ist kalt okay?«
»Geht auch warm?«
»Warm geht auch.«

Er ging in die Küche, die in etwa so groß war wie ihre Wohnung in Berlin. Man konnte tanzen in dieser Küche und Zigaretten am halb geöffneten Fenster rauchen und die Musik laut stellen und den ganzen, alten Scheiß. Er nahm die Rotweinflaschen aus dem Ziehkoffer und entkorkte eine von ihnen, fand zwei dieser Rotweinschwenker, die ihnen in der Stadt in der Enge des Küchenschranks ständig zerbrachen. Er füllte sie, ließ den Wein atmen oder was auch immer für einen Unsinn, gab die Pistazien in eine schreckliche Landhausschale, dann kochte er Kakao.

Rotwein. Pistazien. Feuer im Ofen.
Was wollte sie noch?

Fünfundachtzig Euro nahmen sie inzwischen in der Stadt für eine Nacht, in der sie nicht zu Hause waren. Fünfunddreißig Euro kostete eine Ferienwohnung in der ostdeutschen Provinz. Machte fünfzig Euro Gewinn. Hundert am Wochenende. Vierhundert im Monat. Seine einzigen Einkünfte, zurzeit. Einzige Bedingung: Sie verließen Wochenende für Wochenende Berlin.

Es war kein Zufall, dass sie diesmal in Solikante (Dorf) ausgestiegen waren. Heimlich hatte er längst im Internet nach Häusern geschaut. Nur wusste Ruth noch nichts davon. Morgen, sagte er sich. Hat Zeit. Einen kurzen Bahnhalt weiter, in Solikante (Gut) war ein altes Schloss ausgeschrieben. Unzählige Fenster, Schlosspark, Freitreppe. Für gerade einmal dreißigtausend Euro. Er spürte ein Kribbeln, tief unten im Bauch, das er sonst nur kannte, wenn ihm klarwurde, dass er in wenigen Sekunden mit ihr schlief. Er rechnete aus, wie viele Wochenenden er nicht in Berlin sein durfte, um niemals mehr in Berlin sein zu müssen. Er kam auf zehn Jahre Wochenenden, zu lange, das musste kürzer gehen, sie mussten auch unter der Woche raus, in den Ferien, und –

»Tut mir leid«, sagte sie, als er ihr den Rotweinschwenker reichte und die Pistazien vor die Füße stellte.
»Nein. Tut mir leid«, sagte er. »Ich hatte noch den Rollkoffer für den Wein gesucht, und dann hat Sisal getrödelt, wollte sich aber auch nicht tragen lassen, und dann kam die S-Bahn nicht –«
»Psst.«

Sie hatte sich ein Kissen gerichtet, hielt die erschöpfte Sisal im Arm. Ihre beiden, zarten Silhouetten waren vom Widerschein des Feuers gerötet, ihre beiden Jacken hingen über dem Ofenrohr zum Trocknen aus. Er kniete sich zu ihnen und stieß mit ihnen an, einmal Wein, einmal Kakao, dann tranken sie, dann umarmten sie sich, alle drei, bis der Letzte von ihnen aufhörte zu frieren (sie).

Geld war in ihrer Ehe einst im Übermaß vorhanden gewesen. Doch nun war es so gut wie verschwunden. Seine eiserne Reserve hatte er noch, aber was fehlte, war ein regelmäßiges Einkommen. Frisches Geld. Zweimal hatten sie umziehen müssen, aus dem Nordkiez in den Südkiez und dann aus der großen Wohnung in die kleine. Während andere Paare nach einer Wohnung mit Kinderzimmer suchten, hatten sie eine ohne Wohnzimmer gefunden. Pünktlich zu Sisals Geburt hatten sie ihre Wohnung um ein Zimmer verkleinert. Sie hatten darüber lachen können, damals, die Hand in die des anderen gelegt, sie nüchtern, da sie nicht mehr trinken durfte, er mächtig angeschickert von einer Flasche billigem Wein. Doch in den letzten Monaten war ihnen das Lachen zunehmend abhandengekommen.

Sie hatten sich geschworen, dass Sisal ihrem Ritual keinen Abbruch tun würde. Gemeinsam die Flasche zu leeren, gemeinsam am Fenster eine einzelne Zigarette zu rauchen und dann, weil das so viel Spaß machte, noch eine zweite. Zu spät zu laute Musik aufzulegen. Eine Tafel dunkler Discounter-Schokolade zu teilen und sich nicht groß und nicht klein zu fühlen, sondern einfach nur unglaublich präsent. Sie hatten sich geschworen, dass sie ein Paar bleiben würden. Auch zu dritt.

Seine Pleite immerhin war nicht pünktlich zu Sisals Geburt erfolgt. Pleite war er schon zwei Jahre zuvor. Sein Betrieb war jahrelang nur noch dahingedümpelt, um dann mit einem Knall zu implodieren. Mein Dümpelchen, hatte sie gern zu ihm gesagt, während er ihren Rauch einatmete, gleichsam nachrauchte, als sie das noch durfte, da ihre Lungen noch keine Luft für eine zweite zu filtern hatten. Mein Dümpelkarrierchen, hatte sie gern gesagt, mein kleines Unternehmerchen, mein biologisch korrektes, und danach hatten sie Sex.

Ja, wirtschaftlich waren die Jahre mit Ruth ein Abstieg gewesen. Sie hatten bald den Dreh herausgehabt, exakt so viel zu verdienen, dass niemand ihnen einen Kuckuck an die Tür klebte, dass niemand ihnen das Gas abdrehte, aber mehr verdienten sie nicht. Insofern war der wirtschaftliche Abstieg einerseits Folge seiner implodierten Dümpelkarriere, andererseits aber barg der wirtschaftliche Abstieg die Chance, nochmals weniger zu arbeiten, nochmals mehr zu lieben. Leben, dachte er damals, war das, was übrig blieb, wenn man alles abzog, was ihn daran hinderte, zu lieben.

Wenige Jahre später trampelten auch über der neuen, um ein Zimmer verkleinerten Wohnung wieder gutsituierte Neubürger herum, um den Dachboden zu besichtigen. Und nun war er also verkauft, der Dachboden, wenn auch nicht an die Neubürger, sondern an den Senat. Was nichts daran änderte, dass er noch im Sommer mit schwerem Gerät ausgebaut würde. Jann würde mit seiner kleinen Familie einen Kiez weiter nach Osten ziehen müssen. Er machte sich nichts daraus, im Weiterziehen nach Osten hatten sie eine gewisse Erfahrung, das Weiterziehen nach Osten ging ihnen leicht von der Hand. Wenn sie lange genug einen Kiez weiter nach Osten zögen, lebten sie irgendwann ganz von allein auf dem Land.

Morgen besichtigten sie erst einmal dieses Gutshaus. Wer weiß, dachte er, wer weiß –

»Komm her«, sagte Ruth, als der Rotwein ersten Glanz in ihre Augen gebracht und sie ihre leicht vorwurfsvollen Kälteschauder endlich beendet hatte. Die Luft in der Ferienwohnung war noch immer eisig, aber wenn sie zum Ofen hin ausatmeten, gefror ihnen wenigstens nicht mehr der Atem. »Komm her, mein kleiner Versager.«

»Teilen wir uns eine?«, fragte er.

»Du hast Zigaretten?«

»Nein, du?«

»Ich dachte nicht, dass es noch dazu kommt, nach allem.«

»Kein Wort mehr davon. Dunkle Schokolade hab ich aber eingepackt«, sagte er.

»Komm her, mein Versagerchen. Ich will keine Schokolade, nicht jetzt.«

»Schläft sie denn?«

»Ja, sie schläft.«

»Pass auf, so weckst du sie noch.«

»Ich kann sie doch nicht auf dem Schoß behalten.«

»Warum denn nicht?«, fragte er.

»Du willst, dass sie zusieht?«

»Ich glaub nicht, dass sie viel sieht, wenn sie schläft.«

»Ist sie dir nicht im Weg?«

»Lehn dich einfach zurück. Kann ich das runterziehen, oder ist das zu kalt?«

»Mach weiter. Nicht aufhören, jetzt.«

»So?«

»Oh ja, so. Genau so.«

»Ist nicht zu kalt?«

»Nein, gar nicht, oh.«

»Oder lieber wie gestern?«

»Nun sprich nicht so viel.«

4.

Ruth zählte die Fenster. Der Vorderfront. Des Ostflügels. Im Erdgeschoss. Allein hier kam sie auf ein halbes Dutzend Kastenfenster. Mal erster Stock machte zwölf. Mal zweiter Stock machte vierundzwanzig. Mal Rückseite machte achtundvierzig. Mal Westflügel machte sechsundneunzig Kastenfenster aus Ostzeiten mit verwurmten Holzeinfassungen. Und da waren die beiden Erker noch nicht eingerechnet.

Ruth merkte, dass sie einen Taschenrechner benötigte, um die genaue Anzahl zu bestimmen. Oder aber einen Zählticker, wie ihn die Schaffner manchmal im Zug verwendeten. Ständig verzählte sie sich. Mal kam sie auf hundertzwanzig Fenster, mal auf hundertelf. Zahlen, die ohnehin nicht sehr aussagekräftig waren, weil sie die Kellerfenster nicht mitgezählt hatte. Und dann war die Zahl, wie auch immer sie lautete, noch mit zwei zu multiplizieren: Doppelfenster!

Ruth vermerkte im Stillen: zweihundertfünfzig Fensterglasscheiben. Das bedeutete zweihundertfünfzig mal fünf laufende Meter gleich tausendzweihundertfünfzig Meter Fenstereinfassung. Mehr als ein Kilometer, die sie mit der Stahlbürste abschmirgeln, mit Grundierung tränken und weiß lackieren mussten. Ruth überschlug: ein halber Liter pro Fenstereinfassung gleich hundertfünfundzwanzig Liter oder eineinhalb Badewannen voll weißer Fensterlack. Oh nein, sie hatte nur die Fassungen berücksichtigt, nicht aber die Rahmen, die im Mauerwerk faulten. Das zu behandelnde Holz war also auf drei Kilometer zu verdoppeln. Drei Kilometer, das entsprach ziemlich genau der Strecke von Solikante nach Cranlow, wo es einen *Toom*-Baumarkt gab. In Gedanken sah sie sich die volle Strecke dorthin mit Eisenbürste und Schleifpapier behandeln.

Konnte bitte einmal jemand diesem Kind an ihrer Seite sagen, dass das alles keinen Sinn hatte? Jann bekam ja schon rote Flecken am Hals. Was sah er? Ein Schloss? Die wenigen Mauern, die hier noch standen, gehörten abgerissen. Es sei denn, man hatte eine Brigade von drei Dutzend Arbeitern, zwei Jahre Zeit und eine Million Euro zur Verfügung. Meinte er das, wenn er von seiner eisernen Reserve sprach? Eine Million Euro? Wohl kaum. Aber er war längst nicht mehr ansprechbar. Machte so viele Fotos, dass er die Besichtigung auch gleich hätte filmen können. Sprach bereits von Notarterminen, zur Arrondierung hinzuzukaufenden Flurstücken und der Grundsteuer B.

Sie folgte dem Makler ins Haus.

»Dach und Keller«, sagte der Makler. »Die sind entscheidend. Wenn die dicht sind, sind die Stockwerke dazwischen egal.«
»Die Stockwerke dazwischen sind doch top«, sagte Jann.
»Was ist denn mit Dach und Keller?«, fragte Ruth.
»Dicht«, sagte der Makler. »Absolut dicht.«
»Also, ich finde, es riecht ganz schön feucht«, sagte Ruth.

Jann stieß sie mit dem Ellbogen in die Seite, sie standen im Foyer, einem luftigen Halbdunkel. Da, eine gewendelte Treppe in den ersten Stock. Oben ein bodentiefes Fenster. Aber das war doch eindeutig Schimmelgeruch? Was wollte Jann in einem Haus, das nach Bauschimmel roch? Hatte er keine Angst mehr vor Lungenkrebs? Sie stiegen die staubige Treppe in den ersten Stock hinauf. Hier wurde die Luft etwas besser. Kein Wunder, es zog vom Ostflügel durch den Westflügel einmal durch den gesamten Flur hindurch.

Was Ruth sah, waren nichts als Räume. Kammern, Boudoirs, Säle, Flure, Vestibüle, unglaublich hohe Decken, unglaublich viele Laufmeter, ja, seit Beginn der Besichtigung waren sie ununterbrochen am Gehen und kamen doch niemals irgendwo an. So viel Raum, so viel Luft, niemals zu restaurieren, niemals zu heizen, und wenn Ruth etwas hasste, dann diese Amtsgebäude, in deren großzügiger Weite sie immer nur fror. Die Kachelöfen aus Ostzeiten standen zwar noch, klobige, buckelige Eckmöbel, nach dem dreizehnten hatte sie aufgehört zu zählen. Was sollte das? Wollte Jann den Rest seines Lebens mit Heizen verbringen?

»Mit wie vielen Familien wollen Sie denn einziehen?«, fragte der Makler, als sie die Küche betraten, einen gekachelten Raum von der Größe eines Squashplatzes, der eher nach Schlachthaus aussah, einen Moment war Ruth, als rieche sie Blut.
»Wie viele Familien?«, sagte Jann. »Ooch. Nun. Das schauen wir dann noch.«
»Jann«, sagte Ruth. »Kannst du mich hören?«
»Na, Hauptsache, Sie machen das hier nicht allein«, sagte der Makler. »Sonst kann ich für Ihre Ehe nicht garantieren!«

Jann lachte. Ruth lachte nicht.

Sollte Jann sich doch einhaken bei dem Mann, wenn er alles an ihm so großartig fand, sein Auftreten, sein Verkaufsgeschwätz, seinen – was war das, gerade eben? Humor? Zugegeben: der Mann trug keinen Anzug, sondern eher ein Bäuchlein, war schon etwas älter und ruhiger, aber das war doch alles Masche, alles Manier. Diese *Seht-her-ich-bin-kein-Immobilienhai*-Nummer, dieses *Ich-will-doch-nur-das-Beste-für-euch-Kinders*. Sicherlich würde er gleich von seinen Kindern und seiner Enkelin erzählen, die –

Gottverdammt! Sisal! Sie hatte über diesen neuen Wahnsinnsanfall ihres Ehemanns nicht etwa ihre Tochter vergessen?

»Ich muss mal an die Luft«, sagte sie knapp und stieg die gewendelte Treppe ins Foyer hinab. Duster. Modrig. Trotz aller Weitläufigkeit irgendwie eng. Selbst mit einer Million auf dem Konto wollte sie hier nicht einziehen. Was sollte sie überhaupt hier draußen? Hier sprachen doch alle nur Deutsch! Sie stemmte den Türflügel auf und trat ins Freie. Ins Licht. In die Sonne. Hatte sie ganz vergessen, da drinnen, dass der Tag mit Sonne begonnen hatte. Mit letzter Wärme. Mit Herbstgeruch.

»Sisal?«

Sie stieg die Freitreppe hinunter, auch das ein Unding. Wie sollte sie ihre Freunde begrüßen, wenn sie ihnen auf einer Freitreppe entgegensteigen musste. Oder, schlimmer noch, ihre Freunde ihr, von unten nach oben, während sie auf dem Plateau stand und winkte? Sich Luft zufächerte? Sie wusste nicht, welche Leere Jann mit seiner Rolle als Schlossherr füllen wollte, sie nahm an, dass es etwas Sexuelles war. Er hatte schon davon gesprochen, als er noch erfolgreicher Jungbrauer war. Er wollte kein Schiff, kein Auto, keine Reisen. Er wollte ein Schloss. Tragisch, dass er diese Ruine für eines hielt.

»Sisal?«

»Mami?«

»Sisal, wo bist du denn?«

»Du sollst mich suchen.«

»Sisal, hör auf mit dem Quatsch. Wo steckst du?«

»Willst du nen Tipp?«

»Ich will keinen Tipp. Ich will, dass du rauskommst. Und dann verschwinden wir hier.«

»Warum? Ist doch toll hier. Papa hat gesagt, wir ziehen hier ein.«

»Was? Was hat er?«

»Ja, weil sie in Berlin ein Haus auf das Haus bauen.«

»Sisal, nun komm aber her. Ich glaube, ich muss dir ein paar Sachen erklären.«

»Such mich doch! Eierloch!«

Ruth schloss die Augen, rieb sich mit den Fingerspitzen darüber, die Gereiztheit blieb. Da fuhr er Wochenende für Wochenende ins Umland, um fünfzig Euro pro Nacht zu verdienen, kaufte dann aber für dreißigtausend Euro vier Hektar Land und einige wackelige Backsteine. Das war kein schräges Verhalten mehr, das war klinisch. Das war Borderline.

Erschöpft stieg sie die Freitreppe hinab. Sie schwor sich, dass sie nie wieder in ihrem Leben diese Freitreppe hinabsteigen würde. Im Hof gab es ungefähr siebenhundert Möglichkeiten, wo Sisal sich versteckt halten konnte. Die Hasenställe. Das Klohäuschen. Das Wirtschaftsgebäude, erster Eingang. Das Wirtschaftsgebäude, zweiter Eingang. Das Wirtschaftsgebäude, dritter bis siebenter Eingang. Die Hundehütte. Der Müllhaufen mit den Autoreifen und Wellasbestbrocken. Die Brombeerranken hinter dem Entengatter. Der Unterstand am Rande der Pferdekoppel. Das Saathäuschen am Kartoffelacker. Diese verfallene Orangerie oder was das sein sollte, schon neugebaut nur das Zitat eines feuchten *Herren-Zigarren-die-Frauen-bedienen-mich-jetzt-mal-einen-Abendlang*-Traumes, inzwischen nur noch ein Steinhaufen ohne Dach. Das Kohlelager, der wild aufgeschossene Holunder.

»Okay, ein Tipp, Mami. Es ist dunkel und riecht nach nassem Hund!«
»Na, das ist ja einfach.«

Sie lief durch einige Brennnesseln zur Hundehütte, beugte sich hinab und linste hinein. Nichts. Es roch nach Veilchen.

»Also, ich kann dich sehen!«
»Sisal, es reicht. Ich hab keine Lust mehr. Wir gehen zurück in die Ferienwohnung und packen unsere Sachen. Vielleicht kannst du dann doch noch zu Mirko auf den Geburtstag.«
»Mirko ist ein Idiot.«
»Was? Warum denn das jetzt auf einmal?«
»Er hat gesagt, ich bin ein Pupsmädchen.«
»Sisal. Wo steckst du?«
»Dreh dich mal um.«

Ruth sah noch immer nichts. Nur einen gewaltigen Haufen Backsteine, laut Makler ein Gutshaus mit Freitreppe, zwei Erkern, einem, zugegeben, intakt wirkenden Dach. Dann sah ein Ärmchen aus einem der Kellerfenster heraus. Ein schmales, weißes Ärmchen, das winkte. Danach ein Köpfchen. Schwarze Staubflecken auf den geröteten Wangen. Kleinkinderglück auf den zum stolzen Lächeln gehobenen Mundwinkeln.

»Wie bist du in den Keller gekommen? Mach, dass du da rauskommst!«

»Komm du doch rein.«

»Sisal, ich spiele jetzt nicht Verstecken in dieser Ruine. Das ist doch alles voller Nägel und scharfer Bleche. Du kommst da sofort wieder raus.«

»Du bist ein Spielverderber.«

»Wie bist du da reingekommen? Genau so kommst du da jetzt wieder raus.«

»Aber, Mama, hier sind sogar Frösche!«

Jann hatte sie nicht informiert. Er hatte zwei Flaschen Rotwein mit ihr getrunken und mit ihr geschlafen vor dem Ofen und ihr diesen kindlichen Unsinn ins Ohr geflüstert und sie gekrault, bis sie schlief. Erst am Morgen, nach dem Frühstück, hatte er von einem Besichtigungstermin erzählt. Von dem wahren Grund, warum sie in Solikante (Dorf) abgestiegen waren: weil einen Halt weiter Solikante (Gut) zum Kauf ausgeschrieben stand.

Sie hatte es ihm übelnehmen wollen, aber keine Chance. Der Gang. Es war der Gang von damals. Nicht breitbeinig, das wollte sie nicht, doch etwas mehr aus der Hüfte heraus. Sonnenbrille, Lederjacke, mein Gott, ja, natürlich wirkte so etwas, ganz gleich, wie viel es zitierte. Er hatte sich sogar die Haare ein wenig nass gemacht und nach hinten gekämmt, was sie nicht mochte, doch sie mochte, dass er sich traute, es zu tun. Er sah gut aus, mit ihrem kleinen Sisalpüppchen an der Hand. Auf der verlassenen Dorfstraße, im Morgenlicht. Vor dem durchgestrichenen Ortsausgangsschild: Solikante (Dorf) Ende. Auf dem schlecht befestigten Landweg zum *Häuschen* hinaus, er hatte allen Ernstes von einem *Häuschen* gesprochen.

Warum auch nicht, hatte sie gedacht. Es konnte ja nicht so weitergehen. Aufstehen und genervt sein, auf die Straße gehen und genervt sein, ins Bett gehen und genervt sein. Da hatte sie sich ihre Ehe anders vorgestellt. Warum auch nicht, hatte sie gedacht, als sie an einer weitläufigen Pferdekoppel vorbeikamen, von der Ruth noch nicht wusste, dass sie bereits zum Gutshaus gehörte, als die Sonne immer weiter über die Cranlower Höhen stieg und die Weite des Luchs ausleuchtete, die Pappeln und Robinien, warum eigentlich nicht.

Ein *Häuschen*, das würde Druck rausnehmen, in einem *Häuschen* würde Jann endlich wieder das tun können, was er am liebsten tat in seinem Leben: für ein paar Tage verschwinden. Und, ja: Auch diese anderen Bilder kamen auf, als sie Jann an der Hand hielt – Händchen halten im zehnten Jahr ihrer Ehe, na bitte – Kate und sie in Sommerkleidern, wie sie die Gäste vom Bahnhof abholen, um die ganze, lange Mittsommernacht hindurch Weißwein zu trinken, zu lachen, zu tanzen.

So ein *Häuschen*, das war ja auch immer zu renovieren, das wusste sie aus der *Landlust*, die Justus im Wartezimmer ausliegen hatte, weil es die Zeitschrift war, die ihre Klienten am meisten einlullte, gewissermaßen säugte. Und wenn Jann auf einem Baugerüst erst einmal verwahrt wäre, konnte er keinen Feinstaub mehr messen, keine Grenzwerte mehr googeln, keine Auswirkungen von Stickoxiden auf Ganglien und Alveolen. Was Jann fehlte, war keine Luft, sondern eine Aufgabe, ein Job. Tagungen organisieren? Bed & Breakfast anbieten? Hochzeiten ausrichten? Nein. Die üblichen Versuche, Kapital aus der Immobilie zu schlagen, würden hier draußen, an der polnischen Grenze, nicht gelingen, hier gab es nichts außer einem einzigen, das Dorf umschließenden Acker. Nicht einmal Berliner führen eine Stunde aufs Land, um sich einen Acker anzusehen.

Zum Geldverdienen konnten sie das *Häuschen* abschreiben, dachte sie, als sie mit Jann und Sisal die Landstraße nach Solikante (Gut) entlanggelaufen war, späte Wespen vom Gesicht ihrer Tochter vertreibend, aber darum ging es auch nicht. Sie wollte ihren Mann wieder so sehen, wie sie ihn gesehen hatte, als sie zum Paar geworden waren. Sie wollte wieder mit jemandem zusammen sein, der gestaltete, nicht lamentierte. Der auftrat, nicht untertauchte. Der bewegte, nicht bewahrte. Der auch einmal schrie, statt beim Checken der neuesten Feinstaubwerte nur tonlos die Lippen mitzubewegen.

Doch dann hatte der Makler nicht vor einem *Häuschen* auf sie gewartet, sondern vor einem – Schloss? Und Ruth war doch noch wütend geworden. So mit ihr zu spielen, das war nicht fair. Sie kam kaum selbst hinterher, mit ihren Gefühlen, Hoffnungen, Sehnsüchten. Am liebsten hätte sie etwas zum Schreiben gehabt, um Ordnung in ihre Gefühle zu bringen. Verärgerung über Janns Zuspätkommen am Ostkreuz. Versöhnungssex am Ofen. Überrumpelung am Frühstückstisch. Hoffnung auf dem gemeinsamen Hinweg. Entsetzen bei der Ankunft. Sechshundert Quadratmeter Wohnfläche. Sechsundzwanzig Zimmer. Auf den Nebengelassen Fußballfelder voller Asbest.

»Kannst du nächstes Mal welche mit Salz kaufen?«

Sisal und sie lehnten an der Brunnenmauer im Hof des Gutshauses und aßen Sonnenblumenkerne, die Ruth beim Freundlichtürken am Ostkreuz gekauft hatte. Sisal hatte bereits einige Fertigkeit darin erzielt, die Kerne hochkant zwischen die Milchzähne zu schieben, die schwarzweiße Schale aufzuknacken, die Saat herauszuzutscheln und die Schalen in hohem Bogen vor sich in den märkischen Sand zu spucken.

Eben kamen Jann und der Makler lachend und schulterklopfend aus dem Schloss. Offenbar hatte nicht nur der Makler Jann, sondern auch Jann den Makler mit seinem Lebemanncharme eingewickelt. Ihre neue Freundschaft schien aufrichtig. Sicher würden sie im Anschluss noch etwas trinken gehen. Falls es dazu in diesem Kaff überhaupt die Gelegenheit gab.

Der Makler platzierte Jann und dann sich selbst auf zwei Klappstühlen, die er auf der Empore über der Freitreppe aufstellte. Jann machte weitschweifende Bewegungen über sein Land, das er offenbar bereits gekauft hatte, deutete hin und wieder hinter sich aufs Schloss und wiegte den Kopf, beschwichtigte dann aber sogleich wieder, alles halb so schlimm, bei dem Ausblick, alles halb so schlimm, bei der Freitreppe, alles halb so schlimm, bei der Freiheit, die er hier draußen genoss.

Über Sisal und sie sah Jann dabei konsequent hinweg. Obwohl sie hier unten in Rufweite an dem Brunnen lehnten, winkte er nicht zu ihnen herunter. Ruth wusste, dass er unter den Achseln schwitzte, in diesem Moment, sein Hemd bereits am Rücken durchnässt war. Sie kannte das von früher, als die Journalisten anriefen, als Jann überhaupt noch jemand anrief, sie kannte ihn seit Jahren, nur hatte sie ihn seit Jahren nicht mehr so erlebt.

»Jann? Können wir dann?«
»Mama, ich will noch nicht los. Ich will dir noch die Kätzchen da hinten zeigen.«
»Jann!«

Wieder tönte Gelächter zu ihr herunter. Wieder sagte der Makler etwas, wieder winkte Jann nur ab. Wieder die Gutsherrengeste über vier Hektar Land. Und dann – gaben sich Jann und der Makler die Hand. Der war doch nicht mehr bei Sinnen. Dem musste geholfen werden. Bevor er irgendetwas unterschrieb. Wenn ihm der Makler jetzt einen Kugelschreiber hinstreckte, würde er alles unterschreiben. Sie schob Sisal beiseite und lief durch Brennnesseln und Birkenreiser zum Schloss.

»Ruth! Da steckst du ja. Ich hab dich die ganze Zeit gesucht. Ich glaube, wir sind uns einig geworden.«
»Jann, hör auf mit dem Scheiß. Wir packen jetzt Sisal und nehmen den nächsten Zug zurück nach Berlin.«
»Papperlapapp. Ist doch erst Samstag. In unserer Wohnung schlafen vier junge Spanierinnen, vergessen? Wir trinken jetzt erst mal alle was. Es gibt hier einen richtigen, urigen Dorfkrug, hab ich grade gehört.«
»Jann, können wir uns mal unter vier Augen sprechen?«

Jann zwinkerte dem Makler zu, wieder beschwichtigte er mit flachen, nach unten weisenden Handflächen: *alles im Griff*, als sei Ruth nichts weiter als eine etwas nervtötende, aber juristisch notwendige Ergänzung des Kaufvertrags. Er stieg die Freitreppe herab, nun aber wirklich breitbeinig, nun aber so was von ekelhaft breitbeinig, sie packte ihn bei der Schulter und führte ihn außer Hörweite des Maklers.

»Was hast du dem Mann gesagt? Das ist hier kein Brettspiel!«
»Hä? Brettspiel? Ach, so, Monopoly, Schlossallee. Nee, so teuer ist das doch gar nicht. Er schaut sogar, ob er Rabatt raushauen kann, wegen Sofortkauf, dann sind wir so bei siebenundzwanzig, achtundzwanzigtausend. Wir wären bekloppt, wenn wir das nicht machen, Ruth. Das ist geschenkt!«
»Man kann da drin nicht wohnen! In keinem einzigen Zimmer. Was soll das werden, mit Sisal?«

»Ich unterschreib ja nicht heute, sondern Montag.«

»Du unterschreibst gar nicht.«

»Es ist mein Geld.«

»Ich dachte, du bist pleite.«

»Nach dem Kauf, ja. Wir trinken jetzt erst mal ein Bierchen in diesem Dorfkrug, und dann fragen wir Sisal, was sie von allem hält.«

»Du machst mich wahnsinnig. Sisal ist vier!«

Der Makler stieg die Treppe herab. Sisal kam mit einem Kätzchen auf dem Arm aus dem Wirtschaftsgebäude zurück. Sie trafen sich bei Ruth und sahen sie mit mehr oder weniger demselben Welpenblick an: das Kätzchen. Sisal. Jann. Aber irgendwie auch der Makler, den sie am liebsten vom Grundstück vertrieben hätte. Als sei es schon ihres.

Bravo, Jann, ganz großartig. Wirklich, sehr gut gemacht. Da hatte er sie wieder, wo er sie haben wollte. Als Bremserin. Als Analytikerin. Als Verhinderin. Als Geerdete, die ihm das Fliegen verbat. Als Systemmäuschen, das den Aufbruch nicht wagte. Als Freiberuflerin, die sich nichts sehnsüchtiger wünschte als eine Festanstellung, während er alles Feste, Angestellte feierlich aufgab, um endlich frei zu sein. Wie schön, dass seine Tochter ihn mangels besseren Wissens, mangels Überblicks, für seinen Freiheitskult auch noch liebte.

»Wollen wir dann?«, fragte der Makler. »Ich kriege so langsam Durst.«

Nun war es aber genug. Dieser Mann bestimmte nicht, wann sie wohin ging, schon gar nicht, wenn das Ziel eine ostdeutsche Kaschemme war, in der noch die FDJ-Fahnen an der Wand hingen und unter den FDJ-Fahnen die Wehrmachtsabzeichen, und unter den Wehrmachtsabzeichen der preußische Adler. Nein, nicht mit ihr.

»Kann man hier nicht irgendwo was einkaufen? Dann könnten wir ein Picknick machen, auf dem Feld.«
»In Solikante ist nur die *Märkische Einkehr*. Im Nachbardorf gibt es einen Laden. Hat aber nicht immer offen.«
»Ist das weit?«
»Alt Kebekow? Nein, nur einmal unter der Bahnunterführung durch. Allerdings empfehle ich wirklich die *Einkehr*. Die Wirtin ist freundlich, die Schnitzel sind frisch.«

Wenn man das schon dazusagen musste! Auf keinen Fall würde Ruth ihren freien Tag zwischen Stammtisch und Tresen verbringen. Sie nahm Sisal fest an die Hand, um klarzustellen, wo die Front verlief. Sollten sich die beiden neuen Freunde in der Dorfkaschemme volllaufen lassen, sie ging mit Sisal in dieses Kebekow und picknickte an der frischen Luft. Sie verabschiedeten sich. Genauer: Ruth verabschiedete sich, Jann schien kaum bewusst, dass er sich soeben von seiner Familie verabschiedete, er flog bereits, er war absolut high.

»Na klar, bisschen die Rahmen überpinseln, und fertig ist der Lack!« – Das war das Letzte, was sie von Jann hörte, als er mit dem Makler die Apfelallee ins Dorf zurück nahm. Sisal hielt noch immer ihr Kätzchen auf dem Arm. Doch als sie das Dorf in die andere Richtung verließen, sprang es Sisal zum Glück vom Arm. Alt Kebekow. Da, gleich der nächste Ort. Nur ein Kilometer. Die Sonne stieg höher, der Mais leuchtete noch, kein Auto fuhr, und Ruth atmete durch und verringerte den Druck auf Sisals Hand. Gemeinsam ließen sie ihre Arme schlenkern.

Sisal summte *Ich hab die Schnauze voll von Rosa. Von lieb und brav und still. Ich hab die Schnauze voll von Rosa. Ich mach jetzt, was ich will.* Ruth schmunzelte. Auf die Kita *Zwergenaufstand* war immerhin Verlass.

»Entschuldigung, hier soll man irgendwo einkaufen können?«

Der alte Mann, den Ruth fragte, saß vor seinem Häuschen, ja, wirklich: *Häuschen,* auf der Bank in der Sonne und rauchte, oder hatte geraucht, bevor er eingeschlafen war, die Glut schien erloschen.

»Einkaufen? Hier?«

Der Mann lachte. Hustete erst mal ordentlich durch. Lachte noch immer. Spuckte irgendwas in die Rabatten.

»Also, *Kaufland* hamwa hier nich, oder sehn wa so aus?«
»Hier soll ein kleiner Laden sein.«
»Ach, bei Emma meinste? Die hat zu.«
»Es gibt einen Tante-Emma-Laden?«
»Hinten, links.«
»Und nach wem frag ich?«
»Hä?«
»Falls doch auf ist.«
»Na, nach Emma. Ist aber zu.«

Als Sisal und sie den Laden endlich erreichten, wippte das *Geschlossen*-Schild noch im Türrahmen. Es war Viertel vor zwölf. Laut Aushang hatte der Laden bis Mittag geöffnet. Sie wollte eben gegen die Scheibe klopfen, besann sich aber. Das hatte doch alles keinen Sinn. Es hatte nicht den geringsten Sinn, ihre Welt in diese Welt hier draußen mitzunehmen. Die Späti-Welt in die Welt der Tante Emma. Die dreiundzwanzigstündigen Öffnungszeiten an der Potse zu *Wir ham schon zu oder sehn wa vielleicht so aus, als wär hier jeöffnet?*

»Ich hab Durst, Mami.«
»Na, toll.«
»Warum gehen wir nicht einfach zu Papa in das Restaurant?«
»Das ist kein Restaurant.«
»Doch, man kann da Schnitzel essen, hat der Mann gesagt.«
»Dort isst keiner was. Die trinken da nur.«
»Ist doch super. Ich hab nämlich Durst.«

Ruth fiel auf, dass Jann den Schlüssel für die Ferienwohnung mitgenommen hatte. Den alten Mann von vorhin würde sie keinesfalls um Wasser bitten. Sie wusste, worauf das hinauslief. Es hatte keinen Sinn, sich dagegen zu verwehren. Das vergesse ich dir nie, sagte sich Ruth.

Der erste Eindruck überraschte sie. Schicke Westernfront. Schön getüncht, aber nicht totrenoviert. Wirtshausschild von *Berliner Pilsner*. *Zur märkischen Einkehr. Inhaberin: Frieda E. Maliker.* Sie öffnete Sisal die Tür. Gelächter. Es roch angenehm, ein wenig nach Holzrauch. Und dann sah sie ihn, denselben Mann, der in Berlin nicht mehr aus dem Haus ging, seine Freundschaften schleifen ließ und nur noch am Computer saß, wenn er nicht mit seinem Kind herumtollte, er stand am Tresen, inmitten mehrerer neuer Freunde, große Geste, großes Hallo.

»Darf ich vorstellen, meine Familie.«
»Die is aber hübsch. Die Familie, mein ick jetzt.«
»Gib Laut, wenn de se nich mehr willst.«

»Würd ick ooch nehmen.«
»Nu krieg doch nicht gleich nen Schreck, Mädel. Ick hab nen Ehering. Nanu, wo isser denn? Hat wer mein Ehering gesehen?«
»Wir beißen ooch gar nicht.«
»Außer Samstag.«
»Nanu, wat ist denn heute?«
»Ach du jrüne Neune, Samstag, na denn nehmt euch in Acht.«
»Und die kleene Madame? Gibt nich die Pfoten?«
»Frieda, machste noch ne Runde? Geht auf mich.«

Ruth war sprachlos. Der letzte Satz stammte von Jann. So viele Menschen hatte er in Berlin in fünf Jahren nicht kennengelernt. Was hatten sie mit ihm gemacht, in der halben Stunde, die Ruth mit Sisal über die Felder geirrt war? Die Wirtin kam um den Tresen herum, gab Ruth die Hand, zwinkerte ihr zu, bückte sich zu Sisal und nahm sie einmal kräftig in den Arm. Ließ sie gar nicht wieder los. Und Sisal? Ließ sich das gefallen. Lächelte. Kuschelte.

»Hört nicht auf die Klößköppe. Die sind doch alle schon duun. Was nehmt ihr? Bier und Brause?«
»Haben Sie Wein? Offen, mein ich?«
»Wer, sie? Ach icke. Also ich bin die Frieda. Und der erste Wein und die erste Brause gehen aufs Haus. Für die neuen Schlossherrn. Herzlich willkommen!«

Und dann verschwand sie mit Sisal hinter dem Tresen, die ihr auf knappe Anweisungen hin half, Gläser auf ein Tablett zu stellen, Knabberzeug in Schalen zu füllen und Flaschen zu schleppen. Ein bärtiger, etwas gebeugter Mann, dem eine Fingerkuppe fehlte, nahm derweil ein Bier vom Ofen, befühlte es, offenbar trank man sein Bier hier warm. Er nickte, und verteilte weitere warme Biere in die Runde, machte Frieda ein Zeichen.

»Nein, auf mich, hab ich gesagt«, sagte Jann.

»Zu spät.«

»Frieda, auf mich, hörst du?«

»Kumpel, ick freu mir. Nach der Wende kam hier nüscht Jutet. Außer dir«, sagte der Mann mit dem Finger.

»Na, darauf Prost.«

»Prost. Und nun erst mal eene roochen.«

»Ich nicht, danke.«

»Wie, du roochst nich? Warum roochste nicht? Also, Sachen gibt's. Schlägt hier uff, und dann roocht er nich!«

»Gestern Abend wolltest du doch noch unbedingt eine rauchen«, sagte Ruth.

Jann sah sie vernichtend an. Er rauchte nur, wenn er betrunken war. Der Rausch nahm ihm die Angst vor dem Krebs. Da war sie aber gespannt, wie Jann seinen neuen Freunden seine Angst vor Tumoren erklären wollte. Dass er plante, die Stadt zu verlassen, weil ihm die Feinstaubwerte an der Potse nicht passten. Dass er, zu komisch, sollte sie das vielleicht ausplaudern, hier, am Tresen, vor kurzem ein Messgerät aus China gekauft hatte, das fröhlich bunte Zahlen anzeigte und ab gewissen Pegeln gar rot anlief, ganz, wie sein Besitzer auch.

»Na, seit ich Vater bin«, sagte Jann.

»Hä?«

»Na, du weißt schon, Karl Ole.«

»Nee. Weeß ick nich.«

»Na, mein Kind soll ja auch noch in zehn Jahren was von mir haben.«

»Also, jetzt enttäuschste mir aber. Ick will dir mal wat verraten: Dit Schwarze inna Lunge, dit is gar nich vom Roochen! Dit is Propaganda, is dit. Dit färben die bloß ein!«

Sisal brachte Ruth eben den Wein, als habe sie ihr Leben nichts anderes getan, als in der *Märkischen Einkehr* Rotwein auszuschenken. Ruth bückte sich zu ihr hinab, nahm den Wein, woraufhin das Tablett mit der Brause Schieflage bekam, doch Sisal konnte es retten. Ruth gefiel es, zwischen Ofen und Tresen hinter einer Art Pfosten versteckt zu sein, neben ihr Jann, neben Jann dieser Karl Ole, neben Karl Ole ein Mann, der bereits weitgehend döste, dabei aber erlöst und friedlich aussah, sie nannten ihn Kasiuk. Und neben Kasiuk noch der Makler, der Ruth, seit er am Tresen stand, nicht mehr geheuer war. Finster war er geworden, nach seinem ersten Bier. Verbiestert. Falls es denn noch das erste war. Sisal verschwand wieder hinter dem Tresen, wo sie mit Frieda zu tuscheln, dann zu kuscheln begann.

»Na, hier draußen ist Rauchen immer noch gesünder als Nichtrauchen in der Stadt«, sagte Jann.
»Dit sag ick dir.« (Karl Ole.)
»Kannste glooben!« (Kasiuk.)
»Nach Berlin kriegen mir keene zehn Pferde nich.« (Makler.)

Ruth wusste nicht, wie oft sie Janns Satz in den letzten Jahren ihrer Ehe gehört hatte. Und sie dankte diesem Karl Ole, dass er Jann keine Chance geben würde, das Gespräch weiter in diese Richtung zu treiben. Wenn er hier bestehen wollte, musste Jann sich etwas anderes ausdenken als Feinstaub, Teer und Kondensat.

»Aber bald is hier mit der Idylle ooch vorbei. Dit hält noch fünf Minuten.«
»Und dann?«, fragte Jann.
»Kommt einer und macht sie kaputt, die Idylle.«
»Einer wär schön«, sagte der Makler, am anderen Ende des Tresens.

»Is aber'n Syrer.«

»Ein Syrer in Solikante?« Ruth musste lachen. Sie wischte sich mit dem Handrücken Wein von den Lippen.

»Was ist denn daran so komisch?«, fragte der Makler.

»Na ja, ich wusste nicht, dass Solikante bei Syrern auf der Agenda steht.«

»Was für ne Agenda?«

»Jüdisch?«, fragte Karl Ole. »Meinste jetzt jüdische Agenda, oder was?«

»Wieso jüdisch, der ist Moslem.«

»Was will der denn überhaupt hier?«, fragte Jann.

»Na, was wohl. Kopftücher um alles wickeln, was keenen Pullermann hat.«

»Ha, der war jut!«

»Also, das wird mir jetzt zu blöd«, sagte Ruth.

»Ruth, nun warte doch mal.«

»Und worauf? Sisal, trink deine Brause aus.«

Ruth stellte ihren Wein ab, und die Stille, die auf einmal am Tresen herrschte, war ihr so was von egal, sie würde ohnehin niemals wiederkommen, auch wenn die Wirtin sich wirklich anständig gegenüber Sisal benahm. Ruth drängte Sisal, schneller zu trinken, und schob sie dann vor sich her. Einer der Idioten pfiff durch die Zähne, ein anderer lachte schon. Ihr egal. Nicht ihre Welt. Sie verließ den Gastraum, in dem kleinen Flur aber besann sie sich, bedeutete Sisal zu warten und ging zurück, um zu zahlen. Frieda war ihnen schon gefolgt, in ihrer seidenen Hand hielt sie einen Lolli für Sisal.

»Geht aufs Haus. Hab ich doch gesagt. Und die Sprüche, nimm die bloß nicht ernst. Karl Ole weiß schon nicht mehr, was er sagt. Und der daneben, euer Makler, der tönt wild, hat aber eine

Frau aus Peru. Und Kasiuk geht seit der Wende überhaupt nicht mehr wählen.«

»Tut mir leid. Aber ich kann mir so was nicht anhören. Da wird mir schlecht.«

»Und mir erst«, sagte Frieda. »Was meinste, wie mir davon schlecht wird, Mädchen.«

Und da musste sie lachen, Frieda, und dann auch Ruth, und da die beiden nun schon einmal lachten, ließ sich auch Sisal nicht die Gelegenheit nehmen mitzulachen. Sie standen im Kreis, ein vierjähriges Mädchen, eine zweiundvierzigjährige und eine achtzigjährige Frau, und lachten, über die männlichen Klößköppe da drinnen, und dann umarmten sie sich zur Verabschiedung, als hätten sie sich nicht vor einer Viertelstunde zum ersten Mal in ihrem Leben gesehen.

Vor der *Einkehr* lag auf einmal ein großer, schwarzer Hund. Eine alte Dogge. Ruth nahm Sisal sofort an die Hand. Doch Sisal wich nicht zur Seite, sondern ging auf den Hund sogar zu.

»Hast du denn gar keine Angst? Der ist ja größer als du!«
»Aber schau mal, die Augen. Wie süß!«
»Das ist Itzenplitz. Gehört Karl Ole. Gefällt er dir?«

Jann kam eben aus dem Schankraum der *Einkehr.* Er bückte sich und neckte seine Tochter, verstrubbelte ihr das Haar, nahm ihr, die Daumenkuppe zwischen Zeige- und Mittelfinger geklemmt, die Nase ab, mein Gott, er wurde nicht gerade kreativer, wenn er trank. Dann stand er wieder auf und ging zu Ruth.

»Du kannst nicht so mit meinen Freunden umgehen. Wie stehe ich denn jetzt da? Das haben wir hier genauso vorgefunden, wie irgendein exotisches Trallala in Transarabien. Das ist auch ethnologisch, verstehst du. Alles gleich wertvoll, sagst du doch selbst immer. Oder sind die jetzt Dreck, nur weil es keine Kambodschaner sind?«

»Ach, Jann. Sie gefallen dir, weil sie was gegen Muslime haben.«

»Ich hab nix gegen Moslems.«

»Es heißt Muslime. Nicht Moslems.«

»Solange sie ihre Betketten nicht am Rückspiegel ihrer SUVs aufhängen.«

»Du bist doch einfach nur besoffen.«

»Bin ich nicht.«

»Hoffentlich doch. Sonst wär es nämlich noch schlimmer.«

DRITTES KAPITEL

EIN JAHR SPÄTER

1.

Jann richtete Sisals Bett, in dem sie nicht mehr geschlafen hatte, seit ihre Mutter sie entführt hatte. Er fegte einige Erdkrümel herunter, die aus dem Profil ihrer Kinderschuhe gebrochen sein mussten, lauter kleine Ypsilons. Er strich das Laken glatt. Nils Holgersson. Gänse. Frottee. Er hatte als Kind dasselbe Motiv gehabt. Er roch an dem Kopfkissen. Nichts. Obwohl? Wenn er die Augen schloss? Ja, ein kleiner, feiner Sisalgeruch. Er streichelte das Kopfkissen. Dann hievte er den Karton aufs Bett und packte *Kakerlak* aus (»Dreht clever am Besteck, dann ist die Kakerlake weg«), *Kakerlaloop* (»Nehmt euch in Acht, die Kakerlake kommt aus dem Schacht«), und *Kakerlacula*, (»Die Vampir-Kakerlake macht Tumult, verjagt sie mit Licht und Katapult«).

Er wusste nicht, ob es Sinn ergab, ihr gleich alle drei Spiele zu schenken, in denen eine kleine Elektrokakerlake über das Spielfeld lief, doch Sisal kannte jedes erdenkliche Brettspiel genau, und er hatte verhindern wollen, dass sie »Och, nö, *Kakerlaloop* ist viel lustiger« sagen würde, und ihr deswegen alle drei Versionen auf einmal gekauft. Einmal mehr fragte er sich, wie viel Geld er gespart hätte, wenn er das Sorgerecht besäße. Er sah sich in Sisals Zimmer um, in dem der Staub weitere Bereiche vereinnahmt hatte, das Minitrampolin, das Indianerzelt. Welches der vielen Spiele gefiel nicht nur ihr, sondern auch ihm? *Mogelmotte?* Das einzige Spiel, bei dem man schummeln durfte? Ja, *Mo-*

gelmotte hätte er auch mit Sorgerecht gekauft. Ein Kartenspiel. Vier Euro neunundneunzig. Immerhin drohten ihm keine Unterhaltszahlungen. Das wäre ja noch schöner! Ruth war es doch, die alles verbockt hatte. Sollte sie ihm doch Unterhalt zahlen. Entschädigung. Wiedergutmachung. Schmerzensgeld. Doch wenn er irgendeine Forderung stellte, würde Ruth ihn wegen Körperverletzung verklagen. Dabei hatte er sie nicht einmal berührt.

Jann besaß nicht nur kein Sorgerecht, er war nicht einmal als Vater in die Geburtsurkunde eingetragen. *Vater: unbekannt.* Das stand da tatsächlich. Als hätte Ruth sich auf irgendeinem Festival durch die Zelte geschlafen. Sie hatten gelacht über diese Formalie. Über den Staat, der sich in ihre Belange einmischen wollte. Über das eilfertige Fräulein vom Standesamt, das am Telefon ernsthaft nachgefragt hatte, ob sie nicht einmal ihre *Familienangelegenheiten regeln* wollten. Lebten sie denn wieder in den Fünfzigern?

Inzwischen, fünf Jahre später, war Jann klüger. Eine Formalie? Ja, wenn die Ehe hielt, war es nur das. Wenn die Ehe hingegen in die Brüche ging, gab es auf einmal nichts Wichtigeres als diese Formalie. Und was hieß schon *Ehe*? Mit ihrem dämlichen Schwur hatte sie ihn ganz schön reingelegt. Falls Ruth danach war, würde er Sisal bis zu ihrem achtzehnten Lebensjahr nicht wiedersehen. Als Vater war er umfassend entrechtet. Ob er sich als Vater einklagen sollte? Zahlen dürfte er dann. Sonst aber nichts.

Irgendwann hatte Jann sie sogar anmelden wollen, auf dem Amt. Ihre Ehe, die sie sich nur geschworen hatten, tatsächlich eintragen lassen. Das Sorgerecht bekommen. Nicht, weil er ihrer Liebe schon damals nicht traute, sondern weil er seine Ruhe haben wollte vor diesem hyperaktiven Staat. Einem Staat, der Sisal zu Vorsorgeuntersuchungen einbestellte, zwangsimpfte, böse Briefe schrieb, wenn man sein Kind selbständig für gesund erklärte, und dann auch noch darauf drang, seine *Familienangelegenheiten zu regeln*. Er sah es nicht ein, irgendetwas zu regeln, hasste aber Briefe im Behördenformat. Doch Ruth? Fand sein Vorhaben einfach nur kleinkariert: »Wenn wir den Staat brauchen, um unsere Ehe zu regeln, ist sie ohnehin tot.«

Er rief Ruth an. Zum zwölften Mal an diesem Morgen. Ja, das war Telefonterror. Aber nur, weil sie nicht abhob. Wieder ging er seinen Plan durch. Die Nacht, in der Ruth im Schloss gewesen war und Sisal entführt hatte, nicht ansprechen. Das würde ihr ganz von allein peinlich werden. Über ihre Ehe kein Wort verlieren. Sisal in den Mittelpunkt stellen. Ruhig auftreten. Kein Bier trinken, bis sie drangen. Nach vorne blicken. Das Wort Abschiedsbesuch fallenlassen. Einen Abschiedsbesuch konnte Ruth ihm, oder vielmehr ihrer Tochter, kaum verwehren. Dann alles richtig machen: Pünktlich am Bahnsteig sein. Noch immer kein Bier getrunken haben. Mit Sisal ein Lagerfeuer entzünden. Im Wald übernachten. Eine Hütte bauen. Zum Frühstück: Haferflocken. Biomilch. Obst. Dann Proviantbeutelchen für die Rückfahrt im Zug packen. Am Gleis: Abschiedskuss.

Und dann? Würde er das ganze Programm so oft durchgehen, bis Sisal von allein einziehen wollte, im Schloss. Hier eingeschult werden wollte. Auch wenn die Cranlower Grundschule kein Frühenglisch anbot und keine Islam-AG, einen Cateringdienst bestellte, statt selbst zu kochen, auf Notengebung und Benimm achtgab statt auf Persönlichkeit und freie Entfaltung, auf ein kreidefreies Flipchartklassenzimmer stolz war statt auf Kuschelpädagogik auf dem Schoß der Lehrerin.

Wann immer sie sich ein Glas Wein eingeflößt hatte, schwärmte Ruth von der Wichtigkeit wechselnder Einflüsse, verschmelzender Meinungen, doch mit wem umgab sie sich? Mit Katrin Hohenhausen, geboren in Berlin (Ost), die sie noch aus Studienzeiten kannte, aus ihrem *Erasmus*-Jahr in Aix-en-Provence, wo sie nicht etwa eine französische, sondern eine deutsche beste Freundin kennengelernt hatte, was eine der größten Niederlagen im Leben der sonst von Niederlagen so freien Ruth Korwaczek war. Und dann? Ihr Job? Bunt? Mondän? Nun ja. Auch Justus Fischer war nichts als ein biodeutscher, alter Studienfreund. Das Einzige, was bunt, anders und wirklich hybrid gewesen war in ihrem Leben, war er, Jann-Marten Friedrich. Als sie sich kennenlernten, hatte er ihr eine neue Welt eröffnet. Eine Welt mit Geld, einen Betrieb, der lief, mit ihm als einem Chef, auf den man hörte, eine Leichtigkeit, die sie nicht kannte aus ihrem Lehrerhaushalt in der Eifel, eine Zielgerichtetheit bei alldem, die ihr gefiel.

Sein Start-up hieß damals noch ganz analog *Unternehmen*, mit einer Geschäftsidee, über die junge Gründer heute nur lachten, die damals aber revolutionär gewesen war. Ein Bier, nicht nur ein regionales, konzernunabhängiges, das war damals schon Konsens gewesen, in der Szene. Nein, kein regionales, sondern ein lokales Bier, das erste radikal lokale Bier, bei dem keine Zutat mehr als vierzig Kilometer zur Brauerei gefahren werden durfte. Das Konzept brachte es mit sich, dass er am Ende zwei Dutzend dieser Kleinstbrauereien gehabt hatte, denn ein radikal lokal erzeugtes Bier von Stuttgart nach Hamburg zu fahren, ergab keinen Sinn.

Damals gab es noch kein mobiles Internet, keine totale Vernetzung, und wenn ein ganzseitiger Artikel in der jeweiligen Lokalzeitung erschien, hatte er das tatsächlich noch an seinen

Verkaufszahlen gemerkt. Die waren lange Zeit überschaubar gewesen, er hatte zunächst im Schwarzwald gebraut, in seiner Heimatstadt, dann in seinem Landkreis, dann in Freiburg, in Stuttgart, und schließlich hatte er den Sprung nach Berlin gewagt. Dort, in den Städten, waren die Verkaufszahlen sprunghaft angestiegen. Während die Menschen auf dem Land ohnehin gern regionales Bier tranken, hatten die Menschen in den Städten ihre Fernsehbiere satt. *Krombacher*, *Hasseröder*, *Beck's* waren beinahe tot gewesen, zu dieser Zeit.

Sein größter PR-Gau: *Radio Eins* hatte ihn für die *Gründerszene* interviewt. Eine halbe Stunde lang. Er hatte den Termin durcheinandergebracht und sich bereits ein *Indian Pale Ale* aufgemacht, nun ja, vielleicht zwei. Als das Telefon klingelte, war es zu spät gewesen, um noch nach Potsdam ins Studio hinauszufahren. Und so hatten sie ein Telefoninterview daraus gemacht. Er war ein wenig zerstreut gewesen, auch wenn es nicht stimmte, was sie dann alle sagten. Gelallt hatte er nicht. Etwas undeutlich formuliert vielleicht.

Da das Internet noch keine Rolle spielte, *Youtube* und *Whats App* noch nicht erfunden waren, ging das Stück nicht viral, aber es wurde in den Unterhaltungswellen der ARD rauf und runtergespielt. Betrunkener Bierbrauer, haha. Pflichterfüllung in der Freizeit, haha. Dienst ist Bier und Bier ist Dienst, haha. *SWR 3, Antenne Brandenburg, NDR N-Joy, WDR 1 Live, MDR Jump* und wie sie alle hießen, hatten sich tagelang über ihn lustig gemacht. Aber das hatte seinem Unternehmen nicht geschadet, im Gegenteil. Danach waren die Verkaufszahlen explodiert.

Die Jahrtausendwende: Wenn es nach Jann ging, die Zeit, in der auch eine gesellschaftliche Wende noch möglich gewesen wäre.

Konsum, ja, aber nicht der Hyperkonsum von heute, den gab es noch nicht. Wie schnell hatten sie sich seither an ihn gewöhnt, an die jährlich zu wechselnden Handys, den täglichen Computerschrott, die chinesischen Gummi-Gadgets, die Glitzerknetmassen in Violett, die nach Weichmachern stinkenden Hüpfbälle für Kinder, die nach einem einzigen Sommertag im Müll landeten, die Plastikstühle, die unter Menschen, die mehr als achtzig Kilo wogen, zusammensackten und verschrottet werden mussten, die zehn Milliarden *Coffee-to-go*-Becher, die pro Nanosekunde anfielen –

Kaputt. *Kaputt* war eines von Sisals ersten Wörtern gewesen. *Mama. Papa.* (Ja, leider in dieser Reihenfolge, aber gut, Busenbonus, geschenkt.) Dann *Ball*, *weiß*, und dann, auf der Fünf: *kaputt*. Kaputt war zum neuen Zustand geworden, nach *neu* und *alt* gab es nun auch noch *kaputt*. Einst hieß das: Mal das Stopfei holen. Mal neu über den Lederbock spannen. Mal nachdrechseln. Heute hieß das: in den Müll.

In wenigen Jahren hatten sich Millionen von Konsumenten heranzüchten lassen, die ihre Avocados aus Israel bezogen statt ihre Pastinaken aus der Uckermark. Dazu das Begleitfeuer aus Feuilleton und Think-Tanks, aggressive Hirnwäsche, die das Regionale, Lokale als dumpf, reaktionär (und neuerdings gar rechtsnational) abwertete, und fertig war die von jeder Heimat, von jeder Zugehörigkeit entbundene Klasse global vagabundierender Käufer. Mit schönem Erfolg: In den späten Nullerjahren war *Bio* weitgehend out, die Leute wollten es lieber digital und vor die Tür geliefert. Janns Pleite erfolgte mit einigen Jahren Verspätung, in denen seine Verkaufszahlen stetig sanken und er eine Kleinbrauerei nach der anderen schloss. Er hatte sich im letzten Moment mit fünfzigtausend Euro abfinden können. Dieses

Restvermögen war Jahr um Jahr dahingeschmolzen und mit dem Kauf von Solikante aufgelöst.

Jann schälte die drei *Ravensburger* Kakerlakenspiele aus der Plastikfolie. Er nahm die Mignon-Batterien aus der Vorratsblisterpackung und setzte sie in die drei Kakerlaken ein, ihre Dioden begannen zu blinken. Dann krochen sie alle drei über Sisals Bett. Sowie sie einen der Kartons, das Kissen oder die Wand anstießen, änderten sie ihre Laufrichtung, gaben dabei sirrend schabende Töne von sich, endlich stürzten sie sich, eine nach der anderen, von der Bettkante und fielen auf ihre Rückenpanzer, eine von ihnen war sogleich kaputt. Jann stellte die anderen beiden aus, legte sie zurück in die Plastik-Inlays.

In wenigen Jahrzehnten würde man ihre Dekade nicht viel freundlicher bewerten als das Dritte Reich. Aufgeweckte Schülerinnen und Schüler würden es nicht begreifen, warum ihre Eltern immer weitergemacht hatten, mit dem Flug auf die Antillen, mit dem höhergelegten Diesel-SUV (oder dem Elektro-Mini aus Kobalt und Coltan). *Habt ihr denn nichts gewusst von den asiatischen Sweatshops? Habt ihr denn nichts gewusst von den Meeresvögeln? Habt ihr denn nichts gewusst von den Flüchtlingstrecks? Wie? Ihr habt das alles gewusst?* Für ihren Lebensstil kämen sie eines Tages alle in die Hölle. Davon war Jann überzeugt.

Doch worum kümmerten sie sich? Um Pluralität. Um Offenheit. Er konnte es nicht mehr hören. Auch mit vielen Farben konnte ein Bild misslingen. Niemals hatte Ruth ihm erklärt, welches Bild sie für Sisal malen wollte, mit all ihren Farben. Welche Welt sie sich vorstellte für ihre Tochter. Eine Welt aus Stoßstangen und Headdownern? Aus Reifenabrieb und Internetkonsum? Aus Pflaster, ganz ohne Strand? Aus *Nicht so laut, die hören das unter uns!* und *Iss schneller, wir müssen gleich los!* Nein. Ruth musste ihm schon mit verführerischeren Antworten kommen. Mit einer mitreißenderen Ansage, wozu sie gut sein sollte, ihre Farbigkeit.

Jann war hungrig geworden. Er ging in die Küche hinüber. Ins Kühlschrankzimmer, wie er die Küche manchmal nannte, da er nicht in ihr kochte. Er fror, dabei trug er Wollpullover, Parka und Mütze. Der Kühlschrank roch nach Fleischwurst, kühlte aber keine. Jann sah auf die Uhr. Na bitte, Frieda machte in einer halben Stunde auf.

Er stieg in den Schlosshof hinunter. Stille. Nebel zwischen Wirtschaftsgebäude und Orangerie. Nebel über dem Acker. Nebel über dem Nebenglass. Er ging am Zaun entlang, den Karl Ole gezogen hatte. Ein Wildzaun, nicht unansehnlich, aber doch eine unzulässige Begrenzung seines Besitzes. Janns Besitzes. War alles seins, hier. Wusste nur keiner mehr. Und wenn Karl Ole ihm das ganze Schloss verwüstete und mit X-en markierte: Es war Janns Schloss. Er hatte es gekauft. Er war ins Grundbuch eingetragen, nicht Karl Ole. Und Karl Ole würde dafür zahlen.

Unter dem Kirschbaum lag ein nasser Sack. Immer wieder lagerte Karl Ole Säcke, Kisten und sargähnliche Futterale an der Grundstücksgrenze, die einen Tag später verschwunden waren. Dafür aber war dann andernorts die Erde aufgeworfen und mit losem Laub abgedeckt. Jann ging näher und bückte sich nach dem Sack. Nein, kein Sack. Itzenplitz. Aber warum schlief er, mitten am Tag? Normalerweise hätte er längst seinen wahnwitzigen Begrüßungstanz samt Bellorgie aufgeführt. Dann sah Jann das Blut, das Itzenplitz in einem Rinnsal aus der Schnauze lief.

Ihm wurde übel, auf die kalte Art. War etwa ein Stück der Rasierklinge in der Fleischwurst verblieben? Er sah sich um. Keinesfalls durfte Karl Ole den Hund so sehen. Aber zum Teufel, wie kam Jann über den Zaun? Er ging ins Wirtschaftsgebäude und suchte die alte Holzleiter, eine von vieren, die er mitgekauft hatte, zu kurz.

Er suchte den Seitenschneider. Zwackte ein Törchen in den Zaun, auf Höhe der Gräser. Er bog das Törchen nach oben, zog Itzenplitz an den Läufen zu sich herüber. Verwischte die Blutspuren, bog den Draht wieder nach unten. Drapierte Totholz und Laub davor. Dann hievte er die tote Dogge auf seine Schubkarre, deckte sie mit einem Kartoffelsack ab. Unter seinen Achseln hatte sich kalter Schweiß gebildet.

Er verließ Solikante (Gut) nach Osten. Nur weg hier. Der Nebel kam seiner Absicht entgegen, man sah kaum zwanzig Meter geradeaus. Ihm war, als atme er Wasser. Bei der nächsten Feldauffahrt bog er von der Dorfstraße auf einen Feldweg. Die Schubkarre ließ sich nun schwerer schieben. War aber machbar. Bei größeren Steinen hüpfte Itzenplitzens Kadaver in die Luft.

Jann begann zu rennen, der Kadaver schaukelte. Links und rechts lagen welke Kohlblätter auf der Krume. Scharen von Nebelkrähen zogen über ihn hinweg. Die Alte Oder? Itzenplitz einfach in die Alte Oder werfen? Nein, Karl Ole angelte da. Itzenplitz am Haken, das hätte noch gefehlt. Da kam Jann ein Schatten auf dem Weg entgegen, mitten auf dem Feld.

Jann blieb stehen, versteckte Itzenplitz sorgfältig unter dem Kartoffelsack. Der Radfahrer kam näher. Yvonnes trotteliger Mann. Dieser Johann. Entwarnung. Dem konnte er alles erzählen.

»Was treibst du denn hier?«, fragte Jann.

»Na, die Kraniche ziehen doch jetzt. Vorher sammeln sie sich noch mal, hinter der Loose. Stell dir vor, ich hab sie tanzen gesehen!«

»Bei dem Nebel?«

»Musst nah genug ran, dann siehste schon was.«

»Verstehe.«

»Bilder sind das, die vergisst du nicht mehr. Die werd ich mitnehmen ins Grab. Die großen Spannweiten, die Kommunikation der Tiere untereinander, wie sie sich für den Abflug vorbereiten und –«

»Stimmt. Wir leben hier wirklich im Paradies. Das lassen wir uns auch nicht kaputt machen!«

»Wusst ich doch, dass du auf unserer Seite bist!«

Und der Typ stieg vom Rad, lief an der Schubkarre vorbei und hielt Jann die nach oben weisende, flach ausgestreckte Hand hin. *High five.* Wenn Jann irgendwas hasste, dann solche Kindereien. Mit Verve schlug er ein. Wie hoch war wohl Johanns IQ? Zweistellig? Was fand Yvonne nur an dem? Oder lebte Yvonne nur mit ihm, schlief aber mit Mike Fährenkötte? Johann fuhr weiter. Das neue Problem war damit gelöst, nicht aber das alte. Alt Kebekow? Nein. In die Loose? Nein? Zum *Geteilten Land*? Ja. Beim Kraftwerk würde niemand nach Itzenplitz suchen.

Er drehte um, manövrierte die Schubkarre über die kleine, hölzerne Brücke am Hauptgraben, um nicht unter der Eisenbahnbrücke hindurchzumüssen. Auf der Landstraße, die nach Kebekow führte, würde man ihn sehen. Wenn er aber die kleine Holzbrücke querte, würde er das *Geteilte Land* von hinten erreichen. Dazwischen lagen nur Weiden, Biberburgen, einzelne, kahle Obstbäume und weites, offenes Land.

Das Karrenrad knirschte im Kies. Die Luft schmeckte nach Wasser. Doch dann? Was war das? Da, direkt vor ihm? Im Nebel? Ein Mann. War Johann umgekehrt? Nein, die Statur war breiter, gedrungener. Jann ging weiter. Das Gespenst ging ebenfalls weiter. Jann blieb stehen. Das Gespenst blieb ebenfalls stehen. Jann wischte sich über die Augen.

»Hör auf mit dem Scheiß, Karl Ole.«
»–«
»Karl Ole, hör auf damit.«
»–«
»Wir können über alles reden. Es war ein Unfall, okay?«

Vor ihm ging etwas Helligkeit auf, der Nebel lichtete sich, das Gespenst verschwand. Jann zitterte. Ihm war auf einmal sehr kalt. Er packte die Schubkarre an den Griffen und rannte los.

Am *Geteilten Land* schob er das Polizeigitter auf und zwängte sich mit der Karre hindurch. Neben dem Kühlturm ließ er Itzenplitz in den Kohlebunker gleiten. Der Kadaver fiel mit einem weichen, fluffigen Geräusch in den Schacht. Jann wollte einige Backsteine hinterherwerfen, besann sich aber. Niemand hatte hier einen toten Hund entsorgt. Hier war ein Hund in den Schacht gestürzt. Hatte sich was gebrochen. War nicht mehr freigekommen. Das war hier geschehen.

Verdammt nochmal, was war denn das für ein Scheiß. Er hatte doch keinen Hund umbringen wollen. Er hatte ein Y hinter das X setzen wollen. Mehr nicht. Diese Rasierklinge, die hatte er doch wieder herausgezogen, aus der Fleischwurst? Er sah auf den Kadaver des Hundes hinab. Doch da unten war alles schwarz. Konnte er so zu Frieda? Ja. Wenn irgendwas seltsam wäre an seinem Auftritt, dann nur, dass er nicht schon pünktlich zur Öffnung am Tresen stand. Er fuhr die Schubkarre auf kürzestem Weg zurück in den Schlosshof, untersuchte die Karre auf Spuren, nein, kein Blut. Dann ging er in die *Einkehr*, er mahnte sich, nicht zu rennen.

Frieda stand allein am Tresen, sie blätterte in der *Cranlower Oderzeitung*. Dass sie noch so gut sehen konnte, mit achtzig. Dass sie noch so lange stehen konnte. Ihre Gestalt war fein, ihre Haut seidig, sehr dünn. Jemand, der sie nicht kannte, hätte ihr das Alter niemals abgenommen.

»Na, du hast mir grad noch gefehlt«, sagte sie.
»Frieda?«
»Nur Klößköppe, ich sag's doch. Wenn man's so siehst, passte hier natürlich gut hin.«
»Frieda, ich wollte nur ein Bier trinken, was ist los?«
»Das fragste noch? Nen Schläfer haste geweckt, das ist los. Karl Ole ist hier geplatzt, als ich ihm von deiner Idee mit dem Altenteil erzählt ab. Und ich durfte aufwischen. Danke, Jann. Wirklich, dafür nochmals meinen herzlichen Dank!«
»Warum hast du ihm denn überhaupt was gesagt?«
»Ach, Jann. Wir kennen uns seit siebenundsechzig Jahren.«
»Ich geb dir einen aus. Ich will sein Geld auch gar nicht mehr.«

Frieda legte die Zeitung weg, sah ihn zum ersten Mal, seit er in die *Einkehr* gekommen war, ins Gesicht.

»Nein?«
»Nein. Ich hab's mir anders überlegt.«
»Was hat er dir angetan?«
»Nichts. Gar nichts. Ich denke nur, du hattest recht.«

»Wär vielleicht hilfreich, wenn du ihm das mal sagst.«
»Ich dachte, ich sehe ihn hier.«

Geld bezahlen für etwas, für das man siebzig Jahre lang kein Geld bezahlt hatte. Zugegeben: ein heikler Fall. Nicht ganz leicht zu vermitteln. Irgendwo verstand er Karl Ole. Und er hätte niemals mit der Geschichte angefangen, wenn noch Geld auf seinem Konto wäre. Er hatte sich nicht an Karl Ole bereichern wollen, er wollte nur überleben. Den Unterschied begriff man in Solikante leider nicht. Nur weil ihm der Flügel gehörte, stand er Jann noch lange nicht zu. So sahen sie das, hier draußen. In Solikante gab es ein Recht, das stärker war als das des Marktes. Es war das Recht der Gewohnheit.

»Aber, sag mal«, meinte Jann. »Gibt's hier eigentlich nichts zu trinken?«

Frieda zog die Brauen hoch, schüttelte den Kopf, schüttelte ihn auch dann noch, als zwei Klare auf zwei Gläser verteilt und ein Bier geöffnet waren.

»Trinkste mit?«
»Wenn du so nett fragst. Prost, du Spinner.«
»Prost, Frieda. Es tut mir leid.«
»Nanu, das sind ja ganz neue Töne.«

Jann kippte den Schnaps hinunter, bestellte einen neuen. Zum ersten Mal, seit er das Gespenst im Nebel gesichtet hatte, wurde ihm warm. *Antenne Brandenburg* spielte *Lady in Black*. Der Ofen stank nach Plastik. In der *Einkehr* kehrte Ruhe ein. Schweigen? Mit Frieda auch okay. Alles war okay mit Frieda. Deswegen war er ja hier.

Nach *Lilly Allen* stürmte Karl Ole in den Schankraum. Hysterischer Auftritt. Türenschlagen. Spurt zum Tresen. Wind und Wahn in den Haaren, die ihm borstig vom Hinterkopf abstanden, der Parka war schief zugeknöpft.

»Wo ist mein Hund?«
»Was ist denn nun wieder los?«
»Wo ist Itzenplitz? Habt ihr Itzenplitz gesehen?«

Jann hielt sich an seiner Flasche fest, starrte in das leere Schnapsglas.

»Was ist denn mit Itzenplitz?«, fragte er.
»Weg, weg ist er, das ist mit ihm.«
»Und das ist jetzt auch wieder meine Schuld?«
»Hat keiner gesagt. Hätt ja sein können, du hast ihn gesehen?«
»Nen schwarzen Wagen, den hab ich gesehen.«
»Den Syrer? Mann, der ist auch nicht an allem schuld. Itzenplitz hat Krebs.«

Jann schmiss seine Flasche um, seine Hand zitterte auf einmal so. Frieda sah ihn verärgert an. Wer zu besoffen war, um seine Flasche zu halten, musste gehen. Die Regel war eisern. Er wartete ihre Reaktion ab. Sie reichte ihm einen Lappen. Jann wischte auf, durfte aber bleiben. Er gab Frieda zu verstehen, dass das erste Bier und der erste Schnaps für Karl Ole auf ihn gingen.

»Friedensangebot«, sagte Jann.
»Na, dann, Prost.«
»War Quatsch mit dem Altenteil«, sagte Jann.
»Das kannste laut sagen. Manchmal haste ganz schön Flusen im Kopp. Aber eigentlich biste nen feiner Bengel.«

»Was habt ihr denn vor, mit dem *Geteilten Land*?«
»Wie meinste?«
»Ich hab Yvonne getroffen.«
»Und, was hat sie gesagt?«
»Na, nichts.«
»Gut. *Nichts* ist genau richtig. Wir informieren dich schon, wenn's losgeht. Mensch, ick mach mir Sorgen um meinen Itzenplitz.«

Eine nicht mehr zu rekonstruierende Anzahl Biere später ging Jann nach Hause. Der Nebel war dichter geworden, unter den beiden Laternen auf der Dorfstraße leuchteten nur müde, orangefarbene Kränze, die kaum auf den Boden reichten. Ihm war, als ginge er gar nicht, sondern als sei er am Schwimmen.

Im Schloss kam ihm ein guter Einfall. Wie wäre es, Ruth anzurufen? Er wägte kurz ab, was dagegen sprach, aber es schien ihm ein prägnanter Plan. Erstens: Ruth anrufen. Zweitens: süßes Holz raspeln. Drittens: Sisal wiederkriegen. Viertens: Hier einschulen. Fünftens: Endlich wieder Sex mit Ruth. Perfekt. Er wählte, kam aber in Angermünde raus. Verrückt. Hatte sie die Nummer gewechselt? Er versuchte es erneut. Sie ging dran, sprach aber nicht.

»Ruth? Ruthilein!«
»Jann, weißt du, wie spät es ist?«
»Das ist aber schön. Ich hab den ganzen Tag versucht, dich anzurufen. Wie geht es dir denn, mein Schatz?«
»Hör sofort auf damit. Du hast Sisal geweckt, es ist halb elf.«
»Warum bist du denn früher nicht drangegangen?«
»Ich weiß nicht, was du da draußen machst, das heißt, so wie du klingst, kann ich's mir vorstellen, aber ich habe gearbeitet.«

»Sei nicht so bockig, sei doch mal lieb.«
»Was willst du, Jann? Ich lege jetzt auf.«
»Halt, warte. Sisal. Ein einziges Mal noch. Als –«

Abschiedsbesuch. Verdammt, nun fiel er schon auf seinen eigenen Plan rein. Er brachte das Wort nicht heraus, ohne dass ihm Tränen in die Augen stiegen.

»Jann?«
»Als Abschiedsbesuch, ja? Einmal noch. Ein letztes Mal noch. Dann gebe ich auf.«
»–«
»Ruth?«
»Du machst mich wahnsinnig, Jann.«
»Einmal noch, ein letzter Abschiedsbesuch. So soll sie mich in Erinnerung behalten.«
»Jann, leg dich ins Bett. Schlaf dich aus. Samstag früh, ich bringe sie. Nicht Kate. Und, Jann? Es ist deine letzte Chance.«

2.

»Ruth, kommst du dann mal?«

Schon diese Stimme! Dass Justus sie in sein Zimmer bat, als sei sie auf einmal selbst zur Klientin geworden, war eine Zumutung für sich. Aber er war nun mal ihr Chef. Das Gefälle, das dieser Konstellation innewohnte, änderte auch ein grauenvoll nasaler Weichzeichner nicht.

»Willst du was trinken?«, fragte er.
»Danke.«
»Danke, ja, oder danke, nein?«
»Justus, nein. Was willst du mir sagen?«
»Setz dich doch erst mal.«

Er schloss hinter ihr die Tür und nahm an seinem Schreibtisch Platz. Bis zum Spätsommer hatte sie hier selbst praktiziert, auf Stundenbasis. Die Erniedrigung, auf die Fotos seiner Frau, seiner beiden erwachsenen Söhne zu blicken und nach jeder Sitzung von Justus' Schreibtisch vertrieben zu werden, blieb ihr seit der Festanstellung immerhin erspart. Sie hasste das Lächeln seiner Frau. Sie hasste diese schlaksigen Söhne. Wie viele unterbezahlte Stunden ihres Lebens hatte sie mit wütenden Blicken auf seine Familie verbracht?

»Danke, ich bleib lieber stehen.«

»Also.«

»Justus, ich bin nicht deine Klientin. Ich weiß genau, warum ich hier stehe. Ich war zu spät zur Supervision. Weiß ich selbst. Habe ich mich für entschuldigt. Willst du es noch mal hören? Es tut mir leid. Sisal hatte Bauchweh. Carlotte war in der Schule. Was sollte ich denn deiner Meinung nach tun? Sisal mitbringen? Dass sie hier so richtig schön kotzen kann?«

Justus räusperte sich. Grauenvolles Geräusch. Sie fragte sich, wie viele Klienten er bereits mit diesem Räuspern in die Flucht geschlagen hatte. Wer dann noch standhielt, den vertrieb seine melodramatische Stimmlage. Das Schlimmste aber: Sie musste diesem Mann, der in jeder Mittagspause gebratene Hühnerstreifen aus dem Kühlregal aß und aus dem Mund nach Mastproteinen roch, auch noch dankbar für die Anstellung sein.

»Ruth.«

»Nun hör aber auf mit diesem *Ruth*. Es kommt nicht wieder vor. Oder willst du mich jetzt in der Probezeit entlassen?«

»Ich habe mir hier was aufgebaut. Es war ein ziemlicher Schlag, dass Elvira ihrem Mann hinterhergezogen ist.«

»Das wird sie schon noch bereuen. Macht man ja auch nicht, so was.«

»Mich hier sitzenzulassen?«

»Seinem Mann hinterherzuziehen.«

»Du hast ihre Stelle. Ich will daran nichts ändern. Aber ich will nicht, dass wir auch nur einen unserer Klienten verlieren.«

»Ich habe keinen Klienten warten lassen. Noch nie. Es war eine Supervision. Dich habe ich warten lassen. Sorry. Gut jetzt?«

»Es ist nur eine Frage der Zeit, bis du auch mal einen von ihnen warten lässt. Wie oft ist das jetzt passiert, mit Sisal?«

»Genau drei Mal. In drei Monaten.«

»Ich weiß nicht, Ruth. Als Moritz und Elias klein waren –«

»Oh nein, nicht so. Du weißt nicht, wovon du sprichst. Und weißt du, warum? Weil Marianne zu Hause geblieben ist, die ganze Zeit.«

»Lass Marianne da raus.«

»Nein, warum. Reden wir doch mal drüber. Sechs Jahre ist sie zu Hause geblieben, weil sie das wollte, und seitdem sitzt sie zu Hause, weil sie das muss. Du willst nicht ernsthaft sagen, dass das die bessere Lösung war?«

»Sag mal, sind wir eigentlich noch befreundet?«

»Ich bin geschieden, Justus, wenn auch nicht auf dem Papier. Es ist nicht mehr wie früher. Es tut mir leid, wie es Marianne geht. Und ob wir befreundet sind, weiß ich nicht. Du bist mein Chef, nehme ich an.«

»So siehst du das? Das enttäuscht mich. Aber wenn du das so siehst, dann muss ich dir als Chef etwas sagen. Wenn das in der Probezeit noch einmal vorkommt, weiß ich nicht, ob ich die Stelle nicht doch noch mal ausschreiben muss.«

»Darf ich dir auch mal was sagen? Als alte Kommilitonin?«

»Ich weiß nicht, nein. Besser nicht.«

»Du bist ein Arschloch, Justus.«

»Den Termin am Wochenende hast du aber im Kopf? Ich nehme deine Entschuldigung dann entgegen.«

Ruth öffnete das Kettenschloss ihres Elektrorollers, die schweren Eisenringe verkanteten sich und passten nicht zwischen die Speichen, sie zog und rüttelte, bis der Roller ihr gegen den Rücken fiel. Unter Schmerzen bockte sie ihn wieder auf. Sie untersuchte sich, ihre Hände, die Schulter. Nein, keine Kratzer. Nur ein paar kleine im Lack des Rollers.

Sie fuhr los, der Verkehr auf der Karl-Marx-Straße war unangenehm dicht. Wenn ein Lastwagen neben einem Bus vor ihr fuhr, kam sie auch mit dem Roller nicht durch. Der Bus hielt an und gab Gas, hielt an und gab Gas. Sie überlegte, untenrum zu fahren, über den Columbiadamm, aber der war um diese Zeit ebenfalls dicht. Allein um den Tempelhofer Damm zu queren, benötigte sie sieben Minuten. Und als sie in der Potse den Roller parken und an ihren Poller anschließen wollte, saß eine junge Prostituierte darauf.

»Entschuldigung, ich schließe da immer meinen Roller an.«
»Ja, und?«
»Könnten Sie vielleicht runtergehen?«
»Wieso, ist das dein Poller?«
»Nein, ich will ja nur anschließen. Danach können Sie sich von mir aus wieder drauf setzen.«
»Fotze.«

Ruth schossen Tränen in die Augen. Natürlich konnte sie ihren Roller genauso gut einen Häuserblock weiter oben abschließen. Es gab ja Poller genug in dieser Stadt. Aber einen Moment wusste sie schlicht nicht mehr, wie das alles ging. Neuen Poller suchen. Roller anschließen. An der Prostituierten vorbei. Hausschlüssel nicht finden. Prostituierte noch immer im Rücken haben. Sie konnte nicht mehr.

»Mannomann«, sagte das Mädchen. »Bin ja schon weg.«

Von oben, aus dem Wohnzimmerfenster, beobachtete Ruth, wie das Mädchen rauchte und mit einigen Männern mitging, die es entweder ignorierten oder erbost von sich schoben. Dann setzte sich das Mädchen wieder auf den Poller. Ruth holte den russischen Samowar aus der Küche und nahm ihn direkt am Wohnzimmerfenster in Betrieb. Kochte Wasser auf, bereitete aus türkischen Chaiblättern die Sawarka, goss sich ein wenig Konzentrat mit kochendem Wasser auf. Chai war etwas gewesen, das Jann gerne mitgetrunken hatte. Hochsommer an der Potse. Abendluft. Straßenstimmen. Fensterflügel geöffnet. Chai. Und dann mit Jann eine Zigarette teilen.

Sie hatte nicht die geringste Ahnung, wie sie das Problem am Wochenende lösen sollte. Sisal einfach mitnehmen zu dem Verwaltungsseminar? Als Statement? Nein, ausgeschlossen. Sie würde nicht einen Satz mitschreiben können. Mitschreiben, machte man das heute noch so? Oder nahm man auf? Und *Siri* tippte einem das dann runter? Sie hatte lange kein Seminar mehr besucht. Schon gar kein Verwaltungsseminar. Einer Fachtagung gegenüber wäre sie ja noch aufgeschlossen gewesen. Seit ihrer Studienzeit drängte bereits eine neue Generation von Psychologen, Psychotherapeuten und Nervenheilkundlern auf den akademischen Markt, die auch wieder promoviert und untergebracht werden musste. Eine Art *psychotherapeutic turn* war daher zu keiner Zeit ausgeschlossen.

Nach dem Glauben an die genetische Prädisposition und der ablösenden Meinung, dass uns im Gegenteil allein der Einfluss der Gesellschaft bestimme, hatte sich die Zunft in den letzten Jahrzehnten auf eine Synthese aus Genen und Gesellschaft geeinigt. Wer gehört werden wollte, würde daher sicherlich bald wieder mit den Genen kommen. Was anderes außer Genen und Gesellschaft gab es ja leider nicht. Doch Ruth würde sich nicht einmal mit den Genen befassen, sondern mit Abrechnungssystemen. Das hatte sie nun von ihrer Festanstellung.

Ihr Handy vibrierte. Der Chai war noch immer so heiß, dass sie das Glas nur an dem isolierenden Podstakannik halten konnte. Behutsam stellte sie das Teeglas auf dem Fenstersims ab.

Sie kichert über den Clown und staunt über den Radfahrer auf dem Hochseil. Ist ne Süße. Alles okay hier, Carlotte und Felix.

Danke. Küss sie von mir. Bis heute Abend. Ruth.

Der Zirkus war Carlottes Idee gewesen. Auf dem Potsdamer Platz. War ihr ein Rätsel, wo da ein Zirkus hinpasste, aber Sisal war sogleich begeistert gewesen. Ruth freute sich schon jetzt auf die Nacherzählung ihrer Tochter, die gerne eine Viertelstunde dauern konnte. *Und dann ist der Clown gekommen, und dann ist das Kamel gekommen, und dann ist der Clown vom Kamel angeknabbert worden, und dann ist dem Kamel schlecht geworden, weil der Clown nicht geschmeckt hat, und dann ist ein Mann auf einem Seil Fahrrad gefahren, und dann ist er runtergefallen, und dann war da zum Glück ein Netz, Mama, stell dir vor, da wär kein Netz –*

Das Einzige, was ihr nicht gefiel an der Nachricht, war das Wort *Felix*. Davon war nicht die Rede gewesen. Ruth hatte ihn noch immer nicht kennengelernt. Und sie hatte Carlotte deutlich zu verstehen gegeben, dass sie Felix in der Wohnung nicht begegnen wollte.

Kann Felix nachher mit zu euch?

Na bitte. Deswegen die nette Nachricht mit dem Clown. Sie hatte sich schon darüber gewundert. Und keine Lust, die Frage zu beantworten. Sie sah auf die Uhranzeige auf ihrem Handy. Sie musste ohnehin los.

In der *Künstlichen Beatmung* leuchtete kühles Neonlicht. Ruth war überrascht. Sie hatte etwas Samtartigeres, Rosaneres, Schrilleres erwartet. *Künstliche Beatmung* mehr im übertragenen Sinn. Doch hier meinten sie das wörtlich. Über dem Fischbassin hing eine OP-Leuchte, dicht bis über die Hummer und Flundern herabgezogen. Die Séparées, in denen man aß, waren mit knöchernen Rippen überspannt, so dass man sich in einem riesigen Brustkorb wähnte. Aus den Abluftröhren im Industrie-Look baumelten Atemmasken, wie man sie aus dem Flugzeug kannte. Und an den Wänden hingen Sauerstoffflaschen, Skalpelle und Spritzen.

Ruth fand den Laden sogleich außergewöhnlich geschmacklos. Dekadent in seiner unangenehmen Ausführung. Während sie eine bunte, treibende, lebenslustige, körperbetonte Form der Dekadenz durchaus liebte, hatte sie sich mit der gebrochenen, zitierenden, morbiden und schicksalssüchtigen Ausführung immer schon schwergetan. Hey, sie waren doch noch alle am Leben!

Kate saß in einem der Séparées und ließ Ruth durch den ganzen Brustkorb gehen, nicht einen Meter kam sie ihr entgegen. Erst als Ruth das kleine Nierentischchen erreichte, erhob sich Kate und umarmte Ruth. Sie trug ein knallenges, zitronengelbes Kleid, als wäre es Hochsommer. Das Überraschende: Sie sah gut aus darin.

»Ich hab erst mal zwei Hechtsuppen bestellt. Du isst doch Hecht?«
»Äh. Natürlich.«

Ruth kannte *Hechtsuppe* nur aus der Wendung, in der es wie selbige zog. Aber das war ja immer das Schöne an ihrer Freundin gewesen. Am Ende eines Abends mit ihrer Freundin hatte Ruth stets etwas Neues dazugelernt. Nicht immer brauchbar, nicht immer sinnvoll, aber in jedem Fall neu.

»Tut mir leid, das zu sagen, aber du siehst echt scheiße aus«, sagte Kate.
»Danke. Ich brauch vielleicht erst mal was zu trinken.«
»So schlimm? Pernod haben sie hier nicht.«
»Trinkt man nicht Weißwein zu Fisch?«
»Ruth, was ist los mit dir? Zu Fisch trinkt man, was einem dazu schmeckt. Ich bestell erst mal Sambuca.«

Sie winkte dem Kellner, und wenig später brannten zwei kleine Schnapsgläser vor ihnen in einer Spuckschale aus Pappmaché. Ruth hatte vergessen, was zu tun war, aber Kate führte sie sicher durch das vergangene Ritual. Ihren Arm mit Kates Arm verflechten. Schnapsglas zum Herzen der jeweils anderen führen. Vor dem Trinken das Auspusten nicht vergessen. Dann ganz langsam runterzuscheln, niemals stürzen. Und dann? Ach, ja, die Kaffeebohne.

Kate bestellte zwei neue. Alles, was Ruth an dem alten Ritual gefiel, war die Wirkung des Alkohols. Auf die immerhin war Verlass. Sie sah ihre Freundin an, leichenblass in dem fürchterlichen Neonlicht, erst jetzt fiel Ruth auf, dass Kate sich passend für die *Künstliche Beatmung* geschminkt hatte, weißlicher Puder, schwarzer Kajal, auch die anderen Gäste waren weniger künstlich beatmet als künstlich beleuchtet – aber, was war das? Es saßen ja ausschließlich Einzelpersonen an den anderen Tischen, keine Gruppen, kein Paar?

»Die Kaffeebohne!«, mahnte Kate.
»Ich glaub, ich kann nicht mehr.«
»Nach zwei Sambuca?«

Kate war entsetzt. Ihr Mund zog sich in die Länge, aber nicht von links nach rechts, wie er es tat, wenn ein männliches Wesen an ihr vorbeiging, sondern von oben nach unten, ihr Mund näherte sich der Form des Mundes auf dem Gemälde *Der Schrei*. Ruth meinte, irgendwo gelesen zu haben, dass die Gestalt auf dem *Schrei* gar nicht schrie, sondern einen Schrei hörte, aber das brachte sie nun auch nicht weiter. Was tat sie eigentlich hier?

»Zweimal Hechtsuppe, bitte sehr!«

Wenn Ruth nicht alles täuschte, trug der Kellner einen OP-Kittel.

»Oh, ähm. Vielen Dank.«
»Was ist, schmeckt sie dir nicht?«, fragte Kate.
»Ich hab doch noch gar nicht probiert.«
»Süße, ich kann es doch nicht länger für mich behalten. Ich hab Neuigkeiten!«
»Wie schön. Freut mich. Und?«
»Nein, erst du. Es ist ein Versöhnungsessen. Dir geht es nicht gut. Das merke ich doch.«

Ruth hatte sich vorgenommen, ihrer als Zitrone verkleideten Freundin nicht von dem Wochenendseminar zu erzählen. Doch sie hatte sich offenbar nicht im Griff. Der Sambuca hatte ihre Mundwinkel auch nicht heben können.

»Ich muss am Wochenende auf ein Seminar«, sagte Ruth.
»Okay. Und Carlotte?«
»Hat Sisal heute zum letzten Mal. Danach geht sie auf so eine Sprachreise.«
»London?«
»Paris. Muss eine Sechzehnjährige heutzutage unbedingt Französisch lernen?«
»Du kannst mich auch direkt fragen, Ruth.«
»Und was wäre die Antwort?«
»Nein.«
»*Nein*, du bist noch immer beleidigt? Oder *nein*, du kannst am Wochenende nicht?«
»Ich hab mich verliebt.«
»Na, toll.«
»Deine Begeisterung freut mich.«
»Nein, ich meine, wirklich. Ist doch toll.«
»Und weißt du was?«
»Er ist achtzehn.«
»Nein, eben nicht. Fünfzig! Natürlich hätte ich Sisal genommen. Aber ich bin nicht da. Also wir. Städtetrip!«
»Paris?«
»Nein, London. Aber was ist, du isst ja wirklich nichts von der Suppe.«

Ruth kämpfte mit leichter Übelkeit. Der überraschend fischige Geschmack der Suppe, die eilfertigen Kellner, die ohne Unterlass Hummer und Bouillabaisse, Zanderfilet und Meeresteufel an ihnen vorbeitrugen und dabei schwüle, dampfende Fahnen hinter sich herzogen, die einsamen Séparées mit den einsamen Männern und Frauen darin, die wortlos ihre Fische verschlangen.

»Ich hab gerade an Sisal gedacht. Dass sie jetzt mit Carlotte isst, und nicht mit mir.«
»Genieß es doch.«
»Was weißt denn du schon?«
»Was weiß denn ich schon von was?«
»Von, ich weiß nicht. Verantwortung. Nein, ich meine, von einem Kind, hier drin.«

Ruth zeigte mit der flachen Hand auf ihre Brust.

»Hier drin spüre ich, dass sie mich gerade braucht.«
»Jetzt hör aber mal auf mit dem Mutterkitsch. Jochen könnte sich ein Kind übrigens vorstellen.«
»Seit wann kennt ihr euch überhaupt?«
»Wir haben uns hier drin kennengelernt. Willst du wirklich nichts mehr? Dann pass mal auf!«

Sie winkte dem Kellner und sagte, dass sie es heute bei der Hechtsuppe beließen, bestellte stattdessen zwei Glas Chardonnay. Als der Kellner verschwand, verdunkelte sich ihr Séparée. Kates weißes Gesicht leuchtete nun auf einmal im Halbdunkel. Ruth sah sich um, auch am gegenüberliegenden Teil des Brustkorbes, etwa im oberen, rechten Flügel der Bronchien, waren in den ersten Séparées die Lichter ausgegangen.

»Kate? Ich dachte, du bist verliebt? Was soll das hier?«
»Das wusste ich ja noch nicht, als ich für uns gebucht habe!«
»Und warum hast du es dann nicht abgesagt?«
»Für dich, Schatz.«

In dem Moment kam ein Mann mittleren Alters an ihren Tisch. Niemand, bei dem Ruth in der U-Bahn aufgestanden wäre, wenn er sich direkt neben sie gesetzt hätte, aber auch niemand, neben dem sie freiwillig Platz genommen hätte. Er trug einen rötlichen Bart.

»Darf ich?«, fragte er.
»Aber natürlich«, sagte Kate, ihr Mund war nun wieder in die volle, Männer meinende Breite gezogen.
»Danke. Und, wer von euch ist Fisch, und wer ist Fahrrad?«, frage der Mann.
»Hä?«, fragte Ruth.
»Wer von uns sucht, und wer nur die Begleitung ist«, erklärte Kate.
»Oder habe ich es mit zwei Fischen zu tun?«

Ruth zuckte zusammen. Sie meinte, eine moderige Forellenteichwolke aus dem Mund des Mannes zu riechen. Kate deutete energisch, mit nach oben gerecktem Kinn, in Richtung Ruth. Das Opfer war damit markiert.

»Na, das freut mich aber. Also nicht, dass es mich andersherum nicht gefreut hätte. Bist du zum ersten Mal hier?«
»Entschuldigung, aber das ist jetzt ein Missverständnis«, sagte Ruth. »Meine Freundin hat das irgendwie falsch verstanden.«
»Ruth!«
»Ruth? Schöner Name. Ich bin der Klaus.«
»Hallo Klaus«, sagte Kate. »Was magst du trinken?«
»Kate, hör auf damit, ich geh jetzt nach Hause.«
»Aber Sisal ist doch bei Carlotte?«, sagte Kate.
»Mit Carlotte. Nicht bei Carlotte. Sie schläft noch immer bei mir.«
»Du hast eine Tochter?«

Kate schlug die Hände vor dem Gesicht zusammen, sah sich im Brustkorb um, der sich nun reihum dunkel getönt hatte, als halte sie bereits nach einem neuen Täter Ausschau. Doch hatte sie die Nachfrage des Mannes falsch eingeschätzt. Er holte sein Portemonnaie hervor und zeigte das Foto eines kleinen, schwarzhaarigen Mädchens mit dunkler Hautfarbe.

»Ich nämlich auch!«, sagte er.
»Gott, ist die süß«, entfuhr es Ruth. Das war ja nach Sisal das süßeste Mädchen, das sie seit langem gesehen hatte.
»Wie alt ist sie?«, fragte Ruth. »Fünf? Sechs?«

Kate grinste. Lehnte sich zurück. Bestellte dem Mann ebenfalls einen Chardonnay.

»Sieben. Das Foto ist schon etwas älter.«
»Dann geht sie zur Schule?«
»Ja, aber bei der Mutter.«
»Verstehe. Ähm, Kurt –«
»Klaus.«
»Klaus. Es tut mit leid. Aber es ist nicht so, wie es aussieht. Ich bin nicht auf der Suche.«
»Ruth, nun steh doch dazu!«
»Du musst doch gar nichts suchen«, sagte Klaus. »Wir können uns doch einfach ein wenig unterhalten. Hast du auch ein Foto von deiner Tochter?«
»Ich glaub, das will ich hier lieber nicht herumzeigen.«
»Mann, Ruth. Was hat Klaus dir getan?«
»Okay. Verstehe, aber warum seid ihr dann überhaupt hier?«

Klaus erhob sich und verabschiedete sich. Er wurde nicht harsch, blieb höflich, war aber doch sichtlich verstimmt. Kate reichte ihm das Glas Chardonnay, damit er es mitnehmen konnte, doch er lehnte ab.

»Was war das denn, Ruth? Der war doch super, der Typ? Hast du nicht gesagt, ihr seid getrennt?«
»Ja. Zur Zeit: ja. Aber das heißt doch nicht, dass ich auf der Suche bin!«

Und diesmal war es Kate, die vorzeitig ging. Sie kippte ihren Chardonnay herunter, winkte dem Kellner, zahlte, richtete ihr Zitronenkleid, sah Ruth eher verständnislos als wütend an, setzte sich noch einmal kurz.

»Und?«, fragte sie. »Entschuldigung angenommen, wegen Sisal allein im Zug?«
»Danke für die Einladung«, sagte Ruth.
»Gut. Dann gehe ich jetzt nämlich zu Jochen.«

Leise schloss Ruth im vierten Stock ihre Wohnung auf. Carlotte und Felix lagen auf dem Sofa. Angezogen. Da war sie ja schon mal erleichtert. Sie schauten irgendetwas auf ihrem Rechner, das hatte Ruth erlaubt. Ihr. Carlotte. Nicht ihm, diesem Felix. Als sie Ruth hörten, stellten sie sofort den Ton leiser.

»Guten Abend«, sagte Ruth leise.
»Ruth, das ist Felix.«

Der Junge stand auf und gab ihr die Hand. Er sah aus wie ein Kind, nicht wie ein Liebhaber.

»Ist das okay? Ich meine, du hast nicht geantwortet, und da dachte ich, es ist schon okay?«

»Egal jetzt, wie geht es Sisal?«
»Schläft. Seit Punkt acht.«
»Was hat sie gegessen?«
»Wir haben Nudeln mit nichts gemacht.«
»Ihr Lieblingsessen. Danke, Carlotte.«

Sie gab ihr die verabredeten zehn Euro pro Stunde, machte immerhin fünfzig Euro an diesem Abend.

»Äh, Ruth.«
»Was?«
»Also, der Zirkus –«
»Ach so, natürlich. Wie viel?«
»Wäre es okay, wenn du Felix mit übernimmst? Er hat auch die Nudeln gemacht.«

Fünfzig Euro Stundenlohn plus dreißig Euro Zirkuseintritt für einen freien Abend. Achtzig Euro für ein Fischessen in der *Künstlichen Beatmung*. Achtzig Euro für erneut etwas weniger Freundschaft zu ihrer alten Studienkollegin Kate Hohenhausen.

»Sollen wir die Doku noch ausmachen?«, fragte der Junge.
»Was?«
»Auf Ihrem Rechner. Über den Brexit.«
»Ist gut. Ist gut jetzt, Kinder. Geht einfach nach Hause.«

Sie legte sich zu Sisal ins Bett. Sie schmiegte sich von hinten an sie, roch den Duft, der ihrem Nacken entströmte, roch an ihren Ohren, streichelte ihr über das wirre Haar, hielt sich an ihr fest.

Aber was machte sie nun, am Wochenende? Solange das nicht geklärt war, würde sie ohnehin nicht in den Schlaf finden. Sie stand wieder auf und stellte sich ans Fenster. Unten in der *Cacciola* war *Drag Queen Night*. Wie sehr hatten Kate und sie die Veranstaltung immer gemocht. Den unbedingten Willen zum schlechten Geschmack und das Schrille, das einen Abend lang gar nichts bedeutete. Nie wusste sie, ob eine Frau vor ihr stand, die einen Abend als Mann verkleidet war, oder aber ein Mann, der wirklich transsexuell war, es hatte alles keine Bedeutung, es war alles möglich, alles ein großes Spiel. Obwohl, der Mann in dem Frauenmantel, der gerade unter die rote Markise trat, war eindeutig eine Frau. Sie wusste nicht, warum, aber heute hätte sie lieber auf einen klassischen Pärchenschwoof geblickt, auf Männer und Frauen, die Salsa, Tango oder Cha-Cha-Cha tanzten. Wie in *Clärchens Ballhaus*. Gab es das überhaupt noch?

Sie überlegte zu kündigen. Dann konnte Justus schauen, ob er wirklich so schnell qualifizierten Ersatz fände. Ihr Telefon klingelte. Nanu, um die Zeit? Hatte sich Kate von Jochen bereits getrennt? Das ging ja schnell. Sie ging dran, damit das Klingeln Sisal nicht weckte, und lief ins Bad, bevor sie zu sprechen begann. Jann. Betrunken, war aber schon schlimmer gewesen. Er wollte Sisal sehen. Einmal noch. Am liebsten am Wochenende. Genau während ihres Seminars. Ruth hätte heulen können. Aber warum eigentlich nur noch ein Mal?

Er war doch ihr Vater, verdammt.

3.

Was war denn das für eine Nacht? Gab es keinen Mond? Er stemmte das Polizeigitter beiseite und tappte in Trippelschritten vorwärts. Absolut unwürdig. Geradewegs lächerlich. Noch ein Schrittchen. Autsch. Irgendwo hängen geblieben. Er versuchte, den Nebel beiseitezuwischen, als sei nur eine Scheibe beschlagen. Hinter dem Kraftwerk bellten einsam die Rehe.

Zwischen die Brennnesseln war eine Art Wildpfad getrampelt, dem er langsam folgte. Noch ein Schrittchen. Und noch eins. Dann ein Pfeifen. Ein Surren, die Luftströmung eines schnell bewegten Gegenstands. Jann duckte sich, eine Eule huschte über ihn hinweg.

Endlich fand er die Kohlengrube. Ein schwarzer Abgrund. Jann ging in die Knie. Legte sich auf den Bauch, um nicht in die Grube zu stürzen. Das würde noch fehlen, zu Itzenplitz hinabzustürzen. Er streckte die Arme nach unten. Nichts. Rückte weiter vor. Hing nun schon ein wenig kopfüber in dem Schacht. Dann ertastete Jann das von Nebel und Tau genässte Fell.

Er berührte etwas Weiches, zog die Hand zurück. Versuchte es erneut. Fasste in ein Loch. Steckte er in Itzenplitzens Maul? Endlich hatte Jann etwas Breites, Hariges in der Hand. Ein Bein. Er schloss beide Hände darum und zog. Doch nichts. Das

Bein wurde länger, kam ihm ein wenig entgegen, aber Itzenplitz steckte fest.

Am Morgen käme Sisal zu ihm. Bis dahin musste der Kadaver wieder auf Karl Oles Grundstück sein. Über ihm setzte der Eulenvogel zu einem neuen Überflug an. Jann schwitzte unter dem Parka. Er zerrte noch einmal an dem Lauf des Hundes. Es knackte. Doch nichts zu machen. Der Hund steckte fest.

Am Morgen klatschte Jann sich die Haare mit Wasser an den Kopf. Schaute, dass nichts abstand. Er warf noch ein Pfefferminzbonbon ein und hauchte sich in die hohle Hand. Angeblich roch man sich so wenig, wie man sich kitzeln konnte. Aber nach Alkohol? Nein, roch er nicht. Dann zog er den Parka aus und tauschte ihn gegen die schwarze Lederjacke von damals. Die schwarze Jacke des erfolgreichen Jungbrauers. Die hatte schon öfter Ruths Zweifel besiegt. Als er aus dem Schloss ging, wurde es langsam hell.

Janns Herz schlug, als wäre er gerannt. Er versuchte, ruhig zu atmen. Er ging zum Bahnhof. Es war Ende November. Er hatte eine Tochter und ein Schloss. Kein Grund, hier durchzudrehen. Pünktlich erreichte er den Bahnhof. Eben schaltete sich die Morgenbeleuchtung am Bahnsteig aus. Das Laufband zeigte die Uhrzeit an und fünf Minuten Verspätung. Fünf Minuten, um sein Herz endlich unter Kontrolle zu bekommen. Was war denn das für ein abgefahrener Rhythmus. Er sah den Schienenstrang entlang, wie er im Westen im Nebel verschwand. Im Osten lagen die Gleise bereits in der Sonne.

Als er den Zug hörte, zog sein Puls erneut an. Der Zugführer bremste. Beißender Abriebgestank der Bremssysteme. Da, am hintersten Wagen. Er lief ihnen entgegen. Ruth blieb in der Tür stehen, um den Zug an der Abfahrt zu hindern. Sisal kletterte eben die Trittstufe auf den Bahnsteig hinab. Dann rannte sie, rannte dieser kleine Mensch, dieses unerhörte Lebenswunder, ihm in die Arme. Jann schloss die Augen. Nahm sie hoch, nahm sie auf. Roch ihren Duft.

»Jann, schnell. Hier ist noch ein kleiner Rucksack für sie.«
»Du steigst nicht aus?«
»Ich fahre nach Polen und mit demselben Zug wieder nach Berlin.«
»Schade.«
»Was?«
»Schade, dass du nicht aussteigst.«
»Ach, Jann.«

Sie trat zurück, da es an der Tür piepste, der Zug fuhr ab. Jann hielt seine Tochter so fest, dass sie sich nicht bewegen konnte. Auch als Ruth außer Sichtweite war, ließ er nicht los.

»Du tust mir weh, Papa.«
»Wir machen uns ein richtig schönes Wochenende. Nur wir zwei, ja?«
»Warum drückst du so fest?«
»Wollen wir ein Feuer machen? Oder ein Zelt im Hof aufbauen?«
»Wie viele Nächte bleibe ich denn?«
»Eine.«
»Lohnt das dann überhaupt?«

Im Schlosshof fluchte Karl Ole, hinten am Zaun. Erst glaubte Jann, Karl Ole meckere nur seine Hühner an, die niemals machten, was er wollte. *Jehste rinn, du Köppken! Nu mach schon, sonst kannste wat erleben!* Das genervte Gebrabbel war zur Hintergrundmusik seines Lebens in Solikante geworden. Er hörte es kaum mehr, so wenig wie Menschen, die an einer Straße lebten, den Verkehr.

Doch dann verstand er, was Karl Oles neue Wut auf sich zog. Es war die Lücke im Zaun. Eine nur schlecht mit Totholz und Gräsern abgedichtete Lücke. Karl Ole beugte sich darüber, hob und senkte die Maschen, die Jann herausgeschnitten hatte, wiegte den Kopf, schien unentschieden, vermaß die Öffnung mit seiner Elle. Itzenplitz? Ja, passte hindurch. Zum Teufel. Und jetzt? Karl Ole hob den Kopf und sah herüber. Jann drängte Sisal hinter einen wilden Holunder, der neben der Hundehütte wuchs.

»Papa? Papi!«
»Psst!«
»Aber was machst du denn da?«
»Psst, jetzt. Er kann uns hören.«
»Karl Ole? Aber du hast doch gesagt, er tut Kindern nichts.«
»Kannst du endlich mal still sein, verdammt.«

Der einzige Vorteil der Lücke im Zaun: Karl Ole passte nicht hindurch. Das brachte Jann etwa zehn Minuten. Zehn Minuten, in denen Karl Ole hinten zum Feld hinausgehen musste, sein Zahlenschloss auffriemeln, das verrostete Zauntor aufstoßen, über den herbstlich gepflügten Acker stolpern, um dann von hinten in den Schlosshof zu dringen. Jann schnappte sich Sisal, trug sie unter dem Arm und verschwand mit ihr im Schloss. Von außen hörte er das Wüten seines Nachbarn.

»Machen wir jetzt doch kein Feuer?«, fragte Sisal, als er sie im ersten Stock wieder auf die Beine stellte.
»Später. Was ist in deinem Rucksack?«
»Was Mama reingetan hat?«
»Nun sag schon!«
»Kekse, glaub ich. Mit Haferflocken oder so Krümeln drauf.«
»Nur Kekse?«
»Ein Tütchen Kakao.«

Sisal weinte. Er strich ihr die Tränen von den Wangen. Hielt sie im Arm.

»Wir müssen jetzt ganz fest zusammenhalten, hörst du? Dein Papa und du, wir sind ab jetzt im selben Team.«
»Ist dir das schöne Fenster kaputtgegangen?«
»Ich packe jetzt ein paar Sachen, und dann verschwinden wir von hier.«
»Wir schlafen nicht hier?«
»Nein, mein Engel. Heute nicht.«

Jann ging zum Kühlschrank, der leer war, nahm einige Packungen Knäckebrot und einige Makkaronitüten aus dem Regal, füllte Wasser in Bierdosen ab und verkapselte sie notdürftig mit Isolierband, fand Schokolade, na, bitte, Schokolade für seine Tochter, und dann sogar Milch, ultrahocherhitzt, länger haltbar, eins Komma fünf Prozent Fett.

»Aber was ist mit dem schönen Fenster passiert?«
»Da ist ein Vogel reingeflogen.«

Falsche Antwort. Spürte er sofort. Sisals kleiner Körper wurde noch kleiner, ihr Gesicht verzog sich wieder, der Mund erreichte eine unnatürliche Breite. Die nächste Träne fiel auf Sisals Kinn hinab.

»Dann ist er jetzt tot?«
»Nein, mein Engel. Er ist nicht tot. Es geht ihm gut. Er wird eine Familie gründen und Junge kriegen. Glaub mir, es geht ihm gut. Können wir dann jetzt?«
»Ich dachte, wir spielen *Kakerlaloop*?«

Jann fand den Parka nicht, in der Lederjacke brauchte er gar nicht erst los. Stattdessen entdeckte er eine Mütze und Handschuhe von Sisal. Zur Sicherheit packte er noch eine Atemmaske ein, das konnte nicht schaden, nach allem, wie sich die Dinge entwickelten.

»Ich dachte, wir spielen *Kakerlaloop*?«, wiederholt Sisal.
»Was?«
»Ich dachte, wir spielen *Kakerlaloop*.«
»Ach, ja. Es gibt *Kakerlak*, *Kakerlaloop* und *Kakerlacula*. Welches nehmen wir mit?«
»Geht auch alle drei?«
»Nein, alle drei geht nicht.«
»Dann *Kakerlacula*.«

Jann lief in Sisals Zimmer und nahm das Spiel mit. Da, der Parka. Vor Sisals Bett. Er ging zurück in den Flur. Sisal stand auf den Scherben des bodentiefen Fensters. Hinten, am Grundstücksende näherte sich der wütende, wankende, nach Rache gierende Schatten seines Nachbarn Karl Ole.

»Können wir doch lieber *Kakerlaloop* mitnehmen? Oder, ich weiß nicht. Vielleicht einfach *Kakerlak*?«

»Sisal, entscheide dich. Und zwar jetzt.«
»Dann *Kakerlaloop*.«

Jann lief zurück, tauschte die Spiele aus, klemmte sich das neue unter den Arm, schulterte den großen Rucksack und hängte Sisal den kleinen über, dann nahm er Sisal fest an die Hand. Sehr fest. So fest, dass es gerade nicht weh tat.

»Was ist denn, mein Engel? Warum weinst du die ganze Zeit?«
»Ich weiß nicht. Ich weine immer so von allein.«
»Willst du doch lieber *Kakerlacula*?«
»Nein, ist schon okay.«
»Dann können wir jetzt?«
»Wir können, Papa. Geh einfach los. Ich komme dann mit.«

Sie verließen das Schloss durch den alten Dienstbotentrakt, der einen Lieferanteneingang zur Dorfstraße hatte. Als sie an die sogenannte frische Luft hinaustraten, blies ihm und dem Kind ein nasser Ostwind entgegen. Jann griff hinter sich und zog das Luftmessgerät aus der Außenhaut seines Rucksacks.

Hundertfünfzig Mikrogramm.

Der höchste Wert, den er jemals gemessen hatte in Solikante. Die Ziffern leuchteten rot. Jann folgte dem Weg, auf dem er Itzenplitz entsorgt hatte. Dorfstraße. Feldweg. Brücke. Alte Oder. *Geteiltes Land*. Das Wichtigste war, vor den Wind zu kommen, mit Sisal. Er trieb sie zur Eile an.

Am *Geteilten Land* stand das Polizeigitter offen. Hatte er in der Nacht vergessen, es zuzuziehen? Und da vorne, waren das Schleifspuren? Im nassen Sand?

Nach einigen hundert Metern griff Jann nach dem Messgerät und nahm einen neuen Wert. Er erschrak. Hundertsechzig Mikrogramm, im Luv. Die Luft war hinter dem Kraftwerk nicht besser, sondern schlechter geworden.

Er fasste Sisal fester an der Hand. Sie liefen nun quer über den Acker, nach Osten. Er kannte einen Bauwagen, tief im Cranlower Luch, direkt an der Oder. Er hatte ihn schon aufgesucht, bevor er zum Schlossherrn geworden war. Damals noch für Tagesausflüge aus der Stadt. Sie würden die Nacht dort verbringen. Morgen würde er sich um den Hund kümmern. Alles der Reihe nach.

»Hast du die schöne Eichel gesehen?«, fragte Sisal.
»Was?«
»Die schöne Eichel, hier!«
»Oh ja, die ist toll.«

Er sah absolut nichts Besonderes an der Eichel, die Sisal ihm entgegenstreckte. Er strich Sisal über die Wange. Sie folgten den Trittpfaden des Wilds. Immer dem Kanal entlang. Bei *Johannahof*, einer Ansammlung dreier alter Eichen, um die ein Wirtschaftsgebäude aus den Siebzigerjahren in Trümmern lag, hielten sie an, machten ein kleines Feuer, das lediglich schwelte, und aßen die Kekse.

»Papa, was machen wir hier?«
»Einen Ausflug. Wir werden draußen schlafen.«
»Wie Cowboys?«
»So ungefähr. Oder willst du etwa lieber zurück nach Berlin?«
»Nein, ist schön hier mit dir.«

4.

»Wo? Wo seid ihr?«

»Sri Lanka, Süße, jede Minute kostet ungefähr so viel wie der Flug.«

»Sri Lanka? War das Jochens Idee?«

»Jochen ist nicht dabei. Wir hatten ein, ähm, Problem. Ich habe Klaus gefragt. Und er war so spontan.«

»Klaus aus der *Künstlichen Beatmung*?«

»Sag jetzt nicht, ich hab ihn dir ausgespannt.«

»Ich dachte, du stehst auf Skandinavier.«

»Klaus ist Skandinavier.«

»Oh. Aber was macht ihr da überhaupt?«

»Last Minute. Es gibt hier ein Buffet, wenn du das sehen würdest! String Hopper mit Sambol zum Frühstück, Lamprais, Rotti und Kotthu, und, Klaus? Klaus! Wie hieß noch mal dieser Nachtisch? Watalappan, genau, das ist super, nach so viel Reis!«

»Ähm – Kate?«

»War halb so teuer wie London. Und erst der Pool, Süße! Aber was ist, du klingst so – schlecht gelaunt? Neidisch? Musst du nicht. Wir können ja auch mal zusammen fahren.«

»Danke, lieber nicht.«

»Lieber nicht, oder lieber nicht mit mir?«

»Kate, ich wollte dir nur von meinem Seminar erzählen. Ich wusste nicht, dass du in Sri Lanka bist. Rat mal, wer Sisal am Ende genommen hat? – Jann!«

»Du hast ihm Sisal gegeben?«
»Er ist ihr Vater.«
»Aber er ist verrückt!«
»Nicht, wenn er mit ihr zusammen ist.«
»Ich weiß nicht. Irgendwas sagt mir, dass du sie bald wieder mit dem Taxi holen musst.«
»Das lag an dir, nicht an ihm.«
»Was?«
»Wer hat sie denn allein in den Zug gesetzt?«
»Geht das jetzt wieder los? Einmal einen Fehler gemacht, und dann ist man für immer gestorben für dich?«
»Kate. Ich wollte nicht streiten.«
»Du gönnst mir den Urlaub nicht, das ist es. Oder Klaus nicht? Hast du's dir anders überlegt mit ihm? Dann hab ich schlechte Neuigkeiten für dich.«
»Du hast einen zweiten Streifen auf dem Schwangerschaftstest?«
»Wir sind verlobt, du blöde Kuh.«
»Hast du gerade *blöde Kuh* zu mir gesagt, du alte Ziege?«
»Nun hör aber auf, du sture Stute«, sagte Kate.
»Zicke.«

Ruth lachte. Dann erst merkte sie, dass sie alleine lachte. Und dann, dass Kate aufgelegt hatte. Ihr Lachen hallte unangenehm nach. Sie überlegte, wie sie es anstellen konnte, nicht auf einen Rückruf zu warten, da sie wusste, dass keiner kommen würde. Ausstellen? Weglegen? Wein aufmachen? Sie versuchte alles auf einmal, stellte das Handy aus und legte es weg und öffnete einen Wein, aber dann wartete sie doch auf einen Rückruf von Kate. Sie stellte das Handy wieder an. Nachdem es sich ins Netz eingewählt hatte, blieb es still. Nicht einmal das Surren einer SMS. Vielleicht dauerte es eine Weile, eine SMS von Sri Lanka nach Deutschland zu schicken. Das würde sie jetzt aber nicht ernsthaft googeln, oder? Sie googelte es. Im Normalfall dauerte es auch nur Sekunden.

Sie kochte sich einen frischen Pfefferminztee und aß einige frische Köfte, die sie an einem Stand in der Markthalle gekauft hatte. Sie setzte sich ans Fenster und stellte den *Deutschlandfunk* an. Sonntag. Früher Abend. Nicht ihr Tag. Nicht ihre Zeit. Die *Cacciola* hatte geschlossen, die Jalousien waren eingefahren, die mit Graffiti bemalten Läden vor Fenster und Türen geklappt. Erst unter dem orangen Lichtkegel einer Straßenlaterne sah sie, dass es regnete. Nicht einmal eine Prostituierte war auf Männerfang, es liefen keine Männer umher. Es lief überhaupt niemand umher.

In Stuttgart waren Dieselfahrverbote erlassen worden, meldete der Sprecher. Handwerker, Lieferanten, Busunternehmen, Wohnmobile, Arztbesucher, Pendler, Elterntaxis, und natürlich Polizei, Feuerwehr, Krankenwagen und Katastrophenschutz durften weiter fahren. Jann hatte recht. Das war nicht Politik, das war Kabarett. Ruth hatte sich bislang geweigert, allzu tief in die Materie einzutauchen: Janns Fachgebiet. Sie begriff nicht, warum Stuttgart Fahrverbote erließ, Berlin aber nicht. Warum Diesel verboten wurden, Benziner aber nicht. Warum mal Stickoxide böse waren, dann wieder Feinstaub oder Ozon? Doch in den letzten Tagen war es nicht mehr möglich gewesen, der Debatte aus dem Weg zu gehen. Vergangene Woche hatten sie gemeldet, der meiste Feinstaub entstünde nicht im Verkehrssektor, sondern in der Landwirtschaft. Ruth hatte es von der amüsanten Seite genommen: Dann konnte Jann ja bald wieder zurück in die Stadt!

Seltsamerweise ängstigte er sich nur vor Unsichtbarem, Unriechbarem, vor seltenen Stäuben und Derivaten, während all das, was wirklich krank machte, kein Problem darstellte. Er mied niemanden, der erkältet war, und trank, seit sie ihn kannte, Unmengen Bier, auch wenn er das als quasiabstinentes Trinkverhalten einschätzte, rauchte in der Abendsonne mit Karl Ole ekelerregende Stumpen, das war alles kein Problem, das war ja Grobstaub, gefährlich war nur Feinstaub, mein Gott. Was, wenn er wirklich Hilfe brauchte? Im klinischen Sinn?

Jann fehlte ein Grundvertrauen, ein Akzeptieren seiner eigenen Geworfenheit, vielleicht war er einfach nicht ausreichend lange gestillt worden. Oder seine Eltern hatten Johanna Haarer gelesen, die Nazitante, die empfahl, Kinder niemals zu trösten, nicht zu nah am Körper zu halten und sie nachts in jedem Fall panisch schreiend in separierten Räumen einschlafen zu lassen. Das System Haarer sollte eigentlich empfindungslose Nazisoldaten hervorbringen, aber Moslemhasser, als Ökopaxe getarnt, gingen natürlich auch.

Deutschlandfunk, einundzwanzig Uhr fünf, Konzertdokument der Woche. Hören Sie die Sinfonie Nr. 100 in G-Dur von Joseph Haydn in einer Aufnahme aus dem Kulturpalast Dresden vom ...

Ruth war keine bequeme Verteidigerin des Status quo. Sie war keine Klimaleugnerin. Das wurde nicht richtiger, nur weil Jann es immer wieder behauptete. Sie fand es gut und richtig mit der Transformation, auch sie wollte, dass Sisal an sauberer Luft aufwuchs, kein Mikroplastik atmete, kein Glyphosat im Brot aß, auch Ruth wollte, dass etwas von der Welt da draußen für Sisal übrig blieb. Ohne Dürre. Ohne Sturm.

Aber auf dem Weg dahin wollte sie es bunt haben, nicht schwarz auf weiß, gemäß der reinen Lehre. Es gab keine Herrenrasse, die alles verstanden hatte, und auf der anderen Seite die religiös Verblendeten, die den Wandel ausbremsten. Wer sollte ihnen noch sagen, dass sie vielleicht einmal irrten, es vielleicht noch besser machen konnten, mit der Transformation, wenn sie alle in Reih und Glied standen, das hatten sie doch alles schon. Jann unterteilte ausschließlich in gesund und ungesund, in giftig und nicht giftig, und hielt alle, die sich dieser Unterteilung entzogen, für ignorant. Aber es gab doch auch noch schön und hässlich, lustig und traurig, mauve und violett?

Ruth fand es normal, dass man das ein oder andere revidierte aus der eigenen Jugend. Dass man nicht mehr schiefe Poster in den Flur, sondern gerahmte Gemälde ins Wohnzimmer hing. Dass man über andere Witze lachte. Oder leiser lachte. Dass man die Systemzwänge sah, die man als Jugendlicher nicht wahrhaben wollte. Dass man begriff, wie viel Schlechtes man bewirken konnte, wenn man eigentlich das Gute tun wollte. Dass man eine Lähmung verspürte angesichts der Komplexität der Welt, in die man geboren war.

Doch Janns Verengung ging weit darüber hinaus. Letztlich war er geworden, was er partout nicht werden wollte: religiös. Er war es doch, der ein geschlossenes Weltbild hatte. Keine Einflüsse von außen zuließ. Er war den ganzen Tag mit seiner Hypochondrie beschäftigt, was er als selbstlose Sorge um die Umwelt tarnte. Und wenn man ihn ließe, würde er in Jute gekleidet auf den Bäumen hausen und nach gelebten Jahren rückstandsfrei in den Acker modern, das Schlimme war: Er glaubte sich das Märchen auch noch.

Statt sich zu bewegen, wartete Jann auf eine Bewegung. *Wenn es losgeht, stehe ich auf den Barrikaden! Bis dahin bringt es doch nichts!* Ruth wusste längst, wo Jann stehen würde, wenn es losginge: in der ersten Reihe, ja. Aber nicht dort, wo die Arbeit anfiele, sondern dort, wo die Kameras filmten. Erst wenn er sich sonnen konnte mit seiner Aktion, würde er anfangen. Letztlich hatte er auch nur dafür sein regionales Bier gebraut.

Ruth dagegen war überzeugt von der Lösung im Kleinen, von der Bedeutung des Zwischenmenschlichen, von der Mediation. Sie wollte ihre Klienten ermächtigen. Sie befreien. Wie sollten die Menschen, solange sie unfrei waren, kämpfen für eine andere Welt? Jann verachtete ihren Job. Er machte es nicht unter der Revolution. Besonders praktisch: Bis die eintrat, konnte man, weil alles andere ja ohnehin nichts wert war, gemütlich gar nichts tun und sein Bier wieder in Dosen kaufen.

Was er wohl machte mit Sisal? Gerade jetzt? In diesem kleinen Moment? Ob sie am Feuer saßen? Ob er das kleine, zum Päckchen gefaltete Regencape in ihrem Rucksack gefunden hatte? Nicht, dass sie nass wurden. Bei dem diesigen Nebel da draußen war es zum nächsten Pseudo-Krupp nicht weit. Jann vertrug den Nebel selbst nicht so gut, wie er behauptete. Letztlich gehörte er an die Heizung, wie Ruth auch. Wie gern hatte sie sich immer zu ihm gesetzt, wenn die Heizung in seinem Rücken bollerte. Er hatte ihr dann von seinen Mitarbeitern erzählt, die ihm die privatesten Dinge anvertrauten.

Der *Deutschlandfunk* brachte schon wieder denselben Nachrichtenblock. Stuttgart hatte die Innenstadt für Dieselfahrzeuge und so weiter. Der Pfefferminztee war kalt geworden. Ihr war kalt geworden. Sie stellte sich vor die Heizung und trank ihren

Wein. Schmeckte irgendwie nicht. Sie sah aus dem Fenster. Regen. Lichter. Leere.

Das Verwaltungsseminar hatte gut zu dem Wetter gepasst: klamm, duster und irgendwie unnötig. Sie hatte Justus missverstanden, sie hatte geglaubt, er wolle sie unterrichten, um sich aus der Verwaltung der Praxis zurückzuziehen. Doch er hatte sich neben sie gesetzt, als teilten sie noch einmal eine Bank im Hörsaal. Und dann hatte sie eine externe Fachkraft zwei volle Tage lang mit Quartalsabschlüssen, Faktorenberechnung und Datenverarbeitung in der Cloud gequält. Das Pennälertum hatte ihrer Beziehung zu Justus immerhin gutgetan. Sie hatten sich bald verbündet gegen die junge Frau, sich gegenseitig alberne Botschaften auf den Block geschrieben, nonverbal zu lästern begonnen. Ruths Entschuldigung hatte Justus nur noch beiläufig durchgewunken.

Es klingelte an der Tür. Sie freute sich darüber. Sie bekam nur noch selten spontanen Besuch. Früher, als sie an der FU gewesen war, hatte es ständig an der Tür geklingelt. Nie hatte sie gewusst, wie der Abend endete. Als spontane Party in der WG-Küche. Oder lernend im Bett.

»Ja?«
»Kann I mol in d'Hof?«

Sie drückte auf den Summer. Wenig später klirrte es unten im Hof. Ein schwäbischer Flaschensammler.

Inzwischen glaubte sie, dass es vor allem Janns Kränkung war, die seine Schale hatte so hart werden lassen. Sein gescheiterter Lebensentwurf. Das jähe Ende seines Traumes als gefeierter

Jungunternehmer. Schicht um Schicht hatte er sich nach außen hin verhärtet. Und sie hatte es all die Jahre nicht wahrgenommen. Aber da drinnen, unter all dieser neuen Härte, unter all dem Rechten und Wüten, da steckte doch noch immer derselbe Kern? Ihr Jann, mit dem sie in einem heiligen Schwur die Ehe eingegangen war. Der sie an der Hand nahm, eine Thermoskanne Kaffee im Rucksack, eine Packung Zigaretten, mehr nicht. Ihr Jann, der aus diesen wenigen Zutaten, Ruth, Kaffee, Zigaretten, Hand in Hand, die glücklichsten, unaufgeregtesten Überraschungsnachmittage hatte zaubern können.

Genau wie beim – *Schloss* waren vor dem Wort *Ehe* bisweilen kleine Sprechpausen entstanden. *Wie gefällt dir denn nun unsere neue – Ehe? Findest du, seit unserer – Ehe hat sich viel verändert?* Doch während die Pausen vor dem *Schloss* immer länger wurden, hatten sich die vor der *Ehe* mit der Zeit aufgelöst. Wenn sie Jann neuen Bekannten vorstellte, sagte sie schon bald: »Und das ist mein Ehemann.« Ohne Pause. Es gab keinen Platz mehr für eine Pause. Sie waren verheiratet, auch ohne Trauschein. Sie waren Mann und Frau. Noch immer. Aber war es an ihr, ihn daran zu erinnern?

Sisal gelang es ganz spielerisch, Janns Schale mit einem Kleinkinderlächeln, mit einem Kleinkinderglucksen zum Zerbrechen zu bringen. Warum gelang es Ruth nicht mehr? Jann war kein alter, verhärmter Mann. Er war nicht rechts. Doch er sehnte sich nach etwas, das ihn ausmachte. Nach vergangener Größe. Dabei hatte Ruth ihn nie mehr geliebt als zum Zeitpunkt seiner Pleite, als er auf einmal ganz klein geworden war.

Was sie am meisten beunruhigte, war nicht seine Tat, auch wenn er sich für die endlich einmal entschuldigen könnte. War nicht sein gepflegt zur Schau gestellter Alkoholismus. War nicht seine Hypochondrie. Was sie wirklich am meisten beunruhigte: dass er Sisal am Wochenende in genau dem Moment genommen hatte, in dem Ruth sie partout hatte loswerden müssen. Da war doch noch etwas übrig. Da gab es doch noch ein Band.

Sie stellte den Wein ab. Das war ja nicht auszuhalten, in dieser Wohnung. Sie schlüpfte in ihren Mantel, suchte die hochhackigsten Lederstiefel, die sie finden konnte, und stellte sich vor den Spiegel. Keine Krähenfüße. Keine Tränensäcke. Sie trug dennoch ein wenig Orientpuder auf und wischte es sofort wieder weg. Beließ es bei Wimperntusche und einem blassen Lippenstift. Sie sah muffiger aus, als Jann zu seinen schlechtesten Berliner Zeiten. Sie hob die Mundwinkel. Wirkte gestellt.

Während der Schlüsselsuche fiel ihr Blick auf den Brief. Er klemmte zwischen zwei Büchern im Regal. Wo auch immer sie ihn hinlegte, er zog doch wieder ihren Blick auf sich. In zwei Wochen ging es nun los. Wieder und wieder war sie vertröstet worden. Ihre E-Mails blieben unbeantwortet. Mal stellte man den Baubeginn überraschend für die Folgewoche in Aussicht, dann tauchten sie beim Senat wieder einen Monat ganz ab. Und das Schlimmste: Ruth durfte sich nicht einmal aufregen, darüber. Es war keine globalisierte Heuschrecke, die zur Profitmaximierung ihres Portfolios dort oben ausbauen ließ. Es war der Senat mit dem *Be Berlin! Roof Extension Project*. Billiger Wohnraum für einen wahnwitzig gewordenen Mietmarkt. Wohnen nur mit Berechtigungsschein. Da konnte man nicht ernsthaft dagegen sein. Im Gegenteil: Es war ein Projekt, das Ruth vollumfänglich begrüßt hatte. Bevor es sich direkt über ihr zu realisieren begann.

Mit sich anbahnenden Kopfschmerzen verließ sie das Haus. Draußen ereignete sich das, was sie im Stillen nur noch als *die kranke halbe Stunde* bezeichnete. Ein junger Dealer im Park wollte ihr unbedingt die Hand geben. Er war freundlich, wirkte froh, im Regen endlich auf einen Menschen zu treffen, sie hatte nichts gegen ihn. Aber warum sollte sie ihm die Hand geben? Da sie etwas genervt lächelte, folgte ihr der junge Mann zum Taxistand. Einer der Fahrer stieg aus und öffnete ihr die Tür, drückte sie beinahe auf die Sitzbank. Er schimpfte mit dem Dealer und vertrieb ihn. Als er Ruths Dank entgegennehmen wollte, sagte sie nur, dass sie gar kein Taxi bräuchte. Der Mann war verärgert, kommandierte sie mit dem Kinn aus seinem Wagen.

Am U-Bahnhof Kleiststraße stand ein *Motz*-Verkäufer im Regen, seine Zeitungen hingen an den Rändern nass nach unten. Sie kaufte ihm eine Zeitung ab. Als sie die *Motz* entgegennehmen wollte, zerfaserte sie in zwei Stücke, eine Hälfte blieb beim Verkäufer zurück. Sie griff danach, doch der Mann schüttelte den Kopf. Er wollte für die zweite Hälfte nochmals Geld. Was war das, ein Witz? Sie legte ihre Hälfte der nassen *Motz* auf den nassen Stapel zurück. Da spuckte ihr der Mann vor die Füße.

Sie ging in den Laden mit dem *Turkish delight*. Es roch nach frisch gebrannten, süßen Mandeln. Sie bestellte ein Tütchen davon und einen Tee. Die Verkäuferin sagte, die Mandeln seien ausverkauft. Ruth sagte, es seien doch grade welche gebrannt worden. Ja, aber die seien reserviert. Ein kleines Tütchen?, beharrte Ruth. Da wandte sich die Verkäuferin von ihr ab. Spielte mit ihrem Handy. Ruth trat auf den Bürgersteig hinaus, ein Radfahrer klingelte sie zur Seite. Gegen den Straßenbaum vor dem *Turkish delight* machte ein Hund. Sie stellte sich an die Ampel in den Regen. Wartete auf Grün. Und wartete. Und wartete.

Blieb schließlich, bei Grün, einfach stehen. Wusste ohnehin nicht, wohin gehen. Und dann sprach sie ein Mann an, der wissen wollte, was es koste.

Dem Mann hatte sie einfach nur den Vogel gezeigt. Es war vor allem die Verkäuferin im *Turkish delight* gewesen, die sie fertiggemacht hatte. Ein Laden, in dem sie türkische Feigen und deutsche Lebkuchen verkauften, auch im Sommer, auch zu Ostern. Jann hatte Sisal einmal gefragt, was ihr besser schmecke. Sisal hatte »beides lecker!« gesagt. Und Ruth und Jann hatten sich darüber minutenlang kaputtgelacht. Das war doch einmal möglich gewesen: gemeinsam zu lachen. Ja, auch darüber: über ihre divergierende Wahrnehmung der im Berliner Kosmos gebrochenen Welt. Was war geschehen seither?

Offenbar ging es gar nicht darum, ob Jann in der Stadt lebte oder auf dem Land. Aber worum ging es dann? Jann hatte eine nicht besonders originelle These aufgestellt, der zufolge alles am Sex lag. Das Verwirrende aber: Da konnte er sich nun wirklich nicht beschweren. Oder hatte er all die Jahre eine andere Ansicht darüber gehabt? Jahrelang Frust? Dann Trennung? Dann neues Glück? Dann neue Trennung? Da capo al fine? Aber niemals zur rechten Zeit ein Gespräch? Das kannte sie von ihren Klienten. Aber doch nicht von Jann? Der hatte seine Bedürfnisse stets zu benennen gewusst.

Eine weitere halbe Stunde später, in der nichts Irritierendes mehr geschah, in der Ruth einfach an der Möckernbrücke von der U7 in die U1 umstieg und dann an der Warschauer Straße von der U1 in die S-Bahn, erreichte sie das Ostkreuz. Gut vier Stunden zu früh. Die Geschäftigkeit im Bahnhof gefiel ihr. Es war kein großer Unterschied zu einem Wochentag zu bemerken.

Beim Umsteigen von der Stadtbahn auf die Ringbahn stolperten sich die Menschen wie gewohnt über die Füße.

Der nächste Zug an die Oder fuhr in fünfzehn Minuten. Jann wollte Sisal erst spät am Abend in Solikante ans Gleis bringen. Sisal so lange bei sich haben wie möglich. Andererseits: Ob Ruth am späten Abend nicht mit ihm sprach oder ob sie jetzt gleich nicht mit ihm sprach, machte auch keinen Unterschied. Die Übergabe würde ohnehin unangenehm ausfallen. Warum sollte Ruth sie dann nicht gleich hinter sich bringen?

Sie kaufte sich eine Fahrkarte und wartete auf den Zug.

VIERTES KAPITEL

EIN HALBES JAHR ZUVOR

1.

Sie roch den Kaffee, bevor sie erwachte. Als sie die Augen aufschlug, kniete Jann vor ihr an ihrem Matratzenlager und reichte ihr den Becher, aus dem es dampfte.

»Guten Morgen.«
»Danke, das ist süß. Du bist schon wach?«
»Ich hab ein bisschen den Vorplatz freigelegt, Karl Ole sagt, es senst sich leichter, wenn das Gras vom Tau noch nass ist.«
»Mhh, schön stark. Danke.«
»Ich würde dann ganz gern mit dem Zimmer neben der Küche beginnen. Kommst du nach, wenn du so weit bist? Wär gut, wir nutzen die Zeit, bis Sisal wach ist.«
»Ich trink nur noch den Kaffee aus. Und, Jann?«
»Ja?«
»Ich liebe dich.«

Ruth sah ihm nach, wie er den Salon verließ, Shorts, kein T-Shirt, vom Sensen bereits am frühen Morgen verschwitzt. Er ging so schnell, als habe er einen wichtigen Termin. Seit Tagen ging das nun so. Er stand mit einer Dringlichkeit auf, die sie nicht mehr an ihm kannte, seit er pleitegegangen war. Er sprach nur noch von Zementmörtel, Farbeimern und Putzhaken, seine Gifte hatte er darüber völlig vergessen. Ja, mit dem Kauf war seine Körperhaltung eine andere geworden. War Jann anders geworden. Ihre Ehe. Und letztlich sie selbst. Nicht wie früher, das wollte sie gar nicht. Jann war kein gefragter Bierbrauer mehr. Diese Zeit war für immer beendet. Aber wenn sie nicht alles täuschte, ging ein neues Kapitel in ihrer Ehe auf.

Sie betrachtete ihr Kind, das von der Matratze in die Holzspäne gerutscht war. Sisal schnaubte, schnarchte so zart, dass das Wort nicht recht dazu passte. Wenn Ruth sie zurück auf die Matratze heben würde, wäre sie wach, und so gab sie Sisal nur einen Kuss auf die Stirn und stand auf. Sie war nackt, Jann und sie schliefen immer nackt, vielleicht auch das eine kleine Rezeptur ihrer Ehe, wie sollte man mit jemandem brechen, der sich so gut anfühlte, an den man sich schmiegte, nackt an nackt, Nacht für Nacht. Sie schlüpfte in ihr blaues Sommerkleid, das eigentlich zu fein war zum Renovieren, aber ohnehin schon Farbsprengsel abbekommen hatte, nun war es eben kein Berlinkleid mehr, sondern ein Solikantekleid, auf bestimmte Art gefielen ihr die weißen Farbsprengsel auf dem Blau sogar.

Sie trank ihren Kaffee. Dann ging sie rüber zu Jann.

»Für heute folgender Plan. Wir überraschen Sisal mit einem Kinderzimmer. Das hat sie sich doch immer gewünscht. Mit einem richtigen, fertigen Kinderzimmer mit einem Kletterturm und einer Seilbahn und ohne Staub und alles? Bist du dabei?«
»Schöne Idee. Aber was ist mit der Küche?«

Er lächelte sie an. Ein wenig zu unbeschwert für einen über Vierzigjährigen, aber ganz ohne Bauch und ganz ohne Glatze war es ja auch nicht einfach mit dem Älterwerden, das sah sie ein. Oh ja, das konnte er, lächeln. Wie ihr das jetzt wieder einfiel. Alles, woran sie sich nicht mehr erinnert hatte, in Berlin, fiel ihr hier draußen wieder ein. Wie gut ihm das stand, wenn er aktiv war. Etwas in die Hand nahm. Probleme löste, nicht wälzte. Wie gut ein Kaffee schmeckte, wenn Jann ihn gekocht hatte. Wie wenig es auffiel, dass er ein wenig zu mager war, solange diese Magerkeit nicht über ein Smartphone gebeugt kauerte, sondern ein Schloss durchschritt.

»Als Erstes muss die Tapete runter. Ist aber kein Problem, ist nicht plastiniert. Du nimmst einfach diesen breiten Pinsel und sprengst Wasser dagegen, und wenn es so zehn, fünfzehn Minuten eingeweicht ist, kannst du das Zeug abziehen wie einen Aufkleber von der Folie.«
»Verstehe. Ich finde die Tapete aber eigentlich ganz schön.«
»Ja, aber sie ist nur noch halb drauf.«
»Hast recht. Nehmen wir sie runter.«

Jann drückte ihr einen Pinsel und einen Wassereimer in die Hand. Er selbst machte sich an der gegenüberliegenden Zimmerwand zu schaffen. Durch das Fenster fiel das Licht eines hereinbrechenden Sommermorgens, von dichten Lindenblättern gedämpft.

Und dann arbeiteten sie. Gemeinsam. Quadratmeter um Quadratmeter. Ruth sprenkelte Wasser, er tat es. Sie zupfte Tapete herunter, er tat es. Jann sprach nicht viel, stöhnte aber auch nicht. Kein *Ikea*-Gesicht, wie er es zuletzt in Berlin bei der Montage des *Ifflen*-Herdes gehabt hatte. Keine Wutausbrüche. Manchmal sog er gar Luft durch die Lippen, so, dass sie eine Melodie zu hören glaubte, die immer selben Takte. *Ich hab die Schnauze voll von Rosa. Von lieb und brav und still.*

In der Mitte des Zimmers türmten sich bald die nassen Tapetenfetzen. Jann bewegte sich von links auf das Fenster zu, sie vom Fenster nach links. Und als sie den letzten Quadratmeter bearbeiteten, der zwischen ihnen lag, kabbelten sie sich und zupften mit gespielter Eile, wollten beide als Erster fertig sein. Er ließ sie gewinnen.

»Mami? Papi?«

Sisal tapste an ihrem neuen Zimmer vorbei, ohne ihre Eltern entdeckt zu haben. Jann pfiff auf zwei Fingern, wusste sie gar nicht, dass er so was konnte. Was kam da noch? Segeln? Flaschen mit den Zähnen öffnen? Angeln? Kickern? Sisal machte kehrt und besah sich das Zimmer.

»Warum macht ihr alles kaputt?«, fragte sie.
»Wir machen es heil, nicht kaputt.«
»Es wird deins, mein Engel.«
»Cool. Darf ich einen Kran reinstellen?«
»Darfst du.«

Jann schnappte sich seine Tochter und wirbelte sie durch das leere, von der alten Tapete befreite Zimmer, ließ sie in die Höhe schnellen, so dass ihr Kopf dem Deckenstuck bedenklich nahe kam, und fing sie wieder auf.

»Kann ich Stockbrot?«
»Klar! Jann, was willst du frühstücken?«
»Stockbrot ist super. Ich räum nur noch die nassen Tapetenfetzen weg. Sammelt ihr mir Schnittlauch dazu?«

Sie lächelte. Vier Stunden Arbeit. Kein Fluch. Normalerweise stellte Jann sich mit Werkzeugen, die einen höheren Grad an Feinheit als eine Axt aufwiesen, nicht über die Maßen geschickt an. Er hackte lieber Holz als Schnittlauch. Aber das Schloss schien auch diese Regel auf den Kopf zu stellen. Vielleicht war es das. Ein Schloss in Solikante. Vielleicht war es das wirklich. Wer sagte denn, dass sie jedes Zimmer renovieren mussten. In dem Tempo, in dem Jann neuerdings vorging, wären noch im Sommer Bad, Küche und zwei weitere Zimmer fertig. Das reichte doch vorerst. Ein Schloss in Solikante. Ja, das war es.

Sie stieg mit ihrer Tochter die große, gewendelte Treppe ins Foyer hinab, stieß die Eichentür auf und blinzelte in die Mittagssonne. Lief die Schneise entlang, die Jann am Morgen in die Brennnesseln gesenst hatte, und suchte zusammen mit Sisal im Wirtschaftsgebäude nach Feuerholz. Freiheit. Wildnis. Chaos. Es war die Umgebung, auf die Sisal nur gewartet hatte. Sie wagte sich in dunkle Verstecke vor, in die Ruth nicht hineinpasste, und kam, heftig schwankend, mit einem Holzscheit im Arm und dichten Spinnweben im Haar, zurück ans Tageslicht.

Ruth spürte auf einmal wieder die Lust, es ihrer Familie so richtig schön zu machen. Ein Picknickplatz mit Blick auf das Feld. Stockbrot, am Lagerfeuer geröstet. Kühles Bier. Und nach dem Essen würden sie Sisal vor einem Buch oder vor ihren Holztieren parken. Und dann würde sie es Jann so richtig schön machen.

»So, es brennt. Du musst das Feuer jetzt nur noch schüren. Weißt du, was das heißt?«
»Natürlich. Hat Papa mir schon erklärt. Erst baut man ein Zelt, dann steckt man Papier rein, dann zündet man das Papier an, dann legt man immer größere Holzscheite nach. Das heißt schüren. Weiß doch jedes Kind.«
»Schön. Ich mach dann schon mal den Teig.«

Ruth genoss ihre Nacktheit unter dem Sommerkleid, sie lief barfuß, trug nichts drunter. Der Stoff rieb über ihre glatten Hüften, über ihr Becken, über ihren Po. Sie sammelte Schnittlauch und legte ihn neben der Feuerstelle auf einen Teller. Mangels Küche hatten sie eine Behelfskombüse neben dem Außenanschluss eingerichtet. Ein Wasserhahn. Eine Heizplatte. Zu kühlende Sachen legten sie tief in den Kellerfensterschacht. Ruth wusch sich die vom Feuermachen schwarz gewordenen Hände. Betrachtete Sisal am anderen Ende des Grundstücks, wie sie mit großem Ernst Holzscheite auf ihre Größe hin abwog und dann sachte auf das Feuer gab. Es roch angenehm nach Buchenholzrauch.

Aus einer Laune heraus beschloss Ruth, etwas von dem Kurkuma, das sie an der Potse im *Turkish delight* gekauft hatte, mit in den Teig zu geben. Sofort färbte er sich in einem satten Gelb. Es sah beinahe künstlich aus, wie Salzteig, mit Plakatfarbe lackiert. Sie mengte den Teig durch und suchte dann nach Ästen, die Sisal mit ihrem halbscharfen Kinder-*Opinel* zu Grillstöcken schnitzen durfte. Als das erste Stockbrot fertig geröstet war, kam Jann aus dem Haus, mit dem Gang eines Mannes, der seit dem frühen Morgen etwas geschafft hatte, das Bestand haben würde.

»Das sieht aber hübsch aus«, sagte er. »Was ist das? Bananenbrot?«

»Mann Papa, das ist Kurkuma«, sagte Sisal streng.

»Schmeckt es denn?«, fragte Ruth.

»Und wie!«

Ruth zupfte das zweite Kurkumabrot vom Stock und brach es in zwei Teile, steckte Jann das größere in den Mund. Sie kauten, Wange an Wange, Mund an Mund.

»Typisch Berliner. Wollen hier alle nur eens!«

Sie fasste Jann an der Hand und drehte sich um. Karl Ole. Mit seinem Hund. Wo kamen die denn nun wieder her. Zu seinem Grundstück hin hatte Karl Ole doch eigens einen Zaun gezogen? Damit Jann und Ruth ihn nicht direkt aufsuchen konnten? Selbst aber kam er einfach übers Grundstücksende in ihren Hof?

Sie winkte ihm zu.

»Hallo Karl Ole, willst du auch eins?«
»Würstchen? Würd ick zwee nehmen. Und eens für Itzenplitz.«
»Das sind doch keine Würstchen!«

Sisal kicherte über ihren neuen Nachbarn. Fand es zu komisch, sie geriet ins Zittern vor Lachen und verbrannte darüber ihr Brot.

»Das ist Stockbrot!«
»Wat is denn dit nu wieder für'n neumodischet Zeug?«
»Brot am Stock. Willst du eins?«
»Aber, dit is jelb!«
»Es ist ja auch Kurkuma drin.«
»Na, nu wird's mir aber zu bunt. Ihr wollt mir wohl verpiepen?«
»Sollen wir vorkosten?«, fragte Ruth. Und steckte Jann ein weiteres, fertig geröstetes, knallgelbes Kurkumabrot in den Mund.

Karl Ole besah sich sein Brotstück aus der Ferne. Näherte sich ihm wie einem gefährlichen Insekt. Griff danach, beäugte es, zupfte ein Stückchen vom Stock. Roch daran. Nickte. Steckte sich ein Stück in den Mund. Kaute. Nickte noch mal. Schluckte.

Und erst dann, als er es selbst für unbedenklich befunden hatte, gab er den Rest seinem Hund.

Itzenplitz hatte sich hechelnd zu Sisal in den Schatten gelegt und ließ sich kraulen.

»Jelbet Brot. Und wat als Nächstes? Blaue Butter? Dazu noch die falsche Biermarke. Ihr gloobt aber nich, dass ihr da so billig davonkommen tut?«
»Was soll das denn nun wieder heißen?«, fragte Ruth.

Karl Ole sah sie verschmitzt an. Machte es spannend. Hob dann seinen versehrten Finger, dem die Kuppe fehlte, in die Luft.

»Ne Einweihung! Dit Dorf erwartet von der neuen Schlossdame ne Einweihung!«
»Gute Idee. Was meinst du, Ruth?«
»Ich weiß nicht. Ist das nicht etwas – groß?«
»Ne Party für ein Dorf? Ist doch ein Kinderspiel. Grill, Bierfass. Musik.«
»Du wirst mir immer sympathischer«, sagte Karl Ole.

Ruth sah die beiden Männer an. Karl Ole in seinem Latz, auf dem noch irgendein blasser Rest seines Frühstücks klebte, Jann in seinen Shorts voller Farbspritzer, Karl Ole im Zauselbart, Jann rasiert, der eine aus dem Schwarzwald, der andere aus dem Cranlower Luch. Nichts, aber auch nichts war den beiden gemein. Sie hätte viel dafür gegeben, wenn Jann mit derselben Offenheit, mit der er Solikante begegnete, auch Berlin begegnet wäre. Wenn er der Stadt wenigstens eine Chance gegeben hätte. Aber alle Offenheit, alle Lockerheit hatte er sich nicht für die Weltstadt, sondern für das Weltende reserviert.

Selbstbestimmt. Eigen. Mutig. Und immer mit einer klaren Agenda. So hatte sie ihn kennengelernt. Damals hieß das: zehntausend Flaschen täglich. Heute hieß das: im Sommer ein Schloss. Und nun also auch noch ein Dorffest. Nicht ihr Ding. Aber eine Kleinigkeit im Vergleich dazu, welchen Mann sie dafür zurückbekam. Sie schmiegte sich an ihn. Ganz dicht. Sie wusste, dass er darauf reagierte. Sie genoss es, ihn damit aufzuziehen.

»Da wird man ja janz kirre von, wenn man euch so zugucken tut«, sagte Karl Ole.
»Bleib ruhig noch«, sagte Ruth.
»Ick will nich weiter stören. Mir rufen die Hühner. Itzenplitz, komm!«

Sisal wollte Itzenplitz ein letztes Stück Stockbrot geben. Doch er würgte und spuckte einen sämigen, kurkumagelben Brei wieder aus.

Das Feuer war runtergebrannt, duftete aber noch immer nach Buchenholzrauch. In der Sonne welkte der Schnittlauch, den Ruth für Jann gesammelt hatte. Doch dafür hatten sie jetzt keine Zeit.

2.

Heribert Koch begrüßte sie mit den Worten, sie seien hier genau richtig, im Dorf wohne auch schon die Sekretärin von Christa Wolf. Dann überreichte er ihnen einen ansehnlichen Gutschein für den Cranlower *Toom*-Baumarkt. Jann gab ihm ein Bier, der Geheimrat trank aus der Flasche.

»Ist die nicht tot?«, fragte Jann.

»Ihre ehemalige Sekretärin«, sagte der Geheimrat. »Malt jetzt Bilder.«

»Ist uns eigentlich egal, ob jemand die Sekretärin von Christa Wolf oder Fußpflegerin ist«, sagte Ruth. »Hauptsache nett.«

»Ist sie. Was aber gar nicht geht, sind kurze Hosen, Gutsherr. Ein deutscher Mann trägt keine kurzen Hosen. Oder biste schon völlig weich in der Birne, von dem Zeug, was ihr da in Berlin alle roocht?«

Jann sah an sich herunter. Schief abgeschnittene, kurze Jeans. Er musste lachen. Einen angenehmen Knick in der Wahrnehmung schienen sie hier ja schon mal zu haben. Das hatte ihm immer schon gut gefallen: Wenn die Wahrnehmung seiner Mitmenschen ein kleines bisschen um die Ecke verlief. Etwas abseits der Mittellinie, wenn man so wollte. Etwas sagte ihm, dass das passen würde, mit ihm und den Bewohnern von Solikante. Sie schienen, was die Windungen ihrer Hirne betraf, füreinander geschaffen. Ruth aber war verstummt, des deutschen Mannes wegen, der keine kurzen Hosen trägt. Dabei konnte sie entspannen. Heribert Kochs Kopf klebte auf den Wahlplakaten der Linken.

»Und jetzt, Gutsherr, hältst ne Rede?«
»War der Plan, wenn alle da sind.«
»Bier schon wieder teurer geworden?«
»Wieso?«, fragte Jann.
»Na, weil ich kein neues krieg«, sagte der Geheimrat. Er drehte seine leergesogene Flasche um, spärliche, letzte Tropfen fielen in die heruntergesensten Brennnesseln.

Die Vorbereitungen hatten fast eine Woche in Anspruch genommen. Eine Woche, in der sie vor allem Platz geschafft hatten. Jann war allein zwei Tage am Sensen gewesen, um allen Gästen und dem Grill im Hof Platz zu bieten.

»Jedenfalls tolle Leute hier«, sagte Jann. »Frieda, Karl Ole, Kasiuk – wir haben schon richtige Freunde gefunden.«
»Wat? Die Suffköppe haste ooch alle einjeladen?«
»Gucken sich grade drinnen um.«
»Frieda ist kein Suffkopf«, sagte Ruth.
»Hätte ich gar nicht gedacht, dass wir so schnell Anschluss finden«, sagte Jann.
»Wieso, weil die Ossis noch immer alle beleidigt sind? Hör doch uff mit dem Gebrabbel. Ick kann dit Gejammer nich mehr hören. Dit war vor dreißig Jahren jewesen. Seither ist meine Tochter jeboren, uffjewachsen und ausjezogen.«
»Ich habe doch gar nicht gejammert. Im Gegenteil. Ich meinte –«
»Gutsherr. Hör mal zu. Warum sollte eener in Oberursel, oder wo de her bist, sein Leben ändern, nur weil hier der Staat zusam-

menjebrochen ist? Die einen haben jewonnen, die andern haben verloren. So einfach ist dit. Brauchste keen schlechtet Jewissen haben, deswegen. Uns jeht's hier viel zu jut für schlechtet Jewissen. Dit sag ick dir: viel zu jut!«

»Na ja, aber wenn hier einer von außen kommt und gleich das ganze Schloss kauft.«

»Wo siehste denn hier nen Schloss?«

Der Geheimrat legte die Hand an die Stirn und tat, als suche er nach etwas. Jann lachte, atmete aber auch durch. Nicht ganz einfach, seine Botschaft unterzubringen.

»Ich wollte eigentlich nur sagen, dass wir uns wohl fühlen, hier. Die Natur. Die Leute.«

»Ach du Scheiße, wieder so'n Grünling. Keen Jeld? Keen Diplom? Na, toll. Ick hab aber ooch Pech hier im Landkreis. Schon wieder Grünlinge. Die haben wir hier eigentlich schon zur Jenüge, hinten, inner Loose.«

»Diese Yvonne und Mike Fährenkötte, ihr Chef? Die kommen auch noch.«

»Na, danke. Könnt ihr Erdfest feiern und eure Regenwürmer jemeinsam roochen. Würstchen bald fertig?«

»Kommen sofort auf den Grill.«

Freibier und Freiwurst für alle. Jann gefiel das Motto. Doch Ruth zufolge klang *Freiwurst* wie *Freiwild*. Angeblich eine Band, die nicht bunt genug war oder gar antisemitisch. Was wusste Jann schon davon.

»Freibier? Für ein ganzes Dorf?«, hatte sie gesagt.
»Ruth. Für die Nachbarn. Wenn alle kommen, sind wir elf.«
»Ich meine nicht die Menge, ich meine die Geste?«

»Ich glaub nicht, dass man hier mit Freibier so richtig viel falsch machen kann.«

»Wenn Karl Ole über den Syrer herzieht, verlasse ich das Fest.«

»Wir können nicht ohne ihn feiern. So etwas geht hier nicht.«

»Okay. Aber ein Spruch, und ich geh.«

Doch dann das Wunder. Statt einen halben Tag darüber zu streiten, hatte sie nur gesagt: »Aber hey, feiern wir halt dieses Fest!« Und geholfen hatte sie auch. Mit diesen Ruthdingen: Bierbänke von einer langen Tafel zum kommunikativeren U umbauen, Blümchengedecke drauf, Papiergirlanden drüber. Jetzt, am Tag darauf, schnitt Jann die Bratwursttüten auf, einmal mehr wunderte er sich über die gallertige Masse, die zwischen den Würstchen hervorquoll. Er hatte die Bio-Würstchen bei *Lidl* bereits im Einkaufswagen gehabt, aber dann wieder aus dem Korb genommen. Man konnte sich ja auch auf weniger plumpe Weise unbeliebt machen.

Er stellte sich auf die andere Seite des Grills, um den Qualm nicht einzuatmen. Heribert Koch leerte gerade sein zweites Bier und tippte auf seinem Handy herum. Plante er eine Umgehungsstraße? Studierte er den Absatz seines Wasserwerks? Kommunizierte er mit dem Syrer? Wusste man im Handyzeitalter ja nicht mehr. Ruth stand etwas abseits mit Kate unter dem Kirschbaum. Sie hatten sich die Arme um die Schultern gelegt, tranken kalten Weißwein und starrten benommen aufs Feld.

Keine Frage, für welche der beiden Frauen er sich entscheiden würde, auch heute noch. Auch, wenn Kate wirklich unverschämt schlank aussah in dem gelben Kleid. Es stand Ruth, in einem durchgehenden Stück Stoff gekleidet zu sein, nicht in Hose und Bluse oder in Pullover und Rock, sondern in Sommerkleid, Skioverall, Nachthemd. Am liebsten eng anliegend. Und wenn Kate den Mund aufmachte, kam zwar ein Witz heraus, doch lachen konnte Jann nur mit Ruth.

»Dit is ja kaputter wie vorher«, rief Karl Ole ihm zu. »Wat haste denn überhaupt die janze Zeit hier jemacht? Pingpong inner Hosentasche jespielt, oder wat?«

Er kam eben mit Kasiuk und Frieda aus dem Schloss. Frieda trug Sisal auf dem Arm, als wäre sie noch ein Baby, und herzte und neckte sie mit Nasenstupsern und Küssen. Sisal konnte nicht genug kriegen davon.

»Und woher weißt du, wie's vorher aussah?«, fragte Jann. Er legte die ersten, braungebratenen Discounter-Würstchen auf die Einmalpappteller.

»Na, ick sach's mal so: Tür stand all die Jahre offen.«

»Daran wird sich nichts ändern«, sagte Jann. »Die Tür wird weiter für euch alle offen stehen. Wurst?«

»Icke. Senf.«

»Nun frag mal deinen Papa, sonst verfüttert der die alle an die Raubtiere hier. Kriegt deine Tochter vielleicht auch noch was ab?«

»Geschnitten, Sisal?«

»Aber ohne Ketchup und ohne Senf.«

»Dit Madamchen kommt nämlich ausser Stadt. Und Senf is nur für uns Russen.«

»Du bist Russe?«, fragte Jann.

»Nein, aber Kasiuk.«

»Wo ist der denn überhaupt?«

»Uff Arbeit.«

Karl Ole wies auf eine Bierbank, auf der Kasiuk saß und lächelnd, Schluck um Schluck, ein Bier nach dem anderen vernichtete. Als der erste Schwung Würste gebraten war, nahm Karl Ole Jann beiseite und entwarf zwischen drei Schlucken die Lösung aller anstehenden Probleme: Bei Heribert den Bulldozer ausleihen, Boden aufreißen und unterpflügen, dann Kartoffeln, Rüben und Getreide anbauen. Nebengelasse alle abreißen. Schloss außen kalken und innen die Wände rausnehmen, dann Tanzsaal. Auf keinen Fall Gas rein, Gas brachte nur einem was: dem Russen.

»Kasiuk?«
»Putin, du Idiot.«

Die Sonne brannte ihnen gewaltig im Nacken, Bremsen und Gnitzen lechzten nach ihrem Schweiß, Ruth machte die Musik an, spielte dann mit Frieda und Sisal Crocket, Jann öffnete Bier um Bier.

»Wenn ick wat nich haben kann, dann Wessis, die sich schämen, dass se Wessis sind«, hörte Jann eben den Geheimrat. Er hatte sich Kate geschnappt. »Hier muss sich keener für nüscht schämen. Jeder nach seiner Façon!«
»Danke, aber ich bin Ossi.«
»Oh. Ick dachte du bist aus Schöneberg.«
»Aufgewachsen in Köpenick.«
»Ach, Mädel, und was suchste dann hier, inner kasachischen Steppe?«
»Freundschaftsdienst.«
»Soso. Denn übernehm ick mal, wenn der Bengel nicht zu Potte kommt.«

Heribert Koch nahm zwei Bierflaschen und schlug sie gegeneinander, was keinen sonderlich lauten Effekt ergab, also klatschte er auch noch in seine breiten, weißen Hände.

»Ladies and Gentlemen, liebe Schwerenöter!«

Seine Stimme war solche Ansprachen gewöhnt, sie kam problemlos an gegen den Freudenschrei von Sisal, die eben einen roten Holzball durch das Tor bugsiert hatte. War ihm eigentlich recht, dass Heribert übernahm. Der träfe im Gegensatz zu ihm den richtigen Ton.

»Wir dürfen mit Freude feststellen, dass ein neuer Verrückter in unsre Mitte jefunden hat, ein deutscher Mann mit kurzen Hosen, der gloobt, der Steinhaufen da hinter mir sei ein Schloss! Noch is er zwar'n Grünling, aber dit werden wir ihm schon austreiben. Im Vorjespräch hat er mir verraten: Er kann nüscht, hat keen Jeld und keen Plan. In diesem Sinne: herzlich willkommen, Jann!«

Na toll. Das würde er sich noch wochenlang anhören müssen, dass eine Frau hier nichts zählte. Dabei war Heribert der neue Name sicher nur nicht auf die Schnelle eingefallen. In dem Moment lief Frieda auf Heribert zu und machte ihm ein Zeichen. Nanu? Wollte sie auch noch was sagen? Was war das, *Speakers' Corner*? Auch Frieda hatte sich ein Kleid angezogen, sehr steif, sehr dunkel, das irgendwie so aussah, als habe es seit zehn, zwanzig Jahren unter ihrer Arbeitskleidung gelegen, weil es keine passende Gelegenheit gab, es anzuziehen.

»Liebe Sisal, liebe Ruth, lieber Jann. Ich möchte euch eigentlich nur eines sagen. Ein einziges Wort nur. Dann ist meine Rede auch schon beendet. Und wir können die Musik wieder lauter stellen.«

»Prost?«, schlug Karl Ole vor.

»Willkommen«, sagte Frieda.

Da war selbst Karl Ole so erfreut, dass er Ruth, die neben ihm stand, kurzerhand in den Arm nahm, und ihr mit der versehrten Hand durch das Haar strich. Das tat er sonst nur bei seiner Liebesperle oder bei seiner Tochter Ingala, die nicht hatte kommen können, da sie Dienst hatte.

»Sag ick doch. Kam nüscht Jutet mehr nach'er Wende, außer ihr zwei beide mit der kleinen Maus.«

Jann wischte sich die fettigen Hände an der Jeans ab. Er wollte Frieda zuprosten, um sich für ihre Ansprache zu bedanken, aber die hatte nur Augen für Sisal. Und so suchte er nicht ihren Blick, sondern Ruths. Und Ruth, die zwischen Kate und Karl Ole unterm Kirschbaum stand, zwinkerte ihm bereits zu. Lächelte. Nickte.

»Lokalrunde! Nächste Runde geht auf mich!«, rief sie.

Alle lachten. Nahmen sich neue Biere. Ruth stellte die Musik lauter, spielte nicht *Arabesque*, spielte nicht *Beirut Express*, spielte einfach nur *Cranberries, No Doubt, 4 Non Blondes, Avril Lavigne* und anderen Mainstream, und er wusste, welche Überwindung Ruth das kostete, und diese Überwindung rührte ihn sehr. Ruth Korwaczek, dachte er. Meine Frau.

Frieda tanzte mit Sisal vor der Hundehütte, langsam, aber für eine Achtzigjährige sehr behände. Der Geheimrat trank Weißwein aus Kates Glas. Kasiuk sang mit und reckte die Faust, er kannte jede Songzeile. Karl Ole hielt Händchen mit seiner Liebesperle, die erst jetzt von ihrem Nebengelass rüber zum Gutshaus gekommen war und an seiner Bierflasche nippte. Und dann, als Jann sich selbst ein Bier aufmachte und eine kalt gewordene Wurst damit herunterspülte, spürte er Ruths Hände an seinen Hüften. Sie schmiegte sich an ihn, von hinten, wiegte sich ein wenig zu den vielgeklickten Hits, die reihum erkannt, geliebt, beklatscht wurden und offenbar auch ihr immer besser gefielen, sie knabberte an Janns Nacken.

»Auf Platz eins kommt Fußball«, hörte er Karl Ole zu seiner Liebesperle sagen, »aber auf Platz zwei kommst du!«
»Du warst doch nie mehr als Kreisliga«, sagte seine Liebesperle und gab Karl Ole einen Kuss.
»Schön hier«, sagte Ruth.

3.

Frühe Singvögel. Im Gegenlicht tanzender Staub. Ein nackter Jann neben ihr, der Sisal im Arm hielt. Die beiden waren vom Matratzenlager auf eine Schicht Hobelspäne und Sägemehl gerutscht. Ruth wollte aufstehen, doch sie sackte sofort wieder in sich zusammen. Rasende Kopfschmerzen. Irgendwo innen, tief hinter den Augen.

Ganz langsam erhob sie sich. Welcher der beiden Wasserhähne im ersten Stock funktionierte noch mal? Der im Saal war abgeklemmt. Das Bad hatte keinen. Ach, richtig, sie musste rüber, in die sogenannte Küche. Sie stieg über Jann und Sisal hinweg und stellte sich, ebenfalls nackt, vor das große, bodentiefe Fenster.

Das Glas war voller Dreck, voller Schlieren, aber wenn sie den Blick nicht auf Nähe, sondern auf Ferne einstellte, wurde sie mit einem weiten, freien Horizont belohnt. Weiches Morgenlicht über den Feldern, Obstbäume entlang der Alleen, die bewaldeten Höhen, ein Teich, ein Mühlenfließ. Sie atmete ein, schloss die Augen, strich sich mit den Händen über ihre nackte Haut, über ihren Busen, ihre Taille, ihren Bauch.

Was für eine Nacht. Was für ein Abend. Was für ein Fest. In der Küche beugte sie sich unter den Wasserhahn und trank, nässte sich den Nacken, die Stirn. Das Wasser war frisch, schmeckte aber nach Eisen. Die Kopfschmerzen ließen nach, sie würden Ruth den Tag über begleiten, aber an Bedeutung verlieren. Sie lief ein wenig umher, in der kasernengroßen Küche ohne Herd, in dem stattlichen Bad ohne Wanne, in einer Art Vestibül, einer Art Boudoir mit alten, blumengeschmückten Tapeten.

Sie waren sich den ganzen Abend lang mit Blicken gefolgt. Zwischen ihnen hatte sich etwas aufgetan, was es seit der Entbindung nicht mehr gegeben hatte. Das Bühnenhafte des Festes. Die überdrehten, großartigen Gäste. Das drohende Schloss im Nacken. Sisal schlafend in Friedas Armen. Die Lampions nach Einbruch der Dunkelheit. Kate, Arm in Arm mit dem Geheimrat. Der Alkohol, ja, auch der. All das, und noch etwas, was sie nicht zu benennen wusste, hatte zu einer zunehmend fahrigen Ungeduld geführt, Jann endlich auszuziehen.

In der Nacht war es ihnen gelungen. Ganz beiläufig. Ganz unbeabsichtigt. Das, was sie im Stillen Janns Angst vor dem Altwerden nannte, hatten sie in dieser Nacht mit Leichtigkeit besiegt. Jann spielte nichts nach, folgte keinem inneren Skript, und tat doch nichts von dem, was er sonst tat. Sie schliefen nicht miteinander, wie sie es seit Jahren taten. Es hatte neuen Raum zwischen ihren Körpern gegeben, neue Winkel, andere Reibungspunkte, ein neues Setting, zuerst in der Mitte des weiten, leeren Saales, von dessen unverputzten Wänden ihr Keuchen zurückgeworfen wurde. Ruth mochte es, wenn Jann betrunken mit ihr schlief, er weniger rücksichtsvoll war, egoistischer, härter in seinen Bewegungen. Am Ende hatte sie auf dem Absatz der gewendelten Treppe gekniet, war Jann hinter ihr gestanden, hatte Sisal sie zu sich gerufen, aufgeschreckt aus einem verstörenden Traum. Daran wenigstens hatte auch diese magische Nacht nichts geändert.

Zum Fest waren alle gekommen. Sogar Kate. Damit hatte Ruth nicht gerechnet. Zunächst hatte Kate massiv abgeraten. Das *Brandenburg-Ding*, wie sie es nannte, vernichte binnen drei Monaten jede Ehe, da habe sie Erfahrung, am Ende seien alle pleite, Alkoholiker oder frustriert, wenn nicht alles auf einmal. Doch als die Entscheidung gefallen und Jann tatsächlich ins Grundbuch eingetragen war, hatte sie nur gesagt: *Aber natürlich komme ich zur Einweihung. Und dann pflanzen wir einen Freundschaftsbaum!* Jetzt schlief sie, mangels Betten, in ihrem Auto auf der Dorfstraße, das heißt – oh, Gott. Hatte sie nicht noch irgendetwas von nach Hause fahren geträllert? Dass sie den Wein nicht im Geringsten spüre und noch völlig klar sei, im Kopf? Sie war nicht ernsthaft in ihrem Zustand nach Schöneberg gefahren?

Ruth überlegte, von welchem Zimmer sie freien Blick auf die Dorfstraße hatte. Hinter der dritten Tür fand sie eines. Sie beugte sich aus dem Fenster. Kein Auto. Keine Kate. Pochend kamen die Kopfschmerzen zurück. Am Ende, als alle schon tanzten, da waren doch noch Yvonne, Johann und dieser Mike Fährenkötte gekommen? Und Yvonne, hatte die nicht gesagt, die Musik sei zu laut, zu poppig für ihr ungeborenes Kind? Das hatte Kate doch noch gehört? Da hatten sie sich doch noch gemeinsam drüber lustig gemacht? Sie musste dringend Jann wecken und ihre Erinnerung abgleichen. Waren sie nicht auch auf dieser Loose verabredet? Es schien ihr so. Mein Gott, was für eine Nacht.

Jann wusste gar nichts mehr. Aber als er sie nackt vor sich sah, trug er ein breites, glückliches Lächeln im Gesicht. Yvonne? Schwanger? Falsche Musik? Na ja. War er nicht unbedingt von überzeugt. Kate besoffen im Auto nach Schöneberg? Och, nö. Glaubte er nicht. Verabredung? Ja, unter Umständen, also das könne sein. Er blickte auf sein Handy, elf Uhr, und sprang aus dem Bett, ja, doch, sie seien zu Mittag auf dieser Loose verabredet.

»Was ist das überhaupt?«
»Eine Alleinlage?«
»Na, lose scheint bei denen ja einiges zu sein, wenn man dem Dorffunk glaubt.«
»Ist das nicht schön, dass wir den schon mitkriegen?«
»Mitkriegen? Warte mal ab. In Kürze senden wir den.«

Auf einmal fragte Sisal, wo Frieda eigentlich sei. Sie wolle jetzt, sofort und auf der Stelle Frieda sehen. Sie steigerte sich in ihre Friedasehnsucht, bis sie heulte. Ein Tag ohne Frieda ergab offenbar keinen Sinn. Nach einem Frühstück, das vorrangig aus Leitungswasser, Ibuprofen und Überredungsversuchen bestand, dass Sisal auch ohne Frieda zu dieser Loose mitgehen möge, brachen sie auf.

Der Mittag war warm und ein wenig schwül, sie schlugen nach Mücken, aber sie lachten dabei, das Korn stand gelb bis zum Horizont, und dass es exakt so aussah wie in der Malzkaffeewerbung, das war ihr einen morgendlichen Spaziergang mir ihrer Familie lang einfach einmal egal.

Auf halbem Weg passierten sie eine Ruine, die mit Gittern abgesperrt war. Die Ruine sah seltsam zwittrig aus, seltsam unentschieden, der eine Teil schien weitgehend fertiggestellt zu sein, ein hoher, breiter Kühlturm, daneben stand sein luftiger Zwilling, der nur aus den Roheisenträgern und jeder Menge dazwischen hervorsehendem Himmel bestand.

Nach einem langen, geschlungenen Feldweg, der von Birken und Holunder gesäumt war, erreichten sie einen Schlagbaum und ein Holzschild, dessen Buchstaben mit dem Lötkolben eingebrannt waren.

> *Solikante Loose*
> *Biologisch wirtschaftender Betrieb in Umstellung*
> *Schamanismus-Seminare*
> *Schwitzhütten*

Der Schlagbaum ging von alleine auf. Eine elektrische Schranke? Wurden sie etwa gefilmt? Kaum hatten sie das Grundstück betreten, kam ihnen Yvonne mit Babybauch und einem Kleid entgegen, das einen Zentner Rüben nicht weniger passend umschlossen hätte. Sie ging nicht, sondern schaukelte, war in dieses *Seht-her-ich-werde-Mutter*-Schwanken verfallen, das Ruth bei Schwangeren immer schon abgestoßen hatte.

Yvonne umarmte sie alle drei, in beachtenswerter Langsamkeit und Ausdauer, von Jann schien sie sich gar nicht mehr zu lösen, küsste dann Sisals Stirn.

»Finden wir ja toll, dass ihr die Leute aus dem Dorf einladet. Wir können mit denen irgendwie nicht.«
»Die waren doch alle sehr lustig!«
»Ja, aber dann auch diese Musik. Und der Rauch von den Würstchen, das war nichts für Max.«

Sie streichelte über ihre Babykugel.

»Wann ist es denn so weit?«, fragte Ruth.
»Ich weiß nicht. Das weiß nur Max.«

»Ja, aber ich meine, wann ist der VET?«
»Haben wir nicht berechnet. Wir nehmen Max, wann er will.«

Das Grundstück sah nicht aus, wie Ruth sich einen Bio-Betrieb vorgestellt hatte. Im Gegenteil. Salat-Setzlinge in langen, pfeilgeraden Reihen, hart geschnittene Rasenkanten zwischen den Beeten. Bohnenstangen aufrecht wie Soldaten beim Appell. Nirgendwo wuchs etwas durcheinander, nirgendwo kringelte sich etwas oder faulte auch nur ein Vorjahresblatt. Erst jetzt fiel ihr auf, dass Beete und Felder sternförmig um einen großen, leeren Sandplatz ausgerichtet waren. Auch der war sauber gerecht und gekämmt. Als Yvonne ihn in ihrem schaukelnden Gang erreichte, legte sie den Finger vor die Lippen.

»Ist das ein Sandkasten?«, fragte Sisal.
»Kannst du bitte still sein, auf der Sonne?«
»Auf der Sonne? Papa sagt, das ist viel zu heiß.«
»Könnt ihr eurem Kind bitte sagen, dass wir nicht gerne sprechen, wenn wir auf der Sonne sind?«
»Ich weiß nicht. Wenn sie sprechen will? Dann gehen wir vielleicht lieber wieder runter.«

Ruth schnappte sich Sisal und zog sie von dem sternförmigen Schweigegelübde herunter. Sie wollte hier möglichst schnell weg, um mit Sisal und Jann im Hof ihres neuen Schlosses in der Sonne zu sitzen und Croissants zu frühstücken. Falls sie hier welche kriegte.

»Wenn wir uns der Energiequelle Licht stärker bewusst wären, könnten wir auf sehr viel stoffliche Nahrung verzichten. Wir müssen nur genauer hinspüren, wenn wir essen wollen, dann könnten wir sogar das Trinken weitgehend weglassen.«

»Stimmt das, Papa?«

»Nein, das stimmt nicht«, sagte Ruth.

»Hör doch erst mal zu«, sagte Jann. »Ist doch interessant. Wie meinst du das, Yvonne? Und ist das nicht gefährlich, wenn man schwanger ist?«

»Gefährlich ist, die ganzen in Plastik geschweißten Pestizide aus dem Supermarkt in sich hineinzustecken. Das sollte man nicht tun, wenn man schwanger ist. An Lichtnahrung aber sehe ich nichts Gefährliches. Es ist ja kein Fasten. Es ist Genuss.«

»Mama, isst die Frau Licht?«

»Ich glaube nicht.«

»Doch, doch, so kann man das sagen. Ich esse es nicht nur, ich bin es auch. Am Ende sind wir ja alle Licht.«

»Ich nicht«, sagte Sisal.

»Doch, du auch. Nur eben in verschiedenen Frequenzen.«

»Wie schmeckt denn Licht überhaupt?«, wollte Sisal wissen.

»Nach Zitrone«, sagte Yvonne.

Ruth war verärgert, sie wollte nicht, dass man ihrer Tochter diesen Unsinn beibrachte. Sie versuchte, Jann zum Gehen aufzufordern, aber der interessierte sich auf einmal für das, was er sah. Plauderte mit Yvonne über Gewächshäuser, Folientunnel, Komposthaufen, probierte die Wörter *Lichtnahrung*, *Schwitzhütte* und *Visionsfasten* wie neue Gewürze, folgte Yvonne dabei stets auf dem Fuß. Sie kamen an einem Gewächshaus vorbei, darin hingen, an senkrecht gezogenen Schnüren, Gurken und Paprika. Die Erde zwischen den Stauden wirkte wie frisch gesiebt, wie hingemalt. Eigentlich hatte Ruth sich gefreut auf die Besichtigung. *Biobetrieb,* das klang nach Farbigkeit und Chaos, nach Ineinanderfließen und Verwachsen, nach irgendwas mit Permakultur: Alles geht aus allem hervor. Jedenfalls nicht nach dieser perfekten Gerecktheit an der Bohnenstange.

Schließlich erreichten sie, wie Yvonne sagte, den Mondacker. Mike und Johann standen in Gummistiefeln im trockenen Acker und versprühten irgendein Gift. Als Johann sie sah, stiefelte er über die Scholle, umarmte Yvonne, dann Ruth, dann Jann, dann Sisal, die sich ihm entwand. Sisal ließ sich nur von ihren Eltern umarmen. Und neuerdings von Frieda und Itzenplitz.

»Was sprüht ihr?«, fragte Yvonne.
»Natürlichen Dünger.«
»Sieht aus wie Chemie«, sagte Ruth.
»Ist es aber nicht.«
»Es löst sich jetzt langsam auf. Und Mutter Erde nimmt sich, was wir ihr zuvor genommen haben.«
»Das finde ich schön. Ich liebe dich, Johann.«

Was für ein Waschlappen, dachte Ruth. Klarer Fall von Überassimilation an feministische Rollenmodelle. Solche Typen wie Johann, mit ihrem Bartflaum und ihrer sanften Stimme, machten sie passiv aggressiv.

Doch dann kam Mike auf sie zu. Er wirkte neben Yvonne und Johann wie der Angehörige eines dritten Geschlechts. Jeans. Stiefel. Ein Hemd. Kariert. Halb offen. Wenn diese ewigen Gen-Geschichten stimmten (sie stimmten natürlich nicht), dann war er mit einem eckigen Kinn eher der Mann für die Nacht als für die Familie. Alles Blödsinn, natürlich. War ja immer alles Blödsinn, sobald jemand von den Genen sprach. Und doch fragte sie sich, ob der auch was hatte mit dieser Yvonne. Keine Frage, schöne Augen hatte er.

»Ähm, hallo, ich bin Ruth«, sagte sie. »Wir sind die Neuen hinten im Gutshaus.«

»Mike Fährenkötte. Aber wir haben uns doch gestern schon kennengelernt.«

»Ach, richtig. War schon etwas spät.«

»Ihr habt ja auch ganz schön gesoffen«, sagte Mike.

»Ja? Ist mir nicht aufgefallen. Schade aber, dass ihr so schnell weg wart.«

»Nehmt das nicht persönlich, wir sind eigentlich nie hinten, bei denen aus dem Dorf.«

»Da entgeht euch was«, sagte Jann.

»Jann ist ihr größter Fan«, erklärte Ruth.

»Na ja, und dann immer nur hier auf der Loose?«, sagte er. »Wird man da nicht ein wenig – nun ja. Fehlen einem da nicht ein paar Anregungen, oder so?«

Jann lächelte ihr zu. Sie liebte ihren Mann. Sie liebte seine Art, hinter dem, was er sagte, etwas anderes zu verstecken, ohne aber das Gesagte nicht ernst zu meinen. Das musste man erst einmal hinbekommen: ironisch, ohne zynisch zu sein. Mike tat, als führe er eine Flasche an den Mund.

»Also, auf diese Art Anregung können wir hier verzichten. Und wir haben auch viel Besuch aus der Stadt. Für nächstes Jahr planen wir sogar ein Rainbow Festival.«

»Was ist das, freie Liebe?«, fragte Jann.

»Nein. Wir befassen uns hier viel mit Licht und Ernährung. Aber ja, auch mit Partnerschaft und Sexualität.«

»Das ist ja interessant«, sagte Jann. »Und was lernt man da so, über Sexualität?«

»Vor allem, sich vom Besitzdenken zu verabschieden. *Mein* Mann. *Meine* Frau. Das macht den anderen zum Objekt. Aber – *lernen*, das ist eigentlich der falsche Ansatz. Wir machen keine Übungsseminare. Es gibt kein Richtig oder Falsch.«

»Alles, was falsch ist, ist auch richtig«, sagte Yvonne. »Alles Richtige ist auch falsch.«

»Dann ist man hinterher aber so schlau wie zuvor?«, fragte Ruth.

»Wir wollen nicht schlauer werden. Wir wollen nur unser Land zurück«, sagte Mike.

»Habt ihr denn welches verpachtet?«

»Deutschland, meinte ich.«

»Was?«

»Ja, wir wollen es den Konzernen wegnehmen, und wieder selbst bewirtschaften. Dazu kaufen wir hier ein Stück Land nach dem anderen auf.«

»Ist das nicht teuer?«, fragte Jann.

»Wenn man noch das ganze Asbest loswerden muss, schon.«

»Asbest!«

»Ja, in der Kraftwerksruine, da hinten. Die hätten wir auch ganz gern. Kommen wir aber nicht dran.«

»Wegen dem Syrer?«

»Wir sorgen uns, wie er umgehen wird mit dem Land. Für ihn ist es nur ein Spekulationsgut. Wir brauchen aber einen ganz anderen Zugang, auch untereinander, zwischen den Geschlechtern. Je fairer wir mit unseren Mitmenschen umgehen, umso fairer behandeln wir auch die Natur.«

Ruth stöhnte leise, da halfen die schönsten Augen nichts. Offenbar gab es hier nur zwei Möglichkeiten. Entweder die offenliegende Binse oder aber den esoterischen Schwachsinn. Entweder: *Wir müssen fair miteinander umgehen*, oder aber: *Licht schmeckt nach Zitrone*. Irgendwie vermisste sie da einen praktischen Ansatz. Eine Analyse. Einen Lösungsweg. Aber was grinste Mike nun auf einmal so seltsam?

»Jann? Ich glaube, Sisal hat Hunger. Wir müssten dann mal.«
»Wir haben noch Hirsebrei«, sagte Yvonne.
»Ach, schade«, sagte Ruth. »Sisal ist gegen Hirse leider allergisch.«

Auf dem Rückweg, den Jann vor allem mit dem Ausprobieren der neu erlernten Wörter verbrachte, »Mondphasen«, »Chanupa-Pfeife«, »Großvätergebet«, blieb Jann vor der Bauruine stehen, wahrscheinlich, um sie auf Asbest hin abzusuchen, doch Ruth zog ihn weiter, nach der Loose benötigte sie einen möglichst starken Kaffee.

»Das sind doch alles Faschisten!«, sagte sie, als sie das Ortsschild Solikante (Gut) erreichten. »Da ist mir ein bisschen Angst vor dem Syrer noch lieber, als dieser Blut-und-Boden-Brei.«
»Hirse. Es war Hirsebrei.«
»Hirse, Blut und Boden«, sagte Ruth.
»Schlägt mir auf den Hoden«, dichtete Jann. »Aber mal im Ernst. Sie glauben an das, was sie tun. Sie schaden niemandem damit. Irgendwie fand ich es auch interessant. Und wie sie da so zusammenleben, zu dritt –«
»Kannste vergessen«, sagte Ruth schnell. »Die tun nur offen. Mike ist ihr Chef, Johann ihr Mann. Ganz bürgerlich.«
»Und woher willst du das wissen?«
»Weil es zu dritt nun mal nicht funktioniert. Vergiss es.«
»Kann ich Pfannkuchen?«, sagte Sisal.
»Kannst du Pfannkuchen – was? Backen? Riechen?«
»Ach, Mama. Kann ich?«
»Wenn wir irgendwo Mehl, Milch und einen Herd finden, gerne, mein Schatz.«
»Eier haben wir auch nicht«, sagte Jann.

Auf der Apfelallee, die zum Schloss führte, kam ihnen Karl Ole entgegen. Fluchend, mit sich selbst sprechend, offenbar hatte sich wieder eines seiner Hühner nicht benommen. Er lief ein wenig gebückt, so dass er sie nicht kommen sah, bevor er unmittelbar vor ihnen stand. Sein Hund Itzenplitz hechelte, er trug ein scheußliches Ödem unter dem Hals. Karl Ole gab Jann die Hand. Wollte auch Ruth die Hand geben. Doch Ruth fiel ihm kurzerhand um den Hals. Karl Ole setzte erschrocken einen Schritt zurück.

»Nanu, Mädel. Wat is denn nu los? Ham wa Frühlingsjefühle jetankt?«

»Sie war in der Loose«, erklärte Jann.

»Ach, na denn is mir allet klar.«

Sie betraten den Schlosshof, der durch die Spuren des Festes nicht versehrt, sondern belebt aussah. Die Lampions. Die gesenste Fläche. Der Grill. Es war beinahe wohnlich geworden, im Hof. Jann kochte Kaffee und setzte für Sisal heißes Wasser auf. Sie mussten dringend nach Kebekow zu Emma, um Milch zu holen. Dann frühstückten sie keine Pfannkuchen, sondern Knäckebrot mit Frischkäse. Sie saßen auf der Empore vor dem Eingang, im Nacken die gewendelte Treppe, auf der sie in der Nacht miteinander geschlafen hatten. Bienen summten an ihnen vorbei. Das Vibrieren in ihrer Tasche hätte sie darüber fast nicht gehört.

Oh Gott, wäre fast gegen einen Baum gegurkt.
Was für Alleen! Habe dann irgendwo auf dem Feld
im Auto geschlafen. Wurde von einem Bauern
geweckt. Nicht so geweckt, Ruth, einfach nur
geweckt. Und nun werdet glücklich, da draußen.
Kate.

*Danke! Und keine Sorge, ich komme schon
wieder zurück. Ruth.*

Nach dem Frühstück taten sie das, was sie in diesen Tagen täglich taten und für das Jann einen schönen Ausdruck gefunden hatte: Sie tanzten das *Schlossherrenballett*. Zum Bahnhof laufen. In die Kreisstadt fahren. Bei *Toom* einen Transporter leihen und Farbeimer, Aluminiumleitern, Teleskoppinsel, Putzspachtel, Schraubensets, Campingstühle nach Solikante fahren. Den Transporter zurückgeben und mit der Bahn zum Schloss zurückfahren. Und am nächsten Tag wieder von vorn. Auch so konnte man seinen Sommer verbringen.

Aber an der Kasse bei *Toom* gab es Eis, bei *Lenchens Würstchenbude* Pommes und Bier, und hin und wieder brachten sie nicht nur Holzlatten und Schraubenzieher, sondern auch ein paar Kräuterstauden, Rosmarin, Thymian, Majoran oder, wie heute, sogar ein zwei Meter hohes Gewürzregal mit. Ruth wusste nicht, warum Jann sie ständig mit einer Dunstabzugshaube aufzog, sobald sie etwas kaufte, das sich nicht im Sinne deutscher Handwerkerlogik nutzen ließ. Sie wollte keine Dunstabzugshaube, sie hasste Dunstabzugshauben, seit ihr Vater in der Eifel einen schwer erträglichen Ingenieurskult darum betrieben hatte (Saugleistung, Energiekoeffizient, Lautstärke). Außerdem: Was sollten sie mit einer Dunstabzugshaube, sie hatten ja nicht einmal einen Herd.

Gemäß der Friedrich'schen Direktive, dass Ruth es auch in Solikante bunt haben könne und sie die Farben notfalls einfach von Berlin mitbrächten, hatte Ruth Chilifäden und Nelken, Kreuzkümmel und Kurkuma, Garam Massala und Fenchelsamen, Koriander und Ingwerpulver aus dem *Turkish delight* in der Potse mit nach Solikante gebracht. Es machte sie glücklich, die Gewürze in das Regal einzusortieren. Irgendwann würde sie mit ihnen schon noch kochen können. Die pure Präsenz der Gewürze in Solikante beruhigte sie. Ganz so, wie viele ihrer Klienten rund um die Uhr eine *Tavor* mit sich trugen, die sie niemals nutzten, aber sofort benötigen würden, wenn sie sie nicht dabeihätten.

Jann stand derweil schon wieder in kurzen Hosen und freiem Oberkörper an der Fassade und klopfte den im Zweiten Weltkrieg zerschossenen Putz herunter. Dreimal waren sie durch die Dorfstraße marodiert, erst die Russen nach Westen, dann die Deutschen nach Osten, dann die Russen wieder nach Westen, wobei es dann vierzig Jahre lang mehr oder weniger blieb, bis die Autoverkäufer und Versicherungsvertreter wieder nach Osten rückten. Ruth hatte die Einschusslöcher hinter Plexiglas versiegeln wollen, als Andenken an die Befreiung, doch Jann hatte das als dem Dorf gegenüber unzumutbar abgelehnt. Im Dorf fordere man einen glatten, sauberen Putz.

Ruth gefiel die archaische Arbeitsteilung zwischen den Geschlechtern, er: Abrisshammer, sie: Gewürzregal. Sie nahm nicht an, dass er sie ernst meinte, seine neue Liebe zu Hammer, Meißel und abendlichem Grill, sondern nur ein paar Wochen lang ein neues Lebensmodell sondierte, um es dann umso harscher zurückzuweisen. Ruth verstand nicht, warum er nicht einfach um den alten Putz herum mörteln konnte, warum das alles so glatt sein musste, aber Jann kloppte alles restlos herunter, und sie hatten da eine klare Abmachung getroffen, bevor Jann den Kaufvertrag tatsächlich gezeichnet hatte: Ruth musste sich an Renovierung und Finanzierung nicht beteiligen. Sisal würde in Berlin eingeschult werden. Und sie würden niemals, niemals hier einziehen. Handschlag. Langer Blick in die Augen. Kuss.

Sie betrachtete Solikante als ein etwas aufwendiges Therapieangebot. Und während Jann vom Schloss therapiert wurde, übernahm sie selbst die Supervision. Sie klopfte das Schloss auf Tauglichkeit ab. Nicht im Wortsinne natürlich, sonst wäre es nur eingestürzt. Sie sorgte im Hintergrund dafür, dass die Therapie gelang. Ihr täglicher Gang mit Sisal über die Felder, der hatte mit Einkaufen im städtischen Sinne nichts gemein. Das war die reine Erholung. Selbst wenn sie am Ende mit Milch, Käse, Brot und fertigem Kartoffelsalat von Emma aus Kebekow zurückkamen. Und das Zubereiten der Fertigspeisen in der höfischen Sonne oder, bei zu großer Hitze, unterm Kirschbaum: das machte sie doch nicht zum Heimchen, so ganz ohne Herd. Sie mochte es, wenn Jann in einer Arbeitspause, verstaubt und verschwitzt, mit irrwitzigen Farbsprenklern, auftauchte und sich über das Essen hermachte wie ein Straßenhund.

»Glaubst du wirklich, es ist eine gute Idee, mit der Fassade anzufangen?«, fragte sie, während sie kaltes Wasser mit Blättchen wilder Minze ausschenkte und Weißbrote mit Butter beschmierte, dünn für Sisal, fingerdick für ihren Mann.

»Nicht schon wieder, Ruth. Du kriegst schon noch dein Zimmer.«

»Ich dachte eher an die Küche.«

»Ich hätte gern ein Klo, sagte Sisal. »Alle in der Kita haben ein Klo zu Hause. Muhtar, Ciğdem, Melek –«

»Küche, Bad, Zimmer für Sisal, Zimmer für Ruth, wird alles gemacht, nun geduldet euch doch erst mal. Wie lange sind wir hier? Sechs Wochen?«

»Aber wozu soll das gut sein, mit dieser Fassade?«

»Das bin ich den Nachbarn schuldig.«

»Den Nachbarn? Oder dir?«

»Was soll denn das nun wieder heißen?«

»Na ja, schmuck sieht das natürlich schon aus. So repräsentativ. Das wolltest du doch immer.«

»Aber dahinter ist nur ein schwarzes Loch«, sagte Sisal.

»Es ist Sommer«, sagte Jann. »Du musst nicht in das schwarze Loch. Dafür sind wir doch hier. Damit du draußen spielen kannst. Ich weiß eh nicht, ob der Moder da im Foyer gut ist für sie«, sagte er zu Ruth.

»Ich hab dir von Anfang an gesagt, dass das Ding schimmelt.«

Sisals Zimmer war bereits fertig. Und die gemeinsamen Stunden zwischen Tapetenfetzen und Farbrollen wollte sie nicht missen. Doch nach der Fassade hatte Jann eine Art Baustopp verhängt. Es war die Zeit, in der sich erste Sprechpausen vor das Wort Schloss einschlichen. *Ganz schön dunkel, in so einem – – Schloss.* Statt die Küche in Angriff zu nehmen, hatte Jann dreitausend Euro in die Fassade investiert. Er hatte sogar Schmuckstrahler gekauft, für die abendliche Beleuchtung. Statt von unten nach oben vorzugehen, oder von oben nach unten, hatte er erst einmal eine kleine, kaum vier Quadratmeter umfassende, eitle Fläche fertiggestellt, die er Nacht für Nacht anleuchtete.

Für Ruths Zimmer hingegen fehlte das Geld, fehlte die Zeit. Sie wusste endgültig nicht mehr, was sie glauben sollte. War er nun pleite oder nicht? Das ausbleibende Geld von *Airbnb* schien nicht weiter ins Gewicht zu fallen. So hoch konnten seine Rücklagen aber auch wieder nicht sein. Seine Pleite war fast zehn Jahre her. Offenbar war es so: leuchtete ihm etwas ein (Fassade), hatte er Geld. Leuchtete ihm etwas nicht ein (Bad mit Tür), war er pleite.

Sisal schrie auf. Sie war barfuß in einen Baunagel getreten, na super, Jann. Super fürsorglich, die Dinger hier herumliegen zu lassen. Und jetzt? Krankenhaus? Aber wo war hier überhaupt eins? War Sisal geimpft, Tetanus? Und das gelbe Heft? Wo war das? In Berlin? Hätten sie vielleicht mal mitnehmen können. Jann hielt Sisal auf dem Arm und untersuchte ihren Fuß. Kein Baunagel. Kein Blut. Nur eine Wespe. Jann hob Sisal vorsichtig ins Gras und nahm ihren winzigen Fuß weitgehend in den Mund und saugte daran. Also, Freud hin oder her, das war nun wirklich ein seltsames Bild. Jann nickte ihr zu, meinte wohl, den Stachel gefunden zu haben, und spuckte ins Gras.

»Besser, mein Engel?«
»Ich glaub, ich muss vielleicht ein Eis.«
»Kriegst du«, sagte Jann, »Mama geht dir nachher eins kaufen.«
»Bei Emma in Kebekow gibt es keins.«
»Dann kauf ihr Schokolade.«
»Wollen wir nicht mal wieder in Berlin ein Eis essen?«
»Netter Versuch«, sagte Jann.

4.

»Ich mach jetzt noch das Licht in der Küche, und dann trinken wir was unterm Kirschbaum, ok?«

»Aber nur ohne Fluchen. Ich ertrage es nicht mehr, wenn du fluchst.«

Fluchen? Aber warum? Es war nur ein wenig Putz von der Wand zu spitzen, die Verteilerdose zu finden, ein neues Kabel zu verlegen und neu zu überputzen sowie der Schalter anzuschließen. Und es lag sogar ein eigener Belegplan für die Buchsen bei. Idiotensicher.

Er hackte in die nackte Wand. Putz bröckelte ihm entgegen, Sandstaub legte sich ihm ins Gesicht. Er band sich eine Atemmaske um. Nach einigen Minuten hatte er einen ausreichend tiefen Schacht freigelegt. Kabel ablängen und abisolieren. Kinderspiel. Jetzt die Messingenden in die Buchsen und festschrauben. Wer sagte denn, dass er nur unter Flüchen zum Arbeiten fähig war? Nur weil die Fassade seine Kräfte ein wenig überstiegen hatte?

Sie hätte ihn ja auch vorwarnen können. Am Ende, als er sich umdrehte, nackt, am ganzen Körper nass vor Schweiß, waren nicht nur Sisal und Ruth, sondern auch Karl Ole, seine Liebesperle und Frieda unter ihm auf der Dorfstraße gestanden. Kopfschüttelnd. Schweigsam. Entsetzt. Ja, gut: er hatte ein wenig mit seinem Putzhammer geschimpft, auf der kleinen Hebebühne. Den Hammer vielleicht gar ein wenig angeschrien. Aber er hatte doch nicht *Du Rotzlümmel, ich hol den Putz gleich per Hand runter, wenn du nicht spurst!* gerufen. Mit gerolltem R und einer Rammstein-Stimme, wie Ruth im Anschluss behauptete? Völlig abwegig. Es lag nicht in seinem Naturell, sich mit Hämmern zu unterhalten.

Doch dann, ja, zugegeben, hatte er ihn ein wenig geschwungen, den Hammer. So von oben herab. Ein bisschen auf die Idioten gezielt, da unten, die sich in aller Stille über ihn lustig machten. Mal ehrlich: Welche Frau ließ es zu, dass ihr Mann in diese Situation geriet? Wie lange standen die schon da unten? Und warum hatte sie ihn nicht vorgewarnt? Ja, er war nackt gewesen. Ja, er hatte auf die Bagage gezielt. Aber doch nicht auf seine Tochter! Warum behauptete sie immer den größten anzunehmenden Unsinn? Er hatte überhaupt auf niemanden gezielt. Es mehr so als – Spaß gemeint. Eigentlich hatte er nur den Schreck überspielen wollen. In keinem Fall durfte es so aussehen, als spreche er nackt mit Hämmern.

»Jann, lass sofort den Hammer fallen. Und zieh dir bitte was an!«

Das war Ruth gewesen. Hysterisch. Als laufe er Amok und trage eine Waffe. Als bahne sich ein Familiendrama an. Sie schnappte sich Sisal und entfernte sich einige Meter. Karl Ole schüttelte immer weiter pathetisch den Kopf. Und dann, ja, hätte er den Hammer vielleicht einfach ablegen sollen. Statt ihn auf die Dorfstraße zu schmeißen. Aber wenn dieser vermaledeite Putz auch nicht abging! Da konnte einen wohl mal die Wut packen? Das war ja wohl, alles in allem, leicht zu verstehen?

Die Folge seines Hammerwurfs: ein weiterer Abend mit schlechter Laune. Kein gemeinsamer Sonnenuntergang. Kein Sex. Aber er konnte ja nicht den ganzen Tag lang das Lämmchen spielen, nur weil Ruth sonst nicht mit ihm schlief. Was war denn das für eine dämliche Erpressung? Und wie sollte ein Lämmchen, bitte sehr, ein ganzes Schloss renovieren? Da brauchte es dann schon einen Bock.

Wie es zu dem Hammerwurf überhaupt gekommen war, interessierte Ruth natürlich nicht. Dass Jann ganz friedlich, mindestens zwei Stunden lang, Putz gekloppt hatte. Dass dann Karl Ole gekommen war und behauptete, er benutze den falschen Hammer. *Dit ist für Dachstuhl nageln, nich für Putz abklöppeln!* Er hatte Jann den richtigen Hammer vorbeigebracht. Danach, pünktlich zum Hammerwechsel, stieß Jann auf Baunägel in den Fachwerkhölzern. Die wiederum mit dem neuen Putzhammer nicht zu entfernen waren. Beim Hammerwechsel fiel ihm einer der Hämmer auf den Fuß.

Als die Nägel draußen waren, stürzte der Putzhammer vom Gerüst. Absteigen. Hammer in den Brennnesseln suchen. Oberarme verbrennen, böses Jucken. Deswegen, nur deswegen, hatte er oben auf dem Gerüst die Hose ausgezogen. Weil es ihn darin juckte. Dazu irgendwelche Käfer in der Unterhose. Also weg damit. Das hatte nichts Sexuelles, da brauchte Ruth gar nicht erst mit anfangen. Mit der Nacktheit und dem Schweiß aber kamen die Mücken. Zack, hau dich mal mit einem Putzhammer, da hinten, auf die rechte Pobacke. Entweder du triffst nicht und das Viech saugt immer weiter, oder du schlägst dich halb tot.

Als Nächstes fiel ihm eine landkartengroße Putzplatte direkt ins Gesicht. Staub, Sand, Kalk: alles eingeatmet. Da konnte einen wohl die Wut packen? Wenn man Berlin verließ, um diesen Mist endlich nicht mehr einzuatmen, und dann doch wieder nur Gift abbekam? Und dann der Nachwendezement! Hart wie Kruppstahl. Unkaputtbar. Da haust du mit deinem Putzhammer dagegen wie mit der Nähnadel gegen die Kirchenglocke.

Danach hatte die Renovierung einige Tage pausiert. Aber Licht in der Küche brauchten sie nun mal.

»Wird alles besser, wenn endlich wieder Geld da ist«, sagte er jetzt zu Ruth, die noch immer beobachtete, wie er Zentimeter um Zentimeter den Kabelschacht in der Küche aufspitzte, offenbar fest davon überzeugt, dass ihr Mann nicht dazu fähig war.
»Es wird nie wieder Geld da sein«, sagte sie. »Nicht mit dir.«
»Wart's ab. Ich hab da so eine Idee, da können die gar nicht anders, als mir Geld zu zahlen. Aber diesmal so richtig. Und dann, dann ändert sich alles!«
»Ich kann da nicht zusehen. Du findest mich unten im Hof.«

Nach sechs Wochen körperlicher Maloche durfte man wohl mal eine Pause machen, bei Frieda? Aber siehe da, das war auch wieder nicht richtig. Arbeitete er auf der Hebebühne: sprach er wie Till Lindemann. Trank er bei Frieda: sang er auch wieder die falschen Lieder. Er würde ihr Zimmer fertigstellen. Schon aus eigenem Interesse. Er musste nur ein wenig Kraft tanken, nach den Strapazen mit der Fassade. Und wo ließ sich besser Kraft tanken als bei Frieda am Tresen? Das war die pure Kraft, die sie da ausschenkte.

Nicht nur körperlich benötigte er eine Pause, auch psychisch. Bei *Toom* an der Kasse überfiel ihn zunehmend Ekel. Man konnte ein Schloss auch ohne Geld bewohnen, wenn man von einigen Ansprüchen absah. Zimmertüren, Badewannen, Cerankochfelder: ja, alles möglich. Aber ohne ging es auch. Und was um alles in der Welt wollte sie mit dieser Dunstabzugshaube? Ihr Zimmer würde sie kriegen, aber doch nicht, wenn sie von früh bis spät darum bettelte. Sagte sie doch auch immer: *Mach ich dir gern so, Schatz, aber nur, wenn du nicht bettelst!* Letztlich fand Jann das Unfertige, die leeren Räume, die Kabelrollen und Farbeimer sehr angenehm. So ballastlos und ungebunden. Entschlackt. Frei.

Er gab die letzten drei Litzen in die Lüsterklemme und schraubte sie fest. Drehte eine Uraltsicherung im Sicherungskasten ein. 10 Ampere? 15 Ampere? Sagte ihm alles nichts. Er nahm eine, die in der Nähe lag. Oder war die durchgebrannt? Woran erkannte man das? Er ging zurück in die Küche, und siehe da, das Licht brannte! Eine erleuchtete Küche, na bitte. Mit handverlegtem Licht!

Er drückte auf den Schalter. Das Licht ging aus. Doch als er den Schalter wieder losließ, ging es wieder an. Noch mal. Draufdrücken, Licht ging aus. Loslassen, Licht sprang wieder an. Was war denn das für ein freches Licht? Das machte sich wohl über ihn lustig? Brannte die ganze Zeit und ging nur aus, solange er auf den Schalter drückte? Dann sollte er die ganze Nacht an diesem Schalter stehen oder einen Besen dagegen lehnen, oder wie dachten die sich das bei *Toom*?

Er nahm den Verpackungskarton des Schalters in die Hand. *Tippschalter*. Kein Kippschalter. Na, da musste man auch erst mal drauf kommen. Er ging zurück in den Flur, um die Sicherung wieder auszudrehen. Die einzige Möglichkeit, das Licht in der

Küche wieder zu löschen. Doch was war das? Nun war es stockfinster im Flur? Das Licht in der Küche ging nicht mehr aus, und das Licht im Flur nicht mehr an? Und da sollte er nicht fluchen? Ein gottverdammter Lichtscheiß ohne Ende mit Kacksicherung aus ollen Ostzeiten war das doch, verdammt!

»Jann? Jann!«
»Aber nur was Aufmunterndes, jetzt.«
»Ich hab grade einen Anruf bekommen.«
»Kate. Schwanger.«
»Justus. Festanstellung.«
»Ich versteh kein Wort, komm doch mal her. Wo bis du überhaupt?«
»Im Foyer, bin gleich bei dir. Er hat mir Elviras Stelle angeboten. Sie zieht zu ihrem Mann.«
»Ach, du Scheiße.«
»Jann! Das wünsche ich mir seit Sisals Geburt!«
»Aber, das Erkerzimmer? Also, deine Patienten? Ich dachte, du praktizierst dann von hier?«
»Wovon redest du?«
»War doch abgemacht.«
»Jann? Jann. Schau mich mal an. Ich stehe jetzt vor dir. So, ganz langsam. Schau mal auf meine Hand.«

Doch diesen Blödsinn machte Jann gar nicht erst mit. Den konnte sie ihren wohlstandsverweichlichten Woody Allens in ihrer Praxis anbieten. Die standen ja auf alles, was sie noch weiter erniedrigte. Er würde alles anschauen, aber nicht diese Hand. Er war doch kein Hase, dem man eine Möhre hinhielt, kein Hund hinter der Wurst, verdammt nochmal, wieso hatte sich Justus Fischer auch noch gegen ihn verschworen, so kurz vor der Stunde seines Sieges? Er spürte etwas Bitteres, hinten im Rachen.

Er hämmerte gegen die Küchenwand und riss das überhebliche *Immerzu-an*-Kabel aus dieser Wand voller Asbest, und da sich nichts tat, riss er stärker, und dann war es immerhin schon mal dunkel, war das freche *Immer-an*-Licht wenigstens aus. Guter Nebeneffekt: war auch Ruth aus, nämlich nicht mehr zu sehen. Und dann schrie er, sie solle Justus doch heiraten, wenn sie ihn so geil fände, der sei ohnehin ausgetrocknet mit seiner dauerdepressiven Mariann. Bitte, wenn sie die Scheidung wünsche: solange sie das Kind hierlasse, nur zu.

»Jann. Kannst du hier mal irgendwie wieder Licht anmachen.«
»Nein! Hier bleibt es ab sofort dunkel!«
»Mami? Papi? Ich sehe nichts mehr.«

Sie rannten los, zwängten sich im selben Moment durch den Türrahmen der Küche und tasteten sich durch den ebenfalls dunklen Flur in Sisals Zimmer vor. Obwohl es erst Nachmittag war, ließ sich nichts erkennen. Vor dem Fenster wuchs eine dichte Linde. Außerdem ging es nach Osten hinaus.

»Bienchen?«
»Mein Engel?«
»Warum schreit ihr denn immer so?«
»Wo bist du?«
»Seht ihr mich nicht?«
»Nein, wo bist du? Im Bett?«
»Warum im Bett, es ist doch Tag. Oder ist jetzt Nacht?«
»Nein, es ist nur dunkel.«
»Aber warum sehe ich euch, und ihr mich nicht?«
»Wollen wir nach draußen, ans Licht?«
»Aber warum schreit ihr immer so?«

»Ich mache es nachher wieder heil. Lass uns erst mal rausgehen. Alle drei. Über Justus sprechen wir später, okay?«

Als sie bei der zweiten Flasche kellergekühltem Rosé unterm Kirschbaum saßen, war er nicht zu hundert Prozent nüchtern, auch wenn es völliger Unsinn war, dass er die erste Flasche allein ausgetrunken hatte, was Ruth später behauptete. War ja nicht seine Schuld, dass sie nichts mehr vertrug. Früher hatten sie die Flasche paritätisch geleert, nun trank er eben den größeren Anteil, und sie war mit dem kleineren nicht minder besoffen. Alles in allem nicht unökonomisch, wie er fand.

»Trotzdem. Ich weiß nicht, ob es so einfach wäre, wenn wir zwei schwule Schwarze wären.«
»Das ist jetzt nicht dein Ernst«, sagte er.
»Zwei schwule Schwarze in Solikante –«
»Wir sind aber nicht zwei schwarze Schwule, überhaupt, was soll das? *Das* ist rassistisch, du benutzt Minderheiten, um deine Dosis Faschismus-Erwartung unterzukriegen.«
»Was ist denn eine Dosis Faschismus-Erwartung? Darf ich das notieren?«
»Du vergehst dich an den Schwarzen, an den Schwulen und an den Bewohnern von Solikante gleichzeitig. Und jetzt hör bitte auf damit.«
»Da schein ich ja einen Punkt getroffen zu haben, wenn ich dir so zuhöre. Spielen wir es doch mal durch. Karl Ole? Kannste vergessen. Kasiuk Ketterer? Vorne rum kein Wort, hinten rum Geläster. Yvonne und ihre Schamanen? Würden uns nicht mal auf ihren geweihten Sonnenplatz lassen. Die Einzige, die auch zu zwei schwarzen Schwulen nett wäre: Frieda.«
»Eine von elf. Geht doch. Und bei Yvonne wär ich mir nicht einmal sicher.«

»Wie meinst du das?«

»Ich glaube, sie ist der Typ, der jeden aufnimmt, der grad eine Bleibe braucht.«

»Was hast du denn immer mit der?«

»Entspann dich. Sie trägt Pluderhosen. Und jetzt hör bitte auf. Ich kann nicht mehr.«

»Du hast doch damit angefangen.«

»Mit schwulen Schwarzen? Nein, das warst du.«

»Du hast gesagt: *Siehst du*. Siehst du, sie sind hier gar nicht so, ich könne mein Büro ruhig hier rausverlagern. In keiner Ehe, die binnen Jahresfrist nicht geschieden werden soll, darf der Ausdruck *siehst du* fallen. Das meiste ist Verhandlungssache, aber diese Regel gilt.«

»Wenn du so weitermachst, werden wir die Jahresfrist nicht erreichen«, sagte Jann.

Jann fragte sich, ob Solikante, wie Ruth es sah, auch dann noch das reaktionäre Nest wäre, wenn er das Schloss bereits fertig saniert hätte. Wenn Ruth ihr eigenes Zimmer besäße, im Süderker, mit Blick über das Luch. Wenn sie mit ihrer Praxis schon eingezogen wäre. Ob Solikante für Ruth dann nicht gleich viel weltoffener, mondäner, liberaler erschiene? Er hatte das obere Erkerfenster im Ostflügel für sie reserviert. Südlage. Balustrade. Ihre Klienten würden es lieben: Die Fahrt mit der Bahn über die Felder. Der Fußweg über die Apfelallee. Das Behandlungszimmer im Schloss. Gut möglich, dass einige von ihnen bereits kuriert waren, wenn sie nur ankamen. Aber das konnte Ruth dann ja noch immer in Rechnung stellen.

»Was ich eigentlich sagen wollte: Nur weil sie hier keine Schweinemast wollen, sind das doch nicht alles Faschisten. Dreißigtausend Viecher, kannst du dir vorstellen, wie das stinkt?«

»Ach, Jann. Ein Deutscher hätte doch schon längst die Erlaubnis gekriegt und losgebaut.«

Jann hatte keine Lust mehr auf dieses Gespräch. Sonst war er wieder der Moslemhasser. Dabei waren ihm Moslems so was von egal. Er fand Moscheen nicht hübsch, aber Kirchen gleich gar nicht. Jann hasste den Pomp. Darum ging es. Er verstand nicht, wie man so viel Zeit, so viel Geld für etwas investieren konnte, das die Welt nicht rettete. Ob das eine Kirchengemeinde war, der Zentralverband der Muslime oder die Deutsche Schamanen-Liga: egal.

Sein Problem mit der Religion (ganz gleich, welcher): Sie vergaß, dass es eine materielle Erdung hinter der Transzendenz gab. Wer den ganzen Tag regelkonform fastete, hatte am Abend den Eindruck, etwas geleistet zu haben. Auch wenn die Welt blieb, wie sie war. Auch wenn die asiatischen Sweatshops weiterexistierten, in denen junge Frauen in den Lösemitteldämpfen in Ohnmacht fielen, weil sie die Handys herstellten, auf denen man sich zum Fastenbrechen verabredete, oder –

»Es geht doch auch grade gar nicht um diesen Syrer«, sagte Ruth.
»Ach, nein? Worum geht es denn dann?«
»Um Justus Fischer.«
»Verstehe. Also gut, wenn's sein muss: Was spricht dafür, was spricht dagegen?«
»Wovon redest du?«
»Von deiner Festanstellung.«
»Ich fürchte, da gibt es nichts mehr zu diskutieren.«
»Aber du musst ihm doch irgendwas sagen. Welche Frist hat er dir gesetzt?«

»Jann. Ich habe ihm natürlich zugesagt.«
»Du hast – was?«

Jann sprang von dem kleinen Klappstuhl auf und stieß gegen den Tisch, die Weinflasche fiel um, rollte zur Tischkante, Ruth fing sie auf und stellte sie wieder hin.

»Eine Absage stand doch überhaupt nicht zur Debatte.«
»Du hättest mich wenigstens fragen können!«
»So, wie du mich gefragt hast, ob du dieses Schloss kaufen sollst?«
»Was ist das jetzt? Auge um Auge? Zahn um Zahn?«
»Warum schreit ihr schon wieder alle so?«

Sisal kam aus dem Wirtschaftsgebäude, verstrubbelt und voller Spinnweben, ein kleines, lahmes Vögelchen auf dem Arm. Jann setzte sich wieder, sein Brustkorb hob und senkte sich hastig.

»Weil deine Mutter unsere Familie kaputt machen will«, sagte er.
»Erzähl ihr nicht so einen Scheiß, Jann.«
»Und warum will Mama die Familie kaputt machen?«, fragte Sisal.
»Ich werde Geld für uns verdienen, Bienchen. Dazu ist dein Vater leider nicht in der Lage.«
»Was? Ich habe grade ein ganzes Schloss gekauft!«
»Und jetzt bist du pleite.«
»Sisal, komm mal her. Setz dich mal auf meinen Schoß.«
»Oh, nein. Nicht so!«

Nun war es Ruth, die aufsprang. Sie versuchte, sich ihre Tochter zu schnappen, die Jann nicht von seinem Schoß ließ, er umklammerte ihre kleinen Hüften mit den Armen, doch da Ruth immer weiter zog, wurde Sisal gegen die Tischkante gestoßen. Eine unschöne Situation entstand, Sisal verstand nicht, was geschah, ihr kleines Vögelchen fiel zu Boden, Ruth zog und zerrte, verlor dann den Halt und schnellte zurück. Sie blickte Jann eine gestochene halbe Sekunde lang an: *Entweder du lässt sie los, oder Solikante ist gelaufen.* Oha, die Schlitze in ihrem Gesicht, einstmals Augen, wurden noch einmal schmaler. Jetzt waren sie schon bei: *Oder die Ehe ist gelaufen.*

Er ließ Sisal frei.

5.

»Darf ich den Knopf drücken?«, fragte Sisal.
»Nein. Darfst du nicht.«
»Warum nicht?«
»Weil die Tür von allein aufgeht.«
»Geht sie nicht. Papa hat gesagt, hier steigt nie jemand aus.«

Tatsächlich. Der Zug hielt. Verharrte. Sonst tat sich nichts. Niemand stieg ein. Niemand stieg aus. Der Flieder neben der Abfahrtstafel roch süßlich und schwül.

»Was ist jetzt, darf ich?«
»Nein«, sagte Ruth.
»Aber dann fährt der Zug ohne uns! Siehst du, siehst du!«

Das ringförmige Diodenlicht der Türöffnung erlosch. Zwei, drei weitere Sekunden tat sich nichts. Dann setzte sich der Zug langsam und leise in Bewegung. Und fuhr ohne sie nach Berlin.

»Mami! Warum sind wir nicht eingestiegen?«
»Weil wir hierbleiben.«
»Wir fahren doch nicht nach Berlin?«
»Nein. Noch nicht.«
»Aber warum sind wir dann zum Bahnhof gelaufen?«
»Ich glaube, wir haben was vergessen«, sagte Ruth.

Sie zog Sisal näher zu sich. Die Kleine sah vollkommen fassungslos dem kleiner werdenden Zug hinterher. Ruth streichelte sie, strich ihr eine Träne von der Wange, gab ihr einen Kuss. Und noch einen. Was konnte denn Sisal dafür?

»Dein Handy? Hast du wieder dein Handy vergessen?«
»Nein, Schatz, das Handy habe ich hier. Sogar mein Schlüsselbund«
»Aber was hast du denn dann vergessen?«

Etwas klarzustellen: das hatte sie vermutlich vergessen. Sie hatte Jann diesen aberwitzigen Sofortkauf nicht ausgeredet, da sie gespürt hatte, wie sehr Solikante ihm neue Kraft verlieh. Das Schloss hatte das, was Ruth an ihm immer gefallen hatte, zum Vorschein bringen sollen. Die Lockerheit. Die Selbstbestimmtheit. Den Tatendrang. Stattdessen schien Solikante bald nur noch das zu beleben, was sie an ihm niemals hatte wahrhaben wollen: das Cholerische, Eigenbrötlerische, Identitäre. Wenn das Schloss etwas in ihm öffnete, würde sie an dieser Öffnung gerne weiter teilhaben. Andernfalls fände das Leben hier draußen fortan ohne sie statt.

»Was haben wir denn nun vergessen?«, fragte Sisal.
»Wir haben Papa nicht *tschüs* gesagt.«

Mein Gott, diese Schönheit auf dem Weg zum Schloss. War ja kaum auszuhalten. Die sommerliche Weite, die Apfelallee in vergorener Süße, Hektar um Hektar voll leuchtendem Mais. Seeadler mit zum Körbchen gefalteten Hälsen, Storchennester auf einsamen Telegraphenmasten. Machte sie total benommen. Nahm ihr alle Denkfähigkeit.

Das war kein Leben, hier draußen, das war Fake. Solikante lullte ein. Perfekt für Jann, der niemals andere Gesichter sehen wollte außer denen, die er schon seit Jahren kannte. Er gehörte zu den Unglücklichen, die auch mit vierzig noch glaubten, Freunde seien die Menschen, die mit einem zur Schule gegangen waren, auch wenn man allen Kontakt mit ihnen abgebrochen hatte.

Da kam ihm ein Dorf natürlich entgegen, in dem man nach wenigen Wochen bei jedem Gesicht glaubte, man kenne es seit Jahren. Und so beherrschte Jann in Solikante all das, was ihm in Berlin unüberwindbare Probleme bereitet hatte. Er plauderte mit den Nachbarn über die Hühner oder den trockenen Sommer, fragte Frieda nach einem Pfund Mehl. Er kannte die zwei Dutzend Vornamen und das halbe Dutzend Nachnamen der Familien von Solikante (Gut), konnte die Verwandtschaftsbeziehungen bis nach Solikante (Dorf) und Alt Kebekow hinein bestimmen, und das bis zu einem Verhältnis dritten Grades.

Auch Ruth freute sich über die kleinen Begegnungen im Dorf, wusste aber nach wenigen Sätzen nichts mehr zu sagen, mit Friedas Cousine Tilda Maliker, mit Karl Oles Tochter Ingala, mit Kasiuks altem Vater Hans Ketterer. *Sag schon, Jann! Was sprichst du denn immer mit denen! Worüber redet ihr nur!* Mehrmals schon hatte sie ihn gefragt, was er immer so lange zu schäkern habe, auf der Dorfstraße. Wenn sie aus dem Nordfenster herabblickte, klang sein Lachen bis in den ersten Stock hinauf.

Ruth schwitzte. Sisal an ihrer Hand schlenkerte mit den Armen. Ruth nahm sich vor, das süß, gedankenlos und verspielt zu finden. Doch war es, in dieser Sonne, vor allem nervig. Das war ja wirklich kaum zu ertragen, dieses Licht. Diese Stille. Dieser

Blütenzauber am Wegesrand. Dieses ganze Novalis-Gedöns, nichts als blaues Band, blauer Zauber, blauer Himmel. Nicht einmal eine Vespa der Dorfjugend knatterte vorbei.

So eine Dorfstraße war letztlich auch nichts anderes als eine *gated community*. Auch hier durfte nur rein, wer dazugehörte. Insofern stimmte auch die Trennlinie nicht, die neuerdings alle aufmachten, zwischen den liberalen Globalisierungsgewinnern (*gated community*) und den engstirnigen Ausgebooteten (*Dorfstraße*). Ihrer beider Sehnsucht nach Privatheit, nach Exklusivität war dieselbe. Niemand öffnete noch gern die Tür, wenn er nicht wusste, wer dahinter stand.

Die Menschen waren so. Alle. Nicht nur der rechte Rand. Und Ruth sah ihrer aller Aufgabe in der Vermittlung. In der Arbeit mit den anderen Menschen, die allesamt dieselben Ängste, dieselben Sehnsüchte einten. Die Grenze verlief nicht zwischen oben und unten, und nicht zwischen links und rechts, sondern zwischen dir und mir. Es war falsch, den Fehler im System zu suchen. Der Fehler lag in ihnen allen. In ihrer Ehe verhielt es sich nicht anders. Solikante. Karl Ole. Der Syrer. Spielten nicht die geringste Rolle. Alles was zählte, waren Jann und sie selbst. Nur sie waren für ihre Ehe verantwortlich. Und nicht, wie Jann behauptete, die Umstände, in denen sie diese Ehe lebten.

Jann ärgerte sich über ihre Festanstellung, über ihren beruflichen Erfolg nach seinem beruflichen Misserfolg, und statt seinen Ärger zu äußern, betrank er sich, weil das natürlich einfacher war. Was sie mal wieder nicht verstand: Warum Jann in ihrer Festanstellung überhaupt eine Bedrohung sah. Sie hatte geglaubt, da stehe er drüber. Da könne er sich mit ihr freuen. Über ein festes Einkommen. Ein Fixum. Ein klein wenig mehr an familiärer Sicherheit. Fürchtete er die Hierarchisierung ihrer Ehe? Das Matriarchat?

Was sie im Stillen sein *Ikea*-Gesicht nannte – fluchend, zischend –, war derzeit das einzige, das sie aus ihrem einst so vielfältigen Repertoire an Jann-Gesichtern problemlos aufrufen konnte. Sie kannte es noch aus Berlin, von der Montage, oder eher: Nichtmontage, ihres neuen *Ifflen*-Herdes in der Potse, vor nun auch schon wieder fünf Jahren. (»Ruth, das ist Starkstrom! Sag doch gleich, wenn du mich loswerden willst!«) Dazu das *Ikea*-Gesicht voller Verzweiflung über die Zumutungen der Gegenstandwelt.

Sie versuchte, sich die anderen Jann-Gesichter heraufzubeschwören, es gelang, kostete aber Kraft. Das *Neuer-Verkaufsrekord*-Gesicht, das *In-Nürnberg-hab-ich-jetzt-auch-eine-Brauerei*-Gesicht, das *Ich-entführe-dich-übers-Wochenende-in-die-Karpaten*-Gesicht, das *Nehmen-wir-eben-das-teurere-Hotel*-Gesicht, das *Ich-war-grad-in-der-Nähe-darf-ich-rein*-Gesicht (halb hinter einer Sonnenblume versteckt), das *Ich-hab-Croissants-mitgebracht*-Gesicht, das *Ich-hab-zwei-Nachtzugkarten-nach-Aix*-Gesicht, das *Herzlichen-Glückwunsch-zum-Geburtstag*-Gesicht (noch im Bett), das *Nochmal-alles-Liebe-zum-Geburtstag*-Gesicht (am Frühstückstisch: Kerzen, Kuss, Kuchen), das *Ruth-wird-heute-mal-zum-Essen-ausgeführt*-Gesicht, das *Das-war-aber-schön-grad*-Gesicht, das *Willst-du-es-so-wie-gestern*-Gesicht, das *Bleiben-wir-die-ganze-Woche-im-Bett*-Gesicht, das *Uns-kann-keiner-was-denn-wir-haben-ja-uns*-Gesicht, das –

Was hatte er überhaupt gesponnen, in der selbstverschuldeten Dunkelheit seines – Schlosses? Praxis im Erkerzimmer? Klienten aus Berlin? Was glaubte er, was Ruth die ganze Zeit trieb, in Justus Fischers Praxis? Wellness für Wohlstandsverwahrloste? Klangschalenmassage? Visionssuche? Sie bot keine Trance-Abende an, keine Hypnose, sie hatte studiert! Nicht einen einzigen Klienten würde sie an dieses Wahnsinnsprojekt namens Solikante (Gut) verlieren. Hatten sie nicht eine Abmachung gehabt? Dass Sisal niemals hier eingeschult werden würde? Stand das nun auch alles wieder zur Disposition?

Sisal machte sich von ihrer Hand los und rannte die letzten Meter auf das Schloss zu. *Papa, Papa, Papa.* Noch ein betörender Fliederstrauch, noch eine vulgär sommerliche Hortensie, noch eine völlig übertrieben blühende Linde, Bienen drin, Himmel drüber, dann erreichte auch Ruth den Hof. Sisal flitzte die Freitreppe hoch und fiel ihrem Vater um den Hals. Aber Jann? Sah kaum zu ihr auf. Verbarg das Gesicht vor ihr. War zu besoffen? Oder eingenickt? Ruth stieg die Treppe hoch und baute sich vor ihm auf.

»Jann. Ich muss dir was sagen.«
»Nicht jetzt. Komm einfach mal her.«
»Jann. Weinst du? Spinnst du?«
»Ich dachte wirklich, ihr wärt abgefahren.«
»Aber wir haben doch noch gar nicht *tschüs* gesagt!«, sagte Sisal.
»Wir haben ein Problem«, sagte Jann. »Mike Fährenkötte war gerade hier.«

Mike Fährenkötte. Vielleicht ganz gut, dass sie den verpasst hatte. Jann stank nach Wein. Er hatte die zweite Flasche auch ausgetrunken, sprach aber noch einigermaßen klar. Sisal kraulte ihm durchs Haar.

»Ich dachte, sie labern alle nur so rum«, sagte Jann. »Aber der Syrer hat schon den roten Punkt. Es kann jeden Moment losgehen. Im Grunde können wir wieder verkaufen.«

»Moment«, sagte Ruth. »Nicht so schnell. Der Syrer reißt dieses Kraftwerk ab und baut eine Schweinemast. Nicht schön, zugegeben. Aber ist das so schlimm? Die Hauptwindrichtung in der nördlichen Hemisphäre kommt noch immer aus West, oder nicht?«

»Was?«

»Na, normalerweise ist Westwind, und bei Westwind riechen wir hier keine einzige Sau.«

»Und was ist bei Ost?«

»Du solltest dich freuen. Wenn hier jemand investiert, ist das doch gut für dein Schloss.«

»Weißt du, was Mike gesagt hat? Notfalls, wenn Heribert Koch uns alle im Stich lässt, gründet Karl Ole eine Bürgerwehr. Das ist ja nun auch wieder nicht, was ich will.«

»Na, komm her«, sagte Ruth. »Ja, komm, einfach mal her. Sisal, du auch. Alle beide, ja so.«

Sie machten das, was Ruth das *Kraftwerk* genannt hatte. Musste nun wohl auch ein neuer Name für her. Sich zu dritt in den Armen liegen. Fest drücken, ganz fest. So fest, dass es beinahe schon weh tat. Mit Sisals zarten Gliedern etwas vorsichtiger sein als mit Janns. Und, ganz wichtig: in keinem Fall sprechen. Nur spüren. Nur drücken. Zwei, drei Minuten lang.

»Ich liebe dich noch«, sagte sie.

»—«

»Ich habe gesagt, dass ich dich liebe.«

»Ich, ähm. Ja. Ich weiß.«

In den folgenden, heißen Tagen konnte Ruth der Leere, die das Luch ausmachte, sogar etwas Belustigendes abgewinnen. Wenn sie in Altblanitz oder in Alt Kebekow ein Banner entdeckte, das eine *Heiße Silvester-Party* ankündigte, stellte sich bei näherem Hinsehen heraus, dass der Jahreswechsel vor drei Jahren gemeint war. Bei ihren Recherchen im Netz stieß sie auf ein Kunst versprechendes *Literatourcafé Dhaka!* Doch als sie es aufsuchen wollte, war der Dachstuhl ausgebrannt. Fand sie im Netz eine nahe *Eberschenke*, war sie zur *Keilerklause* umbenannt und lief nur noch im Event-Betrieb, Anmeldung bitte unter folgender Nummer.

Und Cranlow Online, das Portal, das all diese Leere im Netz verwaltete und vereinte, wartete seit Monaten mit demselben Satz auf: *Der Inhalt dieser Seite wird derzeit überarbeitet. Wir bitten um Geduld!* Doch das totale Nichts war leicht zu ertragen unter dem gleißenden, offenen Himmel des Sommers. Sie liefen die endlosen Kornfelder ab. Sie badeten in den kleinen Seen. Sie fuhren Kanu auf der Alten Oder. Sie waren von früh bis spät zu dritt. Und wenn Jann abends erschöpft bei ihr lag, hielt sie ihn an der Hand, bis er schlief.

Das neue Glück währte zwei Wochen. Dann drehte der Wind auf Ost. Janns neues Spielzeug spielte sofort verrückt. Ein eiförmiges, batteriebetriebenes Ding aus China, das irgendwas maß, was es nicht gab, woran Jann aber glaubte. Und so entdeckte Jann auch in Solikante eines seiner unsichtbaren Gifte, inmitten von Auen und Feldern. Es gab keine Schnellstraße, keine Fabrik, nicht mal eine Schweinemast in Solikante, zumindest noch nicht. Die unmittelbar angrenzenden Felder der Loose wurden nach schamanischem Reglement bewirtschaftet, was sogar Jann zu weit ging, da auch er nicht glaubte, dass die Regenwürmer mit den Radieschen tatsächlich tanzten, im Mondlicht. Es gab absolut nichts, was giftig war, und doch hatte Jann sein neues Gift äußerst zügig entdeckt. Angeblich wehte es bei Ostwind aus dem *Geteilten Land* herbei, sie weigerte sich, zu lernen, wie es hieß.

Sobald ihm das neue Gift zugeflogen war, montierte Jann einen zweihundert Euro teuren Wetterhahn auf das Dach, statt erst mal das Moos herunterzukärchern. Auf einmal ging das alles wieder: rauf aufs Dach trotz Schwindelanfällen, Geld abheben trotz Pleite, Baumarkt aufsuchen trotz Konsumaversion, alles auf einmal möglich, wenn erst einmal ein neues Gift aufgetan war. Sobald der Vogel Ostwind anzeigte, holte Jann sein Messgerät heraus, checkte die Zahl, die es anzeigte, danach fiel er in sich zusammen und war nicht mehr ansprechbar. Brauchte es weitere Beweise? Sie überlegte, ob sie das alles dokumentieren sollte? Für die Erstanamnese vielleicht?

»Dann machen wir eben bei Ostwind die Fenster zu!«, hatte sie gesagt.
»Das Zeug kommt auch durch geschlossene Fenster.«
»Also, ich rieche nichts.«
»Ich rede nicht von der Schweinemast, ein bisschen Gülle wäre ja noch harmlos. Ich rede von Feinstaub.«
»Riechst du was?«
»Verdammt, man riecht es nicht.«
»Aber die anderen atmen das doch auch!«
»Hier hat ja auch jeder zweite Krebs.«

Mit der Installation des Wetterhahns wurden die Sprechpausen vor dem – Schloss immer länger. *Müssen wir vielleicht doch mal neu eindecken, das – – Schloss. Ich glaube, ich brauch mal eine*

Pause vom – – Schloss. Es fühlte sich auf einmal seltsam an, mit Jann in einem Zimmer zu sein, ohne mit ihm zu sprechen. Manchmal berührte sie ihn noch, an der Hüfte, am Handgelenk, doch diese Berührungen forderten auf einmal Kraft ein. Und dann saß dieser Mensch auf einmal beim Frühstück und griff nach der Butter und es kam ihr vor, als betrachte sie einen Gast am Hotelbuffet. Sie horchte jetzt immer öfter in den Flur hinein, um zu wissen, ob die Luft rein war, bevor sie aus dem Zimmer trat.

Einige Tage nachdem er den Wetterhahn montiert hatte, trieb er einen Bauwagen auf. Er stellte ihn ans äußerste Ende des Schlossparks, wo das Feld begann. Ofenrohr, Metallhaut, Schiebefenster. Das hatte sich angebahnt. Mit jeder Tasche, die sie aus Berlin herbeitrug, mit jeder Rosmarinstaude, hatte er seinen Lebensmittelpunkt etwas weiter vom Schloss entfernt. In den Hof. Hinter die Orangerie. Nun auf den Acker hinaus. *Ich brauch doch Luft, Ruth. Ich brauch doch Platz.*

»Wollen wir mal einen Ausflug machen?«, sagte sie, als sie an einem der nächsten Sonntage träge in der Sonne dösten und auf Grashalmen kauten.

»Ich dachte, ich soll das Schloss renovieren.«

»Jann. Ob wir einen Ausflug machen wollen?«

»Ich soll hier ein Schloss renovieren. Papi spielen. Und jetzt auch noch Familienausflüge planen?«

»Wär vielleicht ganz gut, wenn wir hier mal rauskommen, dachte ich.«

»Dir wär doch am liebsten, ich würde verkaufen. Und mit dem Geld wieder gründen. Start-up. Reisen. Presse. Das hat dir natürlich gefallen!«

»Ach, Jann, dann eben nicht.«

Und er? Schnappte sich ein Bier, das kistenweise unter der Freitreppe stand, und zog sich in den Bauwagen zurück. Sie hatte keine Ahnung, was er dort trieb. Wollte sie nicht wissen. Zwei, drei Stunden – oder: drei, vier Bier – später kam er zurück, einen sinnlos debilen Refrain des letzten Sommerhits von *Antenne Brandenburg* pfeifend, und tat, als wäre nichts passiert, es *war* nichts passiert, nicht in seinen Augen. Dass sich ihr Ärger in der Zwischenzeit nicht von allein aufgelöst hatte, das erreichte ihn nicht. Warum sie nicht jetzt, hier und auf der Stelle mit ihm schlafen wolle? So gut, wie sie rieche? So fantastisch, wie sie aussehe? Das verstehe er nicht!

»Mami, dein Telefon!«

Sisal kam aufgeregt zu Ruth unter den Kirschbaum gerannt, unter dem Ruth Zuflucht gesucht hatte. Sisals Haare wild und zerzaust, das junge Gesicht gebräunt. Sand und Moos in den Ohren. Ihre kleine Pippi Langstrumpf. Ihre Ronja Räubertochter. Ja, Solikante hatte Sisal gutgetan.

»Danke, mein Schatz. – Ja? Korwaczek?«

Es war ihr Vermieter aus Berlin. In ihrem Briefkasten lag irgendein Formschreiben, das sie nicht geöffnet hatte. Eine zweiwöchige Widerspruchsfrist war gestern abgelaufen. Der Senat hatte somit das Recht, nicht nur die Fenster zur Straße hinaus, sondern auch das Küchenfenster mit einer grünen Plane zu verhängen. Denn im Hof sollte der Lastenaufzug entstehen. Ruth musste wenigstens einen Soforttermin für die Fotobeweisaufnahme nennen. Sonst gingen etwaige Risse und Versetzungen im Mauerwerk auf ihre eigenen Kosten.

»Sie haben doch eine Haftpflichtversicherung, die auch Mietsachschäden deckt?«

»Ich weiß nicht mal, was das ist.«

FÜNFTES KAPITEL

EIN HALBES JAHR SPÄTER

1.

»Papa, ich kann nicht mehr.«
»Es ist nicht mehr weit.«
»Ja, aber ich sehe nichts mehr. Es ist dunkel.«
»Das macht nichts. Ich führe dich.«

Sisal streckte ihm ihre nasse Hand entgegen. Als er einschlagen wollte, verschwanden ihre Finger in seiner Handfläche, so kurz waren sie noch.

Der Feldweg verlief parallel zum Bahngleis, auf dem keine Bahn mehr fuhr. Es war noch nicht ganz dunkel, aber der Nebel sog das letzte Licht auf. Mal sprangen die Werte auf hundert Mikrogramm, mal senkten sie sich auf siebzig. Unter fünfzig fielen sie nie.

Es machte Jann wahnsinnig, dass kein Wind ging. So wusste er nicht, ob sie auf dem richtigen Weg waren. Oder liefen sie der Quelle erst entgegen? Was atmeten sie da? Brannte in Berlin ein Reifenlager? Oder drüben, in Polen, nach dem trockenen Sommer, der Wald? Weitergehen. Solange er im Netz keine Antwort fand, blieb ihnen nichts, als weiterzugehen.

»Ich glaub, ich wär lieber bei Mama geblieben.«
»In Berlin? Da hast du doch nicht mal ein eigenes Zimmer.«

»Ich will auch kein Zimmer. Ich will auf ihren Schoß.«
»Sisal, wir sind fast an der Oder. Dort steht ein Bauwagen. Dann nehm ich dich auf den Schoß.«
»Okay.«
»Okay?«
»Ja, okay. Aber eigentlich will ich auf Mamas Schoß.«
»Weil der weicher ist?«
»Nein, weil ich Angst vor dir hab.«
»Sisal, was soll das! Du musst keine Angst vor mir haben. Ich bin dein Papa! Sieh mich an.«

Er zog sie fester zu sich. Sisal stolperte, er zog sie weiter. Sie heulte. Konnte er keine Rücksicht drauf nehmen. Sie würden beieinanderbleiben, Vater und Tochter, das ganze Wochenende. Das war alles, was ihm zu tun bliebe. Bei Sisal zu sein. Sie nicht alleinzulassen.

Sie querten die Alte Oder, ein muffiger, dünner Aal voller Algen, dann lag endlich das Herzstück des Cranlower Luchs vor ihnen. Ein kleines Binnendelta, graue Wasserflächen, in denen einbeinig die Wasservögel stakten, Seeadler und Kraniche, auf der anderen Seite des Deltas bellte ein Reh.

»Was ist das, Papa?«
»Ein Reh. Du kannst ganz beruhigt sein.«
»Und wenn es ein Wolf ist?«
»Wär das auch egal. Wölfe tun Menschen nichts. Es ist aber kein Wolf.«
»Ich hab Angst, Papa, ich hab solche Angst.«

Er nahm Sisal hoch, setzte sie sich auf die Schulter, klemmte sich *Kakerlaloop* unter den anderen Arm. Als sie ihren Kopf an seinen Hals lehnte, kitzelte ihr Haar an seinen Wangen. Was sollte er sagen? Dass alles gut würde? Dass alles gut war? Das Reh bellte in einem fort. Vom Wasser weit und ohne Echo getragen.

Bald verendete der Feldweg. Wenn sie den Bauwagen erreichen wollten, mussten sie einen Umweg nehmen. Oder durchs Wasser gehen. Einzelne, schwarze Baumskelette ragten daraus.

So musste es ausgesehen haben, als Frieda siebenjährig auf dem Bahngleis stand. Als sie auf die gefluteten Dörfer hinabblickte und von ihren eigenen Nachbarn nicht erkannt wurde. Frieda waren die Tränen gekommen, als sie Jann in der *Einkehr* davon erzählt hatte. Die einen schämten sich für die Geschichte? Die anderen nicht? Schön und gut. Nette Story, zugegeben. Aber er fürchtete, sie war unwichtig geworden. Brachte es nicht mehr auf den Punkt. Es ging längst nicht mehr darum, ob man einem fremden Mädchen so begegnete, als sei es das eigene. Um Offenheit und Menschlichkeit. Nur mehr Nichtigkeiten. Petitessen.

Sie hatten längst ein neues Level erreicht. Auf diesem neuen Level ging es nur noch darum, zu überleben. Jann hätte jede Unfreiheit sofort begrüßt, jede Rückkehr zum Faschismus, jede Versklavung und jede Beschneidung seiner Rechte – wenn die Luft da draußen, die seiner Tochter die Alveolen zerstörte, endlich wieder zu atmen wäre. Freiheit war zum Wert des vergangenen Jahrhunderts verkommen. Eine Reminiszenz an eine Welt, in der die Ökosysteme noch zu retten gewesen wären: Wenn ihrer aller Freiheit, auf die sie so stolz gewesen waren, diese Welt nicht für immer zerstört hätte.

Scheiß drauf, dann gingen sie eben durchs Wasser. Er setzte Sisal vor sich in den Schlick, und zog ihr die Schuhe aus. Rollte die Socken mit den beiden Bärchen herunter. Warf die Bärchensocken ins Wasser. Er zog seine eigenen Stiefel aus und krempelte die Jeans nach oben. Sisal weinte wieder, war ja nicht auszuhalten. Sie langte nach den Bärchensocken, die eben von der Wasseroberfläche verschluckt wurden und nicht mehr zu sehen waren in der Nacht.

»Sisal, hör auf jetzt. Du brauchst keine Socken im Wasser.«
»Aber ich will meine Socken haben. Ich gehe nicht weiter, wenn ich nicht meine Socken hab. Da waren Tessi und Charly drauf!«
»Sisal. Wir gehen jetzt durch das Wasser. Halt dich fest. Ich weiß nicht, wie tief es ist.«
»Nein! Nein! Papa, was machen wir hier?«

Jann packte Sisal fester. Führte sie. Sisal setzte die ersten Schritte ins Wasser, nach drei, vier Metern stand es ihr bis zu den Knien. Aber tiefer wurde es nicht. Es war normal, dass im Herbst manche Feldwege im Luch unter Wasser standen. Alles in allem kein Grund, hier durchzudrehen. Mühsam watend zog Sisal ein Bein vor das andere.

Das Reh auf der anderen Seite des Deltas verstummte. Auch Sisal an seiner Hand fügte sich. Hielt ihre kleinen, violetten Wildlederschuhe in der Hand und watete leise neben ihm her. Eulenvögel in den toten Weiden. Noch immer kein Mond. Sie erreichten den Bauwagen, der erhöht auf der Dammkrone stand. Die Oder lag auf der anderen Seite wie ein schwarzes Tuch. Jann hievte Sisal die Trittstufen hoch, folgte ihr in den Wagen, erschöpft sanken sie nebeneinander auf die Pritsche.

Sisal robbte von ihm weg, kauerte sich an das Kopfende, krümmte sich zum Embryo. So, dachte er, das hätten wir dann auch kaputt gekriegt. Vater und Tochter: auch kaputt. Alles kaputt, jetzt. Er nahm das Luftmessgerät aus dem Rucksack und nahm einen Wert. Fünfzig Mikrogramm. Eigentlich ein Grund, sofort hier abzuhauen. Nach den Zahlen der letzten Stunden aber ein beinahe schon tadelloser Wert. Er gab Sisal einen Kuss. Sie wandte sich ab.

»Was machen wir hier?«, fragte sie wieder.
»Na, was schon! Spielen wir?«

Jann stellte sich vor, wie die Luft in Sisals Nasenlöchern verschwand, den Rachen entlangstreifte, in die Luftröhre gesaugt wurde, sich in den Bronchien verteilte, ihre feinen, jungen Alveolen verklebte, Entzündungsreaktionen hervorrief, Vorstufen zu Karzinomen.

»Ich weiß nicht, kann ich was trinken?«
»Natürlich, es gibt Wasser in den Dosen.«
»Das schmeckt nach Bier. Kann ich nicht aus der Oder trinken?«
»Nein. Aus der Oder lieber nicht.«

Er zündete eine Kerze an und hob den Deckel von *Kakerlaloop* ab, las Sisal die Anleitung vor.

Die frechen Käfer futtern sich hektisch durch das gefährliche Revier der Kakerlake. Das gefällt ihr ganz und gar nicht: Plötzlich flitzt sie aus ihrem Lüftungsschacht hervor. Die Käfer erstarren vor Schreck und hoffen, dass die Kakerlake sie dieses Mal nicht erwischt – denn sonst wirft sie sie aus dem Hinterhof. Wer erreicht mit viel Mut und Glück als Erster das sichere Gitter?

»Alles verstanden?«, fragte er.
»Nein. Ich weiß nicht.«
»Kannst du bitte mal aufhören, *ich weiß nicht* zu sagen?«
»Okay.«
»Okay?«
»Ist okay, ja.«
»Gut, dann musst du jetzt die Kakerlakenmünze und die Kakerlakenchips aus der Stanztafel drücken. Ja, so. Genau. Und jetzt noch den Spielplan zusammenpuzzeln.«
»Und die Kakerlake? Ist die schon fertig?«
»Die muss man nur anstellen, ja.«
»Cool.«

Sisal hatte ihre Kartonkäfer bereits vor sich auf das Spielfeld gelegt. Jann begriff den Sinn des Spiels nicht, aber das war normal. Er hatte noch keines dieser Spiele sogleich begriffen, es ging nicht so sehr darum, sie zu spielen, als darum, etwas anderes nicht zu tun, zum Beispiel zu frieren, zu denken.

»Dann mach ich sie jetzt an?«, fragte er.
»Ja, okay.«

Die Kakerlake gab ein surrendes Geräusch von sich und flitzte über das Spielfeld. Wann immer sie eine Bande berührte, wechselte sie von allein die Laufrichtung. Sofort war der Pappkäfer, den Jann leichtsinnigerweise auf das rosa Spielfeld in der Mitte geparkt hatte, weg.

Sisal lachte.

»Die hat dich schon weggefuttert! Guck mal, wie sie dich wegfuttert!«

Mit dem Looping stimmte irgendwas nicht. Wann immer die Kakerlake sich an den Aufgang des Loopings machte, hatte sie nicht genügend Schwung, fiel auf ihren Rückenpanzer und musste per Hand wieder auf die Rädchen gestellt werden. Jann musste Sisal nicht gewinnen lassen, sie gewann von allein. Die erste Runde. Die zweite Runde. Die dritte Runde.

»Können wir noch eine Runde spielen?«
»Geht okay«, sagte er. »Willst du Schokolade?«
»Schokolade wär toll.«

Sie gewann die vierte Runde, die fünfte Runde, fand es völlig normal, dass sie all diese Runden gewann. Erst nach der sechsten Runde wurden ihre Spielzüge langsamer, wurde ihre Körperspannung weicher, legte sie ihren Kopf auf seinen Schoß, ließ sich kraulen, stellte die Kakerlake nur noch gelegentlich auf das Spielbrett, hielt ihre gewonnenen Käfer fest in der Hand umklammert, schlief irgendwann unter heftigem Gliederzucken, auf seinem Schoß ein.

Geschafft, dachte er.

In der Nacht klammerte sich Sisal an ihn, stieß ihn ab, wälzte sich auf der Pritsche, stand auf einmal senkrecht über ihm, mit aufgerissenen Augen, ohne zu erwachen. Am Morgen hatte sich der Nebel noch immer nicht gelichtet. Vor dem Fenster des Bauwagens stand eine weiße Wand, über der sich am Osthimmel erstes Licht zeigte. Er hielt das Luftmessgerät aus dem Fenster. Achtzig Mikrogramm. Im Wagen: sechzig. Sie frühstückten

Wasser, das, zugegeben, ein wenig nach Bier schmeckte, Knäckebrot und Nudeln.

»Hattest du nicht gesagt, Mama hat dir ein Tütchen Kakao eingepackt?«
»Ich weiß nicht.«
»Sisal. Ist Kakao in deinem Rucksack?«
»Glaub schon.«
»Und willst du ihn nicht trinken?«
»Ich weiß nicht. Ich glaub, es ist mir egal.«

Jann zerrte den Gurt ihres kleinen Rucksacks auf und sah nach, was Ruth ihr eingepackt hatte. Da, ein Tütchen Fertigkakao. Eine Zuckerbombe, in Eile beim Bäcker gekauft. Hier draußen aber noch immer das Beste, was ihnen passieren konnte. Er suchte das Röhrchen, doch das war offenbar abgefallen. Oder waren sie schon verboten? Er steckte eine der trockenen Makkaroni in den Kakao und reichte ihn seiner Tochter.

Sie lachte.

»Soll ich jetzt durch die Nudel trinken?«
»Das ist ein Nudelhalm, ja, und jetzt trink!«

Der Kakao tat ihr gut. Oder ihm tat es gut zu sehen, wie sie Kakao trank. Er machte einen Ausflug mit seiner Tochter in die Oderauen, und zum Frühstück gab es Kakao. Alles in bester Ordnung. Calcium. Proteine. Spurenelemente aus der Kakaobohne.

»Nach dem Frühstück werden wir bisschen die Gegend erkunden«, sagte er zu dem Kind.
»Meinst du, hier ist viel zu sehen?«

»Wenn sich der Nebel lichtet, schon.«
»Und was kommt dann, wenn er sich lichtet?«
»Das Naturparadies unteres Odertal.«
»Mit rosa Schwänen?«
»Nein, aber einen Kranich könnten wir, mit bisschen Glück, schon sehen.«

Er prüfte, ob Sisal halbwegs winddicht eingewickelt war, fand sogar ein Paar Ersatzsocken in dem Rucksack, einen kleinen Schal. Er nahm Sisal an die Hand und führte sie aus dem Bauwagen. Der Nebel war unwirklich. Der Damm nur wenige Meter nach Norden und Süden zu sehen, bevor er verschluckt wurde. Sie liefen einige Meter oderabwärts. Siebzig, dann achtzig Mikrogramm. Sie machten kehrt. Achtzig Mikrogramm. Sie stiegen nach Osten zur Oder hinab. Achtzig. Sie stiegen nach Westen ins Hinterland, durch Anemonen und Senf. Achtzig, auch hier.

Er rang mit sich. Fischte die Atemmaske dann aus seiner Parkatasche.

»Besser, du ziehst das an«, sagte er.
»Was ist das?«, fragte Sisal. »Karneval?«
»Ja, mein Schatz.«
»Wirklich? Heute ist Karneval? Kommen noch andere?«
»Nein, nur wir zwei.«

Jann hatte Mühe, die große Maske an dem kleinen Kindergesicht zu befestigen, er musste das Gummiband mehrmals um Sisals Ohrmuschel wickeln. Er bog den Metallbügel fest um ihre Nase, doch der Bügel war für die kaum vorhandene Nasengröße nicht gemacht. Dann sah ihn ein kleines, außerirdisches Wesen mit Kinderaugen an.

Wieder suchte er auf dem Handy nach einem Grund für die Werte. Achtzig, wohin er ging. Kein Wind. Nur Nebel. Er fasste Sisal fester. Ihre Hand war kalt. Er bückte sich und roch an ihrem Haarschopf. Ihre Haare, sie dufteten nicht mehr. Sie rochen nach gar nichts. Es war, als sei der Zauber verschwunden.

»Papa, da!«

Im Nebel steckte ein riesiger Schatten. Mit einem animalischen Umriss. Jann blieb stehen. Er schirmte sich die Augen ab, obwohl das wenige Licht, das zu ihnen hindurchfand, von hinten kam. Es war Itzenplitzens Schatten, keine Frage. Wenn sie weiterliefen, lief der Hund ebenfalls los. Wenn sie stehen blieben, verharrte auch er. Jann atmete durch. Das gefiel ihm gar nicht, wie sich die Dinge entwickelten. Alles in allem war das nicht, was er beabsichtigt hatte, hier draußen.

»Hast du ihn bellen gehört?«, fragte er das Kind.
»Was? Nein, er hat nicht gebellt.«
»Ganz sicher?«
»Ich glaub, er ist nicht echt«, sagte Sisal.
»Bist du ganz sicher, dass er nicht gebellt hat?«
»Ja. Er bewegt sich nicht mal.«

Was war das in seinem Magen, aufsteigende Übelkeit? Nur der Puls, der anzog? Und warum kribbelte auf einmal seine Hand? Jann sah zur Seite. Tiefe Weiden, deren Äste über den Damm reichten, nach ihm griffen, ihm das Kind fortheben wollten, Weiden auf beiden Seiten des Dammes, langfingrig, knorrig, dazwischen unversöhnlich der Nebel. Er musste zurück nach Solikante, Spuren beseitigen, bevor es zu spät war.

»Wir gehen jetzt zurück ins Dorf«, sagte er zu dem Kind.

Er drehte Sisal brüsk in die andere Richtung. Falls sie leicht nach Süden stachen, würden sie nicht nochmals durchs Wasser gehen müssen. Er nahm zur Sicherheit einen letzten Wert. Fünfundachtzig. Itzenplitz immerhin war verschwunden, seit sie in die andere Richtung liefen. Jann blinzelte gegen die aufgehende Morgenhelligkeit, die Sonne war nicht zu sehen, wohl aber ein gleißender Schein weißen Lichts.

»Wir feiern gar keinen Karneval«, sagte Sisal.
»Nein.«
»Aber wohin gehen wir dann?«
»Ich bring dich nach Hause.«
»Zurück zu Mama?«
»Ist besser, ja.«

2.

Ein derber Schlag schreckte sie aus dem Schlaf. Über ihr schien etwas umgestürzt zu sein. Etwas, das schwer war. Es walzte über ihr den Dachboden entlang. Sie sah auf ihr Handy, sechs Uhr drei. Sisal neben ihr wand sich in ihren Träumen, unter den Lidern zuckten ihre Augen.

»Ist ja gut. Ist gut, mein Schatz!«

Das Ding da oben schien nun zurückzurollen, dann ertönten im Treppenhaus Rufe. Sisal trat heftig mit den Beinen, strampelte sich frei, wehrte einen unsichtbaren Gegner ab, der ihr zusetzte in ihrem Traum. Ruth deckte sie zu und legte ihr die Hand auf die Stirn. Dann zog sie sich Nachthemd zurecht und ging in den Flur hinaus. Sie fragte sich, ob die Bauarbeiter sich deswegen nicht an die Abmachung hielten, um sie im Nachthemd im Flur zu sehen. *Kommt sie? Meinste, sie kommt? Meinste, sie kommt auch mal ohne Hemd?*

»Hallo? Hallo? Es ist fünf nach sechs!«, rief sie.
»'tschuldigung, kann ick ma durch?«

Ein älterer Bauarbeiter mit rotem Helm zwängte sich mit einer Sägeschiene an ihr vorbei. Auch kein Zufall, wenn man sie fragte: Sobald sie aus der Tür trat, um die Herrschaften daran zu erinnern, dass sie vor halb sieben nicht anfangen durften, zwängte sich einer der Bauarbeiter mit einem sonderlichen Arbeitsgerät an ihr vorbei. Und kam ihr dabei zu nah. Viel zu nah.

»Halt, Moment. Vor sechs Uhr dreißig dürfen Sie nicht anfangen. Das ist mit der Hausverwaltung so besprochen. Sechs Uhr gilt nicht mehr.«
»Weeß ick nüscht von. Müssense wen Klüjeret fragen. Ick schlepp hier nur die Schiene hoch.«
»Aber wer ist denn hier Bauleiter oder so was?«
»Wissen Se, wie schwer dit Ding ist? Hab jetzt keene Zeit zu plaudern. Müssense wen Klüjeret anquatschen.«

Ruth ging zurück und schloss die Wohnungstür. In dem Moment ertönte im Flur Gelächter. Sie machte die Tür wieder auf. Das Gelächter verstummte. Sie merkte, wie ihr die Kontrolle über ihren Puls entglitt. Dass sich da etwas zusammenzog in ihr. Dass sich Muskeln anspannten, die um diese Tageszeit eigentlich entspannt im Tiefschlaf liegen sollten, als Vorbereitung auf einen neuen, langen Tag in der Praxis.

Als sie zurück ins Bett gehen wollte, sprang über ihr eine Bohrmaschine an. Aber was für ein Teil. Mein Gott. Ihr war, als erfahre nicht nur der Dachstuhl, sondern sie selbst eine Tiefenbohrung. Eine Wurzelbehandlung. Und sie trafen dabei direkt den Nerv. Die Wände jaulten unter dem Bohren, gaben den Schall über die Heizkörper ab. Dann ein massives Gedengel gegen die Rohre. Deng. Deng. Deng. Pause. Jetzt nicht den Anfängerfehler machen und glauben, es sei vorbei. Jetzt bloß nicht ins Bett gehen und versuchen einzuschlafen. Der Bohrer verstummte. Sie legte sich ins Bett. Machte die Augen zu. Deng. Deng. Deng. Wieder gegen das Heizungsrohr. Ruth sprang erneut aus dem Bett.

»Mami, was ist das?«
»Nichts, Schatz, schlaf weiter. Ich kläre das.«

Sie rief die Hausverwaltung an.

Guten Tag. Hier ist Trine von Taekker, Ihrer Hausverwaltung. Sie rufen außerhalb unserer Öffnungszeiten an. Diese sind Montag bis Freitag, acht bis ...

Sie legte auf. Und jetzt? Die Polizei rufen? Wegen einer Baustelle? Nein, so weit war sie noch nicht.
Noch nicht.

»Machen sie das Haus jetzt kaputt? Wie Papa?«
»Nein, Sie bauen eins oben drauf, Schatz. Komm, schnell, Zähneputzen, dann frühstücken wir im Café.«

In dem winzigen Bad standen Mutter und Tochter dicht an dicht in dem Schummerlicht, Sisal auf einem Hocker, und grinsten sich im Spiegel an. Wenn Sisal grinste, floss Zahncremeschaum ins Becken. Wenn Ruth grinste, tat sich gar nichts. Die Lippen blieben um den Schaft der Zahnbürste geschlossen. Seltsam. Ihr Mund veränderte sich nicht, wenn sie lächelte. Sie lächelte gar nicht, wenn sie lächelte.

Als sie ausspülten, kam eine Wolke weißen Staubs von der Baustelle aus dem Lüftungsschacht. Ruth versuchte noch schnell, den Ventilator anzustellen und das Zeug zurückzusaugen, doch zu spät. Ein Glück, dass Jann nicht da war. Weißer Staub! Aus dem Lüftungsschacht! Eine bessere Inkarnation seiner Urängste war kaum vorstellbar. Weißer Staub aus dem Lüftungsschacht! Den würde er noch auf dem Totenbett sehen!

»Komm, wir gehen«, sagte sie zu Sisal.
»Und meine Ohren?«
»Sind heute einfach mal sauber. Findest du nicht?«

Im Treppenhaus schleppten sie gerade Winkelbleche von der Größe ihres Schreibtisches nach oben. Wofür hatten sie einen Lastenaufzug im Hof installiert, der ihre Küche verdunkelte, wenn sie nun doch alles durchs Treppenhaus schleppten?

»Juten Morjen is hier nich oder wat?«
»Oh, natürlich! Ich wünsche einen wunderschönen guten Morgen und einen grandiosen Tag!«, rief Ruth. »Ihnen und der ganzen Familie auch!«

Als sie aus dem Haus traten, stellte Ruth fest, dass die Sonne bereits am Aufgehen war. Es wurde sozusagen Tag. Waren in ihrer Wohnung ja nicht mehr auseinanderzuhalten, Tag und Nacht. Sie war in vierundzwanzigstündige Dunkelheit gehüllt, seit nicht nur das kleine Küchenfenster zum Hof, sondern auch die Fenster zur Potse hin abgehängt waren. Sie sahen kein Licht mehr, sondern Bauarbeiterschuhe. Bauarbeiterknie. Bauarbeiterhosen.

»Haben Sie Simits?«
»Natürlich, frisch gebacken.«
»Danke, dann zwei. Und noch einen Kaffee und einen Kakao. Bitte.«
»Aber was ist passiert? Sehen Sie müde aus!«
»Sie bauen ein Haus auf unser Haus«, erklärte Sisal.
»Bauarbeiter haben Sie geweckt? Dann schenke ich das!«
»Nein, Sie sollen Ihr Geld schon kriegen. Ist ja nicht Ihre Schuld. Hier!«

»Auf keinen Fall. Ist das geschenkt. Uns bauen sie auch ein Haus auf das Haus.«

Als sie endlich saßen, in der kleinen Bäckerei, an dem runden Tisch vor dem Kühlregal, in dem es keinen Alkohol gab, als Ruth es endlich schaffte zu lächeln, ihre Tochter anzusehen, sich an ihrer Tochter zu erfreuen, an diesem kleinen, auch nach fünf Jahren irgendwie noch immer frisch geschlüpften Geschöpf, als Ruth ihr durchs Haar fuhr, ihre Spängchen richtete, einen kleinen, dann doch etwas störenden Fleck auf Sisals linkem Ohrläppchen mit Spucke wegwischte, als sie ihre schläfrige Tochter, die mechanisch einen Schluck Kakao nach dem anderen trank, umarmte und auf die Wange küsste, klingelte Ruths Telefon.

»Guten Morgen, Taekker Hausverwaltung, hier Trine, Sie haben angerufen?«
»Jetzt nicht. Wissen Sie eigentlich, wie spät es ist? Ich frühstücke! Mit meiner Tochter!«

Ruth legte auf. Wieder verfluchte sie, dass sie ihre Wut nicht gegen eine international agierende Immobilienholding ableiten konnte. Aber nein. Sozialwohnungen. Hoch anständig. Kulturell wertvolles Produkt politischer Kompromisse. Ehrwürdigster Ausdruck ihres Sozialstaates.

»Papa war irgendwie total komisch, diesmal«, sagte Sisal.

Ruth setzte ihre Tasse Kaffee, die sie bereits an den Mund geführt hatte, wieder ab. Gestern im Zug war kein Wort herauszubekommen gewesen, aus Sisal. Aber das war ja oft so. Fragte man, bekam man keine Antwort. Fragte man nicht, platzte es irgendwann von allein aus ihr heraus. Und Sisal hatte recht. Jann war zwar pünktlich am Gleis gestanden. Er hatte nicht so ausgesehen, als wäre er in letzter Minute herbeigerannt. Nicht mal eine Fahne hatte er gehabt, soweit Ruth das in dem Luftzug am Gleis hatte feststellen können. Und doch hatte er ziemlich fertig ausgesehen. Haare zerzaust. Ringe unter den Augen. Parka fleckig. Aber geschenkt, unter Ruths Puder lagen nicht nur dunkle Ringe, sondern ganze dunkle Teiche. Als habe man sie geschlagen, in den letzten Tagen. In gewissem Maße hatte man das ja auch.

»Aber warum? Ich dachte, es hat Spaß gemacht.«
»Es hat Spaß gemacht.«
»Und was war dann so komisch?«
»Er hat die ganze Zeit gesagt, dass er mich liebhat.«
»Das ist doch schön, Bienchen.«
»Ja, aber warum sagt er es die ganze Zeit? Und warum hat er dabei geweint?«

Ruth schob ihren Stuhl zur Seite, so dass sie Sisal hochnehmen und auf ihren Schoß setzen konnte. Ihre Glieder hingen ihr müde herab, ihre Füße verhakten sich mit den Tischbeinen. Sowie sie auf ihrem Schoß saß, sackte Sisal in sich zusammen.

»Ist ja gut. Ist schon gut, Bienchen. Was habt ihr denn miteinander gemacht?«, fragte Ruth vorsichtig.
»Na, diesen Ausflug. Wir wollten eigentlich Karneval feiern an der Oder.«
»Ihr wolltet – was?«

In einem Reflex legte sich Ruth die Hände vor die Augen. Nichts sehen, nichts hören. Noch vor wenigen Monaten hatte Sisal geglaubt, sie sei für andere unsichtbar, wenn sie sich die Augen zuhielt. Vielleicht stimmt das ja? Ruth hatte nicht die geringste Ahnung, was dieser Mann mit ihrer Tochter angestellt hatte. Er wollte ihr nichts antun, da war sie sich noch immer sicher. Die Frage war aber inzwischen, ob ihm das noch gelang?

Der ist doch total verrückt geworden, das war immer ein beliebter Ausspruch gewesen in ihrer Ehe, wenn sie einmal auf jemanden trafen, der nicht nur nachplapperte, was in den Zeitungen oder im Internet stand. *Der ist total verrückt geworden*, das galt in ihrer Ehe immer als Kompliment. Was aber, wenn Jann nun wirklich verrückt geworden war? Karneval an der Oder? Und dann? Weihnachten hinterm Ural?

Sie war vom Ostkreuz nicht sofort nach Solikante gefahren, sondern hatte die vier Stunden noch abgewartet, bis zum vereinbarten Zug am Abend. Sie hatte Jann nicht kontrollieren wollen. Ihm Sisal nicht vorzeitig wegnehmen. Sie hatte kein gutes Gefühl, dass er nun allein war, da draußen.

»Aber dann hat er mir die Maske doch wieder ausgezogen.«
»Die Maske?«
»So eine weiße Karnevalsmaske. Sie war nicht sehr schön, ich weiß nicht, vielleicht kann man sie anmalen, aber wir hatte keine Stifte dabei.«
»Und was habt ihr gegessen, da draußen?«
»Ich hatte ja deinen Kakao.«
»Und dann habt ihr in diesem Wagen geschlafen?«
»Vorher haben wir noch *Kakerlaloop* gespielt. Ich hab die ganze Zeit gewonnen.«
»Das mit der Aufziehschlange?«
»Nein, das mit der Motorkakerlake.«
»Ah. Natürlich.«

»Und dann sind wir im Nebel spazieren gegangen, das war eigentlich schön, aber dann kam ein Hund, also kein echter, aber das Schwarze von einem Hund, also nur die Form, und ich glaube, das war einfach ein Schatten von der Sonne, aber Papa ist total verrückt geworden.«

»Hat er geschrien?«

»Nein, er hat nicht geschrien. Er hat, ich weiß nicht. Gezittert.«

Welche noch so gut ausgebildete Erzieherin konnte Sisal geben, was sie brauchte, an diesem Morgen? Einen Vater und eine Mutter, die mit ihr *Engelchen flieg* spielten, in einer Dreierkette, auf einem Feldweg, im Morgengrauen. Auch sie konnte es Sisal nicht geben. Sie konnte Sisal aber auch nicht bei sich behalten. Was sollten sie schon tun? Den ganzen Tag in der Bäckerei sitzen und gratis Simits essen? Zu Hause zuschauen, wie die Baustelle nicht vorankam, aber lärmte? Nein, das hatte nichts mit Justus Fischer zu tun. Sie brachte ihr Kind nicht deswegen in die Kita, weil sie sonst ihren Job verlöre. Sie brachte ihr Kind an diesem Morgen in die Kita, weil es trotz allem das Beste für sie war.

»Ach, Ruth, schade.«

»Ja, Justus, sehr schade. Total schade, mich zu sehen. Und dir auch einen guten Morgen.«

»Nein, schade, dass ich dich nicht erreicht habe. Es gibt da ein kleines Problem.«

»Wieso? Ich bin doch pünktlich? Oder hatte Roland F. sich etwas anderes notiert?«

»Nein, er hat dasselbe notiert, aber er ist nicht da.«

»Er kommt nicht mehr? So plötzlich?«

»Doch, schon, aber, es tut mir leid. Ich hab die ganze Zeit versucht, dich anzurufen, hast du dein Handy morgens nicht an?«

»Nun sprich es schon aus, Justus. Bin ich gekündigt?«

»Ruth, nein! So denkst du nicht wirklich über mich? Es ist so: Roland F. kann nicht kommen, weil sie ihm seinen Sohn nicht abgenommen haben und seine Frau wohl grade nicht da ist. Er klang etwas wirr.«

»Sie ist tot.«

»Was?«

»Seine Frau. Ich glaube inzwischen, dass sie tot ist. Aber egal. Tut nichts zur Sache. Stimmt vielleicht auch gar nicht.«

»Nicht jede Frau, die nicht zur Verfügung steht, wenn man sie braucht, ist tot.«

»Spinnst du? Du kennst den Fall doch gar nicht.«

»Jedenfalls hat sein Sohn Maul- und Klauenseuche.«

»Hand, Fuß, Mund. Das heißt, sein Sohn ist nicht in der Kita?«

»Ja.«

»Deshalb kann Roland nicht kommen?«

»So sieht es aus, Ruth.«

»Sag mal, willst du mich eigentlich verarschen?«

»Du kannst die Stunde trotzdem in Rechnung stellen.«

»Ach so. So ist das. Du willst mich nicht verarschen, du willst mich beleidigen?«

»Ruth. Ich weiß ja, was bei euch grade los ist, aber –«

»Du weißt gar nichts, Justus.«

»Vielleicht solltest du dich mal ausschlafen.«

»Oh, das ist hilfreich.«

»Was ist denn jetzt? Ich habe immer gesagt, meine Praxis soll eine Insel ohne Ellbogen sein. Das ist doch kein Kräftemessen, hier. Was hab ich denn jetzt schon wieder Falsches gesagt?«

»Viel. Unter anderem den allerletzten Satz. Und nimm mich jetzt bloß nicht in den Arm!«

»Ist es das, was du willst? In den Arm genommen werden?«

»Sag mal, hörst du nicht zu? Ich gehe dann jetzt.«

»Ist vielleicht besser, ja. Bis morgen?«

»Du hörst mir nicht zu, Justus. Ich gehe. Morgen siehst du mich nicht.«

Sie trat die Absätze ihrer Lederstiefel auf die Stufen im Treppenhaus, als wolle sie das Linoleum darauf perforieren. Tack. Tack. Tack. Auch sie konnte Lärm verursachen. Das war kein Alleinstellungsmerkmal einiger berlinernder Bauarbeiter oder ihres immer verständigen, dabei aber vor Blödheit schreienden Chefs. *Ich gehe. Für immer.* Das hatte sie sagen wollen. Aber dann doch wieder nicht über die Lippen gekriegt. *Morgen siehst du mich nicht.* Was für eine schwammige, unentschiedene Verabschiedung. Da konnte sie ihm ja gleich entgegenrufen: *Ich hasse dich, aber leider brauche ich dich!*

Sie nestelte an der unsäglichen Kette ihres Rollers herum und gab Strom. Auf Anschlag. Alles auf Anschlag, ab jetzt. Totale Power. Dann fuhr sie, mal auf dem Mittelstreifen, mal auf dem Gehweg, mal auch auf der rechten Seite der Straße, in jedem Fall auf dem schnellsten Weg zu Kate.

Das Gute an Kate: Sie war tagsüber zu Hause. Und in ihrem Bett lag nur am Wochenende ein Mann. Man störte also nicht, im Gegenteil. Seit Ruth Familie hatte (oder gehabt hatte oder wie immer das sich derzeit gestaltete), war Kate der Fremdköper gewesen. Diejenige von ihnen, deren Anrufe nicht passten, weil Sisal schon schlief, die nicht mehr vorbeischauen durfte, weil Ruth einen Abend mit Jann benötigte, wenn von ihrer Beziehung trotz Kind noch etwas übrig bleiben sollte. Auch wenn es kein schönes Bild für eine Freundschaft war: Seit ihrer Ehe mit Jann war Ruth der Stern gewesen und Kate nur der Satellit.

Hohenhausen. VH, 3. E. re.

Sie klingelte. Und warum kam ihr jetzt, in genau diesem Moment, in dem sie auf das Klingelschild drückte und Kate am anderen Ende der Sprechanlage nicht *Ja?* rief, sondern kicherte, *Psst!* sagte und *Wer stört?*, warum kam ihr genau dann, als Kate mit einem ehrlich entsetzen *Oh Gott* auf Ruths *Ich bin's* reagierte, warum kam ihr genau jetzt Janns alter Ausspruch in den Sinn, in Berlin würde nicht gelebt, sondern gehaust, sie behausten doch alle nur Käfige, wie Legehennen?

»Die Haltung in Käfigen ist abgeschafft«, hatte sie gesagt.
»Dann sollten die Menschen für ihre Rechte auf die Straße gehen, damit ihre Haltung in Käfigen auch abgeschafft wird.«
»Ihre Rechte?«
»Freies Wohnen. Freies Leben. Autofreie Straßen. Was weiß ich. Mehr Freiheit eben!«
»Freie Liebe.«
»Das hast du gesagt.«
»Also?«
»Ruth, nein. Ich bin glücklich mit dir.«

3.

Jann blieb stehen. Er hielt die Augen geschlossen. Und doch sah er wieder Itzenplitzens Schatten. Ganz nah. Ganz deutlich. Jann bat ihn, dass er ihn beschützte bei allem, was auf ihn zukam. Dass er ihm verzieh. Sag, dass es richtig war. Gib mir ein Zeichen. Sag mir, wohin ich gehe. Sag mir, wie es Ruth geht.

Der Nebel verzog sich nicht, hing wie Gaze zwischen den kahlen Ästen der Apfelallee. Am Wegesrand helle Punkte von Rainfarn. Stille hatte sich über das Luch gelegt. Jann ging weiter. Zügig, beinahe gehetzt.

Er schob das Polizeigitter auf und zwängte sich hindurch. Inzwischen kannte er den Weg auch im Dunkeln. Er tastete sich an der Brandmauer entlang, kniete sich vor die Kohlegrube. Dann nahm er die beiden Packungen Grillanzünder aus der Tasche und warf sie in den Schacht.

»Achtung? Achtung!«

Seltsam. Er hatte geflüstert. Das war da unten keinesfalls zu hören. Er versuchte es nochmals.

»Ist jemand da unten?«

Ja, zum Teufel, konnte er denn nicht mehr sprechen? Er warf einen Kieselstein in die Grube. Kein Aufschlag. Der Stein musste auf dem Fell gelandet sein. Es war total schwarz in dem Schacht, keine Treppenstufe, kein Armierungseisen zu sehen.

»Ja. Ich bin für dich da.«
»Wer? Wer ist da?«, fragte Jann.
»Itzenplitz.«
»Was, wer?«

Jann drehte sich um. Doch da war niemand. Auch nicht im Schacht. Janns Hände zitterten, als er die beiden Flaschen Brennspiritus aus den Parkataschen nahm. Er öffnete die erste und goss sie auf den Hund. Die zweite glitt ihm aus der Hand und zerschellte am Grubenboden. Jann betätigte das Feuerzeug, arretierte den kleinen Gashebel. Er ließ das Feuerzeug fallen. Es gab eine Stichflamme, die Itzenplitz erhellte. Die vier Gliedmaßen. Das wabbelige Ödem unter dem Hals. Jann drehte sich um und sah zu, dass er vom Gelände kam.

Nach hundert Metern wagte er, sich umzudrehen. Dunkelheit. An einer Stelle aber tanzende Flammen. Ja, der Kadaver brannte. Zum ersten Mal seit Tagen spürte Jann so etwas wie Ruhe in seinen Gliedern. Doch vielleicht war das auch nur die Müdigkeit.

Im Schloss versuchte er, den Ofen in der Küche zu heizen. Nicht möglich. Er qualmte und rußte. Wenn man Jann ließe, würde er keinen Ofen heizen, sondern ein Feuer schüren. Würde er im Wald hausen. Auf Moosfellen Nachwuchs zeugen. Fische aus den Bächen greifen. Aber man ließ ihn ja nicht.

Er wechselte in Sisals Zimmer. Seine Brust wurde ihm eng. Das startbereite Auto in der *Carrera*-Bahn. Die Elektrokakerlaken von *Kakerlak* und *Kakerlacula*. Er löschte das Licht, um sie nicht sehen zu müssen, heizte Sisals Ofen im Dunkeln. Ihr Ofen zog besser, begann rasch zu fauchen. Sobald er fauchte, konnte man alles nachlegen, auch ungespaltene Hölzer. Ab jetzt ging alles durchs Ofenrohr, was man loswerden wollte.

Er setzte sich auf Sisals Bett. Er roch nichts als Birkenholzrauch. Warum roch Sisal auf einmal nicht mehr? Brauchte es Kraft, um so gut zu riechen? Er nahm sein Handy und suchte erneut, was der Auslöser für die hohen Werte gewesen sein konnte. Ein Brand? Ein Unfall in einer Chemiefabrik?

In case of high humidity, especially fog, the values can be significantly higher as the official stations measure the dried fine dust.

Was sollte das nun wieder bedeuten? Dass bei Nebel sein Gerät spann? Dass die Werte gar nicht stimmten? Was zeigte Google da an? Es war ein geeichtes und über einen offiziellen Händler bezogenes Messgerät aus Shanghai. Und doch. Was er gemessen hatte, war nichts als feines Wasser. Kein Staub, sondern Nebel. Er hatte Sisal eine Maske angezogen, weil sie Nebel geatmet hatte. Es fühlte sich an, als habe er sie geohrfeigt.

Jann stand auf und lief durch den dunklen Flur in die Küche. Öffnete den Kühlschrank, fand keinen Alkohol. Merkte erst dann, dass er gar keinen trinken wollte. Er hatte nur Durst. Durst, so unschuldig, Durst, so wie früher. Auf Wasser eben. Er beugte seinen Kopf unter den Hahn und trank. Yvonne. Er würde morgen Yvonne aufsuchen. Er würde ihr alles erzählen. Von Ruth. Von

Sisal. Vom Syrer. Von Karl Ole. Von Itzenplitz. Sie würde ihn bei sich aufnehmen. Zumindest, bis Karl Ole Ruhe gab.

Er ging zurück in Sisals Zimmer. Unbedacht machte er Licht. Am Fußende des Bettes lag eine Kinderzeichnung, die ein Reh und einen Hund zeigte. Darunter stand: *PAPA IHC HAB DICH LIBB.* Er nahm das Blatt in die Hand. Roch daran. Er löschte das Licht und legte sich wieder in Sisals Bett, ihre Zeichnung hielt er fest in den Händen. Morgen, sagte er sich. Erst mal schlafen. Seine Glieder zuckten, seine Zähne klapperten aufeinander, bevor ihn endlich das Bewusstsein verließ.

Gegen Mitternacht weckte ihn das Piepsen des Rauchmelders. Inzwischen reagierte er nur noch genervt darauf. Aufstehen. Fenster aufmachen. Luft hereinlassen. Und schon verstummte das Piepsen – nicht! Im Gegenteil. Die Frequenz des Piepsers erhöhte sich noch. Die Werte verschlechterten sich. Und die Luft, die hereinströmte, roch verbrannt. Nicht nach Holzfeuer, sondern verschmort. Doch der Ofen zog. Qualmte nicht. Jann lief zum Nordflügel und sah aus dem Fenster.

Hinter dem Bahndamm brannte es. Am *Geteilten Land.* Ascheregen stob vom Himmel herab. Mit zitternden Händen fingerte er das Luftmessgerät aus der Parkatasche. Fünfhundert Mikrogramm. Der höchste jemals gemessene Wert. Der höchste, den das Gerät überhaupt anzeigen konnte. Jann legte sich wieder hin. Faltete die Hände. Schlief. Wachte. Hoffte, dass er nicht erstickte. Dass ihm Itzenplitz nicht erschiene. Erst am frühen Morgen traute er sich aus dem Haus.

Er schlich zum *Geteilten Land* hinüber. Der Kohlebunker war nur noch ein schwarzes Gerippe. Flugasche wehte Jann entgegen, weiß, unter einem Himmel, der makellos blau war, der Nebel hatte sich endlich verzogen. Jann ging die letzten Meter auf das Polizeigitter zu, dann hob er den Blick und staunte. Das war kein Kraftwerk, das war ein Kunstwerk. Keine Graustufen, keine Farben, nur schwarz und weiß. Das hatte sich ein Landschaftsarchitekt ausgedacht, ein Baukünstler. Nur Ruß und Asche.

»Kleine Schramme heut Nacht davongetragen?«

Mike Fährenkötte. Na, danke. Was suchte der denn hier? Aber immer noch besser als Karl Ole. Mike hatte nichts gegen ihn in der Hand. Wäre es nicht viel verdächtiger gewesen, sich hier, am Morgen nach dem Brand, nicht sehen zu lassen, keine Neugierde zu haben, zu Hause im Schloss zu sitzen, als unmittelbarer Nachbar?

»Wo?«
»Na, da auf der Stirn.«

Jann tastete danach. Er wusste nichts von einer Schramme. Er nahm schon lange nicht mehr war, wenn er blutete.

»Muss beim Renovieren passiert sein«, sagte er.
»Dass du dich hier noch blicken lässt.«
»Und warum? Warum sollt ich mich nicht mehr hier blicken lassen?«
»So viel Grillanzünder und Spiritus kauft man nicht auf einmal, bei Emma. Zumindest nicht, wenn man keinen Grill damit anzünden will.«
»Ich hab hier nichts angezündet.«
»Johann hat dich gesehen, auch schon vorgestern, mit dem

Hund. Aber, entspann dich. Uns ist es sowieso recht. Wir dachten ja eigentlich, dass wir Karl Ole dazu kriegen, die Drecksarbeit für mich zu machen.«

»Ihr wolltet, dass es hier brennt?«

»Sagen wir mal, nun kostet es uns nicht mehr so viel. Ein Asbest-Grundstück, auf dem es gebrannt hat? Das gibt's geschenkt.«

»Glaub nur nicht, dass der Syrer deswegen verkauft.«

»Also, jetzt enttäuschst du mich aber.«

»Er will jetzt nur noch einen Sendemast bauen. Da ist doch egal, ob's vorher gebrannt hat.«

»Ein Syrer? In Solikante? Ich hab dich wirklich überschätzt.«

»Was soll denn das nun wieder heißen?«

»Du musst die Leute da abholen, wo ihnen was fehlt. Biobier? Biogemüse? So ein Blödsinn. Die Leute wollen keine Ausländer vor ihrer Tür. Sie wollen unter sich bleiben. Das ist es, was sie interessiert. Wenn du ihnen das gibst, kaufen sie dir auch was ab. Die Ersten im Dorf haben jetzt schon ein Gemüse-Abo. Musst du dir mal vorstellen. Karl Ole! Ein Bio-Gemüse-Abo! Und das habe ich nur meinem lieben Syrer zu verdanken. Aber, Janni, kleiner Tipp. An deiner Stelle würde ich vielleicht besser von hier verschwinden.«

Er wies auf eine Stelle hinter Janns Rücken, Jann drehte sich um. Ein Streifenwagen war eben unter der Unterführung nach Alt Kebekow hindurchgefahren und näherte sich nun langsam, aber zielstrebig, unter einem klaren Herbstlicht dem *Geteilten Land*.

4.

»Und dann, als Sisal endlich in der Kita war, sagt mein Klient ab, und rat mal, warum? Weil ihm seine Kita seinen Sohn nicht abgenommen hat! Was soll das sein? Witzig? Zynisch?«

»Ähm, Ruth, Sorry, wenn ich das so sage. Aber wenn es nur wieder um *Sisal, Sisal, Sisal* geht, ist das gerade der falsche Moment.«

»Hast du Besuch?«

»Nicht direkt, oder ja, schon seit einiger Zeit. Also, genaugenommen ist Klaus nicht mehr ausgezogen nach unserem Urlaub auf Sri Lanka.«

»In deinem Bett liegt Klaus?«

»Da staunst du? Dass es einer so lang aushält mit mir?«

»Kate! Ich wusste es einfach nicht.«

»Könnte daran liegen, dass du nicht gefragt hast.«

»Ich wollte eigentlich nur einen Kaffee mit dir trinken.«

»Reicht auch ein Espresso? – Mann, Ruth! Ein Scherz! Natürlich können wir einen Kaffee trinken. Klaus läuft ja nicht weg.«

»Nee, ich weiß nicht, ich hab den Eindruck, ich störe nur.«

»Du störst auch. Darfst du aber. Also, wenn es nicht so lange geht.«

»Verstanden. Bin schon weg.«

»Ruth! Nun zieh doch erst mal den Mantel aus. Ich bin gut gelaunt, das ist alles. Gute Laune? Kennst du noch? Das, was du immer hattest, bevor du eine Familie gegründet hast?«

»Verarsch mich nicht. Kaum liegt ein Mann in deinem Bett, ist das alles, was zählt?«

»Na, das sagt die Richtige. Was war denn mit dir, als sich Jann in dein Leben gebraut hat? Als *Sisal, Sisal, Sisal* kam? Als du ihm nach Solikante hinterher bist, ohne Sinn und Verstand?«

»Solikante würd dir vielleicht auch mal ganz guttun. Ledige Männer gibt es da zumindest zuhauf.«

»Es ist ernst, diesmal. Er liegt gerade in meinem Bett. Und wenn du so weitermachst, lege ich mich wieder zu ihm.«

»Ich dachte, es hat dir gefallen, in Solikante?«

»Die Einweihungsparty, die hat mir gefallen.«

»Ach ja, stimmt. Ohne Party hältst du's ja nirgendwo lange aus.«

»Also, wenn das jetzt wieder losgeht –«

»Im Ernst. Hast du schon mal Verantwortung für irgendwas gehabt, was keine Party ist?«

»Und du? Du bist zu genau diesem scheußlichen Muttertier geworden, das du nie werden wolltest. Ich muss ja schon aufpassen, dass ich dich nicht mit *Sisal* anspreche, wenn ich dich sehe.«

»Tu dir keinen Zwang an. Ich nenn dich dann *Klaus*.«

»Ich weiß nicht, ob es gut ist, wenn du jetzt gehst. Ich glaube, dann war's das. Aber diesmal für immer.«

»Weißt du was, Kate? Hier stinkt es nach Sex.«

Sie donnerte die Tür hinter sich ins Schloss. Am liebsten hätte Ruth sie noch einmal aufgemacht und erneut zugedonnert. Ja, am liebsten hätte sie sich den ganzen Tag hier postiert und die Tür immer wieder aufgezogen und zugedonnert, bis von der Zarge nichts mehr übrig wäre als Staub. Und so lange konnten Kate und Klaus schnaufen in ihrem Bett und hecheln, soviel sie wollten. Kate und Klaus. Wie das schon klang. Wie in einem Comic.

Sie setzte sich auf ihren Roller und fuhr los. Sisal. Sie würde einfach nur noch an Sisal denken. Sie nahm einem Radfahrer die Vorfahrt und zeigte ihm den Vogel. Sisal. Sie zwängte sich zwischen wartenden Pkws durch. Sisal. Vier Stunden früher als üblich erreichte sie die Kita *Zwergenaufstand*. Sisal. Wie sie sich freute auf ihr Kind!

»Ich sag's ja«, sagte die Erzieherin. »Es gibt da doch ein ganz geheimes Band, aber nur zwischen Mutter und Kind, da können die Väter einfach nicht ran.«

»Ähm, ich wollte Sisal eigentlich nur etwas früher abholen, wenn das geht.«

»Das meine ich ja. Es geht ihr nicht gut. Ich wollte gerade anrufen.«

»Oh. Was hat sie denn?«

»Nun, sie ist müde, abgeschlafft. Fieber hat sie nicht, aber nach *Hand, Fuß, Mund* geht nun auch noch eine Angina rum.«

Als Ruth den Gruppenraum betrat, trottete Sisal ihr nur langsam entgegen. Lachte nicht. Begrüßte sie nicht. Nahm nicht einmal die Arme hoch.

Und das war nur der Anfang. Denn dann kam die Nacht.

»Meine Ohren fallen ab! Mami, meine Ohren sind heiß und fallen ab. Tu doch was! Warum tust du denn nichts?«

Ruth stand auf und holte den Schmerzsaft. Zum dritten Mal in dieser Nacht. Sie zog fünf Milliliter auf, was zu viel war für eine Fünfjährige, aber sie konnte nicht mehr. Sisal hatte neununddreißig drei Fieber, schwitzte und fror, fror und schwitze, schreckte aus dem Schlaf, schreckte auch Ruth aus dem Schlaf, forderte

Wasser, schrie vor Schmerzen, klammerte sich dann, halb wach, halb träumend, an Ruth, ihren Rettungsring. Ja, es war schwere See, die Sisal umgab. Und wie üblich war die See, die Ruth umgab, nicht minder schwer. Auch das war die vielbeschworene Symbiose von Mutter und Kind. Schlief die eine nicht, schlief die andere auch nicht. Hatte die eine Durst, musste die andere springen. Und taten Ruth nicht auch schon die Ohren weh? Sie steckte die Saugspritze in Sisals Mund.

»Trink, mein Schatz, nicht ausspucken! Alles runterschlucken. Dann geht es dir gleich wieder besser.«

Der Saft war rosa und roch noch durch die Kanüle nach Chemiezucker. Es konnte nicht gut für ein Kind sein, wenn es alle paar Stunden davon trank. Aber immerhin, das Zeug wirkte. Nach jeder Spritze schenkte *Bayer* auch Ruth eine Stunde Schlaf.

»Mami, meine Ohren sind heiß und fallen ab. Tu doch was! Warum tust du denn nichts?«

Wieder schreckte sie auf. Wieder Herzrasen. Wieder Schweiß auf dem Nachthemd. Ihr eigener oder Sisals. Wer wollte das unterscheiden. Wieder Sisal an sich ziehen, ihr die nassen Haare aus der Stirn streichen.

»Sie fallen nicht ab. Ohren können nicht abfallen, mein Schatz.«
»Aber sie sind so heiß. Sie tun so weh! Warum machst du denn nichts!«

Ruth sah auf die Uhr. Halb drei. Die letzte Saugspritze war gerade einmal zwei Stunden her. Wenn sie sich an das hielt, was auf der Packung stand, durfte sie keine neue verabreichen. Wenn sie schlafen wollte, blieb ihr nichts anderes übrig. Sie verhandelte ein wenig mit sich selbst, einigte sich auf einen Kompromiss. Zwei Komma fünf Milliliter. Und dann nichts mehr bis zum Frühstück. Frühstück, mein Gott. Schlucken. Das würde auch noch lustig werden, mit Sisals Hals.

Als Sisal sie das nächste Mal aus dem Schlaf riss, hörte Ruths Herz nicht mehr auf zu galoppieren. Nicht mehr nur dieser erste Schreck, gefolgt von der Erkenntnis: *Ach ja, Sisal ist krank.* Nein, es klopfte und klopfte. Zu schnell, aber irgendwie auch zu – fest? Gleichzeitig waren ihre Glieder so müde, dass sie begannen, von innen heraus zu kitzeln. Kratzen half da nicht.

»Auauau! Aua, Mama! Auuui! Meine Ohren fallen ab! Warum tust du denn nichts?«

Sie zog Sisal zu sich. Dort, wo sie gelegen hatte, kam ein nasser Urinfleck zum Vorschein. Ruth schloss die Augen. Zählte bis fünf. Dann funktionierte sie. Sisal auf Janns Seite rollen, Laken auf der anderen Seite abnehmen, neues Laken suchen, neues Laken nicht finden, Angst haben, dass Sisal solange im Delirium aus dem Bett rollt, das neue Laken aus der Waschmaschine nehmen, in der es zwar lag, aber noch nicht gewaschen war, das neue, alte Laken über ihre eigene Betthälfte spannen, ein Handtuch über die nasse Stelle legen, dann Sisal auf die andere Bettseite rollen, sich dabei beschimpfen lassen, sich dabei treten lassen, dann das Laken auch auf Janns Seite umschlagen, dann erschöpft neben Sisal ins Bett sinken.

Es war das erste Mal, dass sie eine von Sisals Krankheiten allein zu meistern hatte. Jann war gut gewesen, darin. Im Trösten. Im

Organisieren. Im Durchstehen. Je schlimmer die Krankheit, umso größer die Ruhe, die er bewahrte. Schon manche Krankheit hatte gegen Janns Gelassenheit keine Chance gehabt. Wenn sie am liebsten schon den Krankenwagen rief, rief er erst einmal zur Besonnenheit. Schirmte Sisal ab vor ihrer Aufregung, ihrer Sorge, ihrem Stress.

Sie strich Sisal über die Stirn. Maß noch einmal Fieber, doch es war stabil geblieben, neununddreißig drei. Ihr ganzer kleiner Leib war nass. Nicht, dass Sisal noch dehydrierte. Sie stand wieder auf, füllte das Wasserglas erneut und setzte es Sisal an die Lippen. Das Wunder geschah. Sie trank. Sie schluckte. Sie spuckte es nicht wieder aus.

»Morgen geht es dir besser, mein Schatz.«
»Warum, warum geht es mir morgen besser?«
»Weil es einem morgens immer bessergeht.«
»Dann will ich, dass es jetzt Morgen ist. Nun mach endlich, dass es Morgen ist!«

Gegen fünf schliefen sie ein. Erst Sisal, dann Ruth. Um sechs Uhr dreißig sprang über ihnen die Kreissäge an. Der Lärm war so schneidend, so schrill, dass es Ruth in den Ohren weh tat. Ruth schloss die Tür zum Schlafzimmer. Keine Besserung. Stattdessen folgte nun auch noch Gehämmer. Und dann wieder das unvermeidliche Gedengel gegen die Heizkörper. Deng. Deng. Deng. Sie trug Sisal, die bereits schrie, ins Wohnzimmer, bettete sie auf die Couch. Auch nicht besser, hier schienen sie irgendwelche Nägel in die Zwischendecke zu treiben.

Sie flößte Sisal fünf Milliliter ein, auch ohne Frühstück. Sie bettete ein Kissen so über Sisals Ohren, dass der Lärm etwas geringer ausfallen musste. Es sah aus, als würde sie Sisal ersticken. Sie ersetzte das Kissen durch zwei kleine, die sie links und rechts gegen Sisals Ohren drückte.

»Mami, das tut weh, wenn das so laut ist! Mach, dass das nicht so laut ist, meine Ohren, auuu!«

Dann klingelte ihr Handy.

»Hallo Justus. Wir können das abkürzen.«
»Ruth?«
»Egal, wer in deinem Wartezimmer sitzt, ich werde nicht kommen.«
»Was ist denn das für ein Lärm?«
»Was meinst du, das Geschrei oder das Gehämmer?«
»Ach, haben sie jetzt angefangen mit dem Dach?«
»Vor einer Woche. Aber du hörst ja nicht zu.«
»Aber was ist denn mit Sisal los?«
»Fieber. Wahrscheinlich Angina. Oder Mittelohrentzündung, ich weiß es noch nicht.«
»Ruth, es tut mir leid. Natürlich tut es mir leid. Aber wie stellst du dir das denn vor?«
»Wie meinst du das? Meinst du, ich bitte Sisal absichtlich, krank zu werden?«
»Nein, aber zum wievielten Mal ist das denn jetzt?«
»Ich bringe dir ein Attest.«
»Darum geht es doch nicht. Ich glaube dir, und ich brauche kein Attest. Aber, so wie du bist –«
»Ach, wie bin ich denn?«
»Unberechenbar, und wenn du es genau wissen willst: in letzter Zeit ziemlich unverschämt.«
»Justus. Ich bin nicht, wie ich bin. Ich bin schon lange nicht

mehr, wie ich bin. Ich funktioniere hier nur noch. Und, ehrlich gesagt, weiß ich nicht mehr, wie lange.«

»Bist du allein?«

»Ja, natürlich.«

»Soll ich kommen?«

»Justus, was? Hast du keine Klienten?«

»Doch, natürlich, aber ich weiß nicht, du hörst dich anders an als sonst.«

»–«

»Ruth?«

»Danke Justus. Das ist nobel. Aber ich komm schon klar.«

»Sicher?«

»Ich denke schon, ja.«

»Dann melde dich, wenn es Sisal bessergeht. Ich denk mir hier schon was aus.«

»Danke, Justus.«

Es war Folter. Jetzt hatte sie es. Das war keine Baustelle über ihr, das war psychologische Kriegsführung. Zersetzungstaktik. Ein Zermürbungskommando. Das war die orchestrierte Einladung, hier auszuziehen. *Be Berlin! Roof Extension Project.* Ja, das gab es. War ja breit durch die Presse gegangen. Aber ob am Ende nicht doch derselbe Haifisch über ihr ausbauen ließ, der auch ihre Wohnung gekauft hatte? Das war doch ein seltsamer Zufall? Da steckte doch mehr dahinter? Sie wäre nicht die erste Mieterin in dieser Stadt, die aus ihrem Mietvertrag gedrängt wurde. Dann sprang wieder die Kreissäge an. Dann dengelte es wieder gegen die Heizungsrohre. Dann wurde wieder gebohrt. Immer in dieser Reihenfolge. Sägen. Dengeln. Bohren.

»Mami, es tu so weh. Es tut so so weh.«

»Ist gut, mein Schatz, wir gehen jetzt zum Arzt!«

»Nein, nein, nein.«
»Aber, Schatz, du hast Fieber, dein Hals tut weh, deine Ohren.«
»Ich will nicht zum Arzt, auf keinen Fall. Auuu.«
»Sisal, verdammt, natürlich gehen wir zum Arzt!«
»Nicht schi-himpfen, du sollst nicht schi-himpfen, Mami.«
»Aber ich habe doch gar nicht geschimpft, ich – Sisal, ich gehe jetzt kurz ins Bad, okay. Danach sehen wir weiter.«
»Nein! Mami, geh nicht weg! Du sollst nicht ins Bad gehen, meine Ohren tun so weh. Die tun so weh, dass sie abfallen. Meine Ohren fallen ab!«

Ruth schloss die Augen. Wie sollten sie zum Arzt kommen, wenn sie nicht mal ins Bad kam? Und wenn sie jetzt Kate anrief? Was waren denn zwanzig völlig aus dem Ruder gelaufene Minuten gegen zwanzig gemeinsame Jahre? Nein. Unmöglich. Es war vorbei. Sie sah nochmals im Handy nach, wann Carlotte von dieser dämlichen Sprachreise zurück wäre. Da, gestern! Carlotte war seit gestern wieder in der Stadt!

»Hallo?«
»Ja, guten Tag, Korwaczek hier. Kann ich mit Carlotte sprechen?«
»Hallo Frau Korwaczek. Das tut mir leid, sie ist noch auf dieser Sprachreise.«
»Ich dachte, sie ist seit gestern zurück?«
»Das war der Plan, ja. Aber sie hat verlängert. Wie es aussieht, nun, hat sie wen kennengelernt.«
»Ach, schön. Schön für sie.«
»Ja, finde ich auch. In Paris! Toll, wie selbstverständlich das heute ist. Dann noch einen schönen Tag!«
»Moment. Legen Sie nicht auf. Kennen Sie nicht noch wen?«
»Wie meinen Sie?«

»Jemanden, der für Carlotte einspringen könnte?«

»Haben Sie all die Jahre nur Carlotte gehabt?«

»Ähm, nein, also ja. Das heißt: Kennen Sie nun wen, oder nicht?«

»Es tut mir leid. Das tut mir wirklich leid für Sie.«

Was für eine eingebildete, blöde Schnecke. Ruth überlegte, wie ihre Hausnachbarin noch mal hieß, in der Wohnung gegenüber? Anna? Anne? Hanna? Sie war vor drei Jahren eingezogen, oder vor vieren. Die war doch immer ganz nett? Aber wie sollte Ruth sie ansprechen? Mit ihrem Nachnamen vom Klingelschild?

Sie googelte die Nummer vom Medizinischen Notfalldienst der Kassenärztlichen Vereinigung. 116 117. Na, das war ja einfach. Es gefiel ihr gar nicht, dort anzurufen.

»Seit wann hat das Kind die Beschwerden?«

»Es fing gestern Abend ganz plötzlich an.«

»Und wie hoch ist das Fieber?«

»Neununddreißig drei, schon die ganze Nacht. Heute morgen ist es nicht besser geworden, aber es ist auch sehr laut, gerade.«

»Das höre ich. Sorgen Sie für Bettruhe und dafür, dass das Kind ausreichend trinkt. In vier bis sechs Stunden ist dann ein Arzt bei Ihnen. Vorderhaus oder Hinterhaus?«

»In vier bis sechs Stunden!«

»Bei Verschlechterung des Allgemeinzustandes können Sie den Notarzt rufen. Aber danach sieht es nicht aus.«

»Eher vier oder eher sechs?«

»Das kann ich Ihnen nicht sagen. Soll ich Sie nun eintragen oder nicht?«

»Ja, natürlich, ich meine: bitte ja. Wir brauchen hier dringend einen Arzt!«

SECHSTES KAPITEL

DREI MONATE ZUVOR

1.

Vielleicht war es ja nur die Hitze, die Jann nicht bekam. Aber letztlich ahnte Ruth, dass der Grund für die erneute Raserei tiefer lag. Seit Tagen rannte er halbnackt über den Schlosshof, schwitzend, den Kopf gesenkt, die Augen blutunterlaufen, eine Bohrmaschine in der einen, eine Flasche Bier in der anderen Hand. Ob sie ihn darauf hinweisen sollte, dass der Flüssigkeitsausgleich mit Bier bei siebenunddreißig Grad im Schatten nur bedingt zu empfehlen war? Oder ob sie damit alles noch schlimmer machte? Und wie lange schwieg sie nun eigentlich schon zu alldem?

Sein Rücken: von der Sonne verbrannt, die Haut löste sich schon in grauen Fetzen. Das Haar wild und verklebt. Farbflecken auf Armen und Füßen. Auf seiner ausgeleierten Unterhose irgendein neuer Bohrstaub, den er ihr vorwurfsvoll präsentierte, als sei das alles ihre Schuld. Sie weigerte sich, darauf einzugehen. Sie glaubte nicht, dass er einer Renovierung wegen dem Tode geweiht war, was für ihn offenbar außer Frage stand. Sie ignorierte seine rasenden Auftritte, so gut es ging, trank kaltes Wasser unter dem Moskitonetz, verließ ihren Platz im Schatten nur, um neue Eiswürfel zu holen. Nein, sie machte einfach nicht mehr mit.

Der Sommer in Solikante hatte sich zu einer Mittag für Mittag neu über sie hereinbrechenden Katastrophe entwickelt.

Bewegung im Freien war vor Einbruch der Dunkelheit kaum möglich. Nachmittags war es so heiß wie in Südfrankreich, nur leider nicht so trocken. Gefühlte hundert Prozent Luftfeuchte, ein einziges Treibhaus. Ein säuerlicher, schwüler Dampf stieg Stunde um Stunde aus den Feldern. Und Ruth salbte und zählte ununterbrochen ihre Stiche, auch wenn unter dem Moskitonetz keine neuen dazukommen konnten. Fünf, sechs, da, sieben. Sieben Stiche, allein heute. Dazu die vier dicken Quaddeln vom Vortag.

Jann zufolge war Ruth nicht auf Mücken allergisch, sondern auf das Gift, das sie von den Feldern gesogen hatten und das sich nun in Ruths Körper ausbreitete. Phosphat, Glyphosat, irgend so ein Zeug. Sie beneidete Jann um seine Widerstandsfähigkeit, an die er leider nicht glaubte. Wenn er gestochen wurde, war die Rötung bereits nach einer Stunde verschwunden. Inzwischen schlug er nicht einmal mehr nach den Viechern, sondern ließ sie saugen und von allein abfallen. Für das triviale Totschlagen von Mücken hatte der Mann gerade keine Zeit.

Ruth rückte auf ihrer Holzbank einen Zentimeter zur Seite, da ihr Schenkel dort, wo er Sisal berührte, feucht und verschwitzt geworden war. Sisal hatte ihre eigene Taktik entwickelt, den Zumutungen des Solikanter Sommers zu trotzen. Spätestens nach dem Mittagessen fiel sie unter dem Moskitonetz, das Ruth selbst unter dem Dach des maroden Wirtschaftsgebäudes hatte anbringen müssen, in Tiefschlaf. Der Tag sah sie erst wieder, wenn er zum Abend geworden war. Ruth wich nicht von ihrer Seite so lange. Etwas schien da nicht mit rechten Dingen zuzugehen. Dass das Kind so lange schlief? Dass es so lange nicht trank? War das normal? Ihr war, als würde Sisal nicht wieder aufwachen, wenn Ruth auch nur eine Minute lang die Augen von ihr ließ.

Was für ein hübsches Kind sie geworden war. Und wie groß! Ausgestreckt lag sie auf der Bank in der Hitze, wie ein junges, agiles Tier. Das feine Gesicht ganz ohne Schweiß, und sie atmete, ein und aus, und da, wieder, ein und aus, und Ruth hoffte, dass dies so bliebe, bis in alle Ewigkeit. Dass ihr Kind atmete. Dass es am Leben bliebe. Dass es sie überlebte und seinen wahnsinnigen Vater. Dass es eine Heimat fand, in Berlin oder hier, in Paraguay oder in San Francisco. Dass Sisal das Leben lieben lernte. Dass sie es nie als Gefahr begriff, sondern als eine Chance, die erschütternd großzügig und einmalig war.

Aus dem – Schloss drang ein neuer Schrei, lauter als die vorherigen. Etwas knallte, ging zu Boden, Ruth versuchte herauszufinden, hinter welchem der vielen Fenster sich das neue Unglück ereignet hatte, doch sie wusste nicht einmal mehr, in welchem Stock Jann zugange war. Es interessierte sie alles nicht mehr. Sie nahm einen der Eiswürfel aus ihrem Wasserglas und kühlte den schlimmsten ihrer Stiche, rechts, unter dem Handgelenk.

Wenig später rannte Jann die Freitreppe herunter, die Unterhose schief über den mageren Hüften, er rannte auf sie zu und knallte ihr die Bohrmaschine vor die Füße, die irgendwie verkohlt aussah.

»Ich hätte tot sein können!«
»Ssch. Sie schläft.«
»Hast du nicht gehört? Ist dir das egal?«
»Jann. Du bist nicht tot. Weck deine Tochter nicht auf.«
»Ich hab in eine Leitung gebohrt. Es gab einen riesigen Blitz, dann hat alles verschmort gestunken, ich hab das alles eingeatmet, und dann ist die Sicherung raus, das Teil kann jetzt auch in den Müll, hier, schenk ich dir!«

»Ich hab dir gesagt, dass das vielleicht ein Elektriker machen sollte.«

»Ach, ja? Hast du? Hab ich gar nicht gehört. Hinterher hast du immer alles schon vorher gewusst. Nur komisch, dass du's mir vorher nie sagst.«

»Warum hast du denn keinen Leitungsprüfer benutzt?«

»Das meinst du jetzt nicht ernst? Warum machst du das nicht selbst, wenn du so genau weißt, wie's geht? Du sitzt hier im Schatten und säufst dieses bescheuerte Eiswasser, aber du hättest genauso reingebohrt, das lag nämlich an der DDR!«

»Bitte, was?«

»Die hatten zu wenig Kabel, um es im Winkel zu verlegen, deswegen haben sie es offenbar kreuz und quer verlegt. Und auf Gelb haben die Phase, musst du dir mal vorstellen, keine Erdung, sondern Phase auf Gelb, woher soll ich das denn bitte wissen!«

»Papa? Papa! Was ist denn, warum schreist du denn so? Ist das Haus jetzt kaputt?«

»Na toll. Ganz toll«, sagte Ruth. »Und was mach ich jetzt mit ihr bei der Hitze?«

Doch Jann? Veränderte mit einem Mal seine Haltung. Er ging einen Schritt auf das Moskitonetz zu und versuchte, die Öffnung zu finden, verlor selbst dann nicht die Geduld, als sich seine rauen, schwieligen Hände in der feinen Gaze verhedderten, hob schließlich das gesamte Netz nach oben und kroch unter ihm hindurch, dann nahm er seine Tochter auf den Arm.

»Ja, mein Engel. Es ist ein bisschen kaputt. Aber dein Papa macht es wieder ganz. Hast du Durst?«

»Ja, ein bisschen. Es ist immer so heiß.«

»Magst du bei Frieda eine Brause trinken?«

»Au ja, Papi. Mami, kommst du mit? Papi und ich gehen Brause trinken bei Frieda.«

»So, wie du aussiehst?«, fragte Ruth. »Das ist vielleicht selbst für die *Einkehr* ein bisschen viel.«

»Was soll denn das jetzt heißen? Selbst für die *Einkehr*?«

Ruth stöhnte leise auf. Sie sah diesen dünnen, fremden Mann an, von dem sie nur noch glauben konnte, dass sie ihm die Ehe geschworen hatte, wenn er ihr gemeinsames Kind auf dem Arm trug. Sie wusste nicht, ob das ein gutes oder ein schlechtes Zeichen war. Jedenfalls färbte etwas von Sisals kindlicher Glätte, von ihren ungetrübten Silben auch auf Jann ab, der, eben noch rasend, äußerlich zwar immer noch ein Clown, innerlich doch wieder zaghaft zum Menschen zu werden schien.

»Sag schon, was soll das heißen?«, beharrte Jann.
»Schsch, ist schon gut.«
»Ich hasse es, wenn du *Schsch* zu mir sagst. Und ich mag auch nicht, wenn du so über die *Einkehr* sprichst.«
»Ich habe nichts gesagt.«
»Ich weiß doch, dass du alle darin für Nazis hältst.«
»Jann, hör auf damit. Von Nazis war nicht die Rede.«
»Was ist?«, fragte Sisal. »Gehen wir?«
»Ich glaub nicht«, sagte Jann.
»Was soll das denn jetzt? Ihr könnt schon gehen. Aber ich bleib vielleicht lieber hier.«
»Entweder wir gehen alle, oder keiner«, sagte Sisal.
»Gut«, sagte Jann. »Wie ihr wollt. Dann bleiben wir eben hier.«

Er schaffte es, Sisal behutsam zurück auf die Bank zu setzen und ihr das Haar aus dem Gesicht zu streichen, dann aber Ruth mit einem so vernichtenden Blick abzustrafen, dass sie spürte, wie ihr der Blutdruck absackte, und das war neu. Konnte es sein, dass sie Angst vor ihm hatte? Angst vor ihrem eigenen Mann?

Sie musste lachen.

Nein, vor Jann-Marten Friedrich ängstigte sie sich nicht.

»Findest du das auch noch lustig?«
»Ich muss dir was sagen, Jann. Sisal und ich, wir fahren heute. Und wir werden weg sein, bis der Wahnsinn hier zu Ende ist.«
»Das werdet ihr nicht tun.«
»Doch, das werden wir.«
»Es ist auch mein Kind. Du kannst sie nicht einfach mitnehmen.«
»Ach, Jann. Du hast doch nicht mal das Sorgerecht.«

Jann erstarrte zu einem ziemlich unansehnlichen Haken, von der inneren Raserei gezeichnet, seine Pupillen zuckten hin und her, als wolle er ein traumatisierendes Ereignis dekonstruieren. Ruth wendete sie immer öfter an, diese Therapie, bei ihren Klienten. Doch Jann dekonstruierte nichts, er konstruierte eher etwas, ein neues Hirngespinst, an dem er sie freilich nicht mehr teilhaben ließ, denn er machte auf den nackten Sohlen kehrt und verschwand in seinem Schloss, ohne auch nur die schwere Eingangstür hinter sich zuzuknallen.

»Warum darf ich keine Brause trinken, Mami?«
»Aber natürlich darfst du Brause trinken.«
»Aber Papa ist weggegangen.«
»Er muss das Haus heilmachen.«
»Fahren wir wirklich für immer nach Berlin?«
»Aber nein, ich weiß nicht. Wie kommst du denn darauf?«

»Na, weil du's gesagt hast.«
»Ich war wütend.«
»Weil Papa ein Nazi ist?«
»Papa ist kein Nazi.«
»Was ist ein Nazi?«
»Nun, jemand, der nicht will, dass ein anderer anders ist als er selbst.«
»Sind nicht alle anders?«
Ruth musste lachen. »Doch, genau! Und nun bleib hier und trink von meinem Eiswasser. Ich geh zu Papa ins Haus.«
»Ich komm mit.«
»Nein, Bienchen, bleib du lieber hier.«

Sie ging in Flip-Flops durch das ungemähte Gras im Hof, ihre selbst gepflanzten Kräuterstauden, der Rosmarin, der Thymian, die Minze, waren längst wieder überwuchert, wie alles andere auch, was sie im Frühjahr gepflanzt hatte. Das Schloss verschlang alles, was man an ihm herrichtete, mit einem Achselzucken. Es blieb ganz gelassen, wenn man einen Spaten in seinen Hof, eine Kelle an seine Mauer setzte, es war weit stärker als Jann und Ruth, weit ausdauernder, es hatte endlos Raum zur Verfügung und endlos Zeit.

Sie stieg die Freitreppe hinauf und zog die Holztür auf, die sich noch immer nicht verschließen ließ, obwohl Ruth seit Monaten beklagte, dass sie sich nachts unwohl fühlte, wenn die Haustür nicht abzuschließen war. Im Schloss war es dunkel, ihre Augen mussten sich erst umstellen von dem Sommertag draußen, Ruth blieb stehen und atmete den Bauschimmel ein. Sie lauschte. Nichts. Kein Poltern, kein Fluchen. Wahrscheinlich saß er irgendwo im Staub und bemitleidete sich selbst.

Endlich erkannte sie die Schemen des großen Lochs in der Wand der Empfangshalle, das Jann hineingeschlagen hatte. Statt eines der Zimmer für Ruth fertig zu machen, war er in einer Art Zirkeltraining vorgegangen, hatte sinnlos Wände herausgeschlagen, noch freizulegende Fenster angezeichnet oder Zimmer, die ihm nicht gefielen, eben schnell zugemauert. Erst abends, wenn er sich den Staub aus den Haaren geduscht hatte, änderte sich seine Gehgeschwindigkeit, schien er Ruth überhaupt erst wahrzunehmen, lächelte er gar wieder, richtete er ein schönes Picknick, für alle drei, unter einem schattigen Apfelbaum.

Ja, sie hatte diesen Ort einmal geliebt. Aber sie hatte niemals geschworen, dass sie hier einziehen würde. Das hatte er sich eingebildet. Das Schlimme war: Er glaubte tatsächlich, dass sie es geschworen habe.

Sie stieg die hölzerne, gewendelte Treppe in den ersten Stock hinauf. Hier wenigstens fiel etwas Licht durch das schartenartige Fenster. In dem Lichtkorridor, der auf die lackierten Dielen fiel, stand der Staub. Sie blieb stehen, um das Ächzen der Dielen zu beenden, doch selbst als Ruth stand, gaben sie gequälte Laute von sich. Sie stellte sich vor, wie eine Legion Holzwürmer unter ihrem Druck das Weite suchte und in der benachbarten Diele weiter das Schloss verspeiste, mein Gott, das hatte doch alles keinen Sinn.

»Jann? Jann! Bist du hier oben?«

Nichts. Nicht mal ein Bierkronenploppen. Wahrscheinlich war er zu beleidigt, um zu antworten, oder aber er war gar nicht mehr hier, sondern durch den alten Gesindetrakt zur Dorfstraße hinaus geflüchtet und saß längst am Tresen. Auch in Ordnung.

Was soeben unter dem Moskitonetz vorgefallen war, genügte ihr voll und ganz als Verabschiedung. Sie konnte Sisal nicht länger allein im Hof sitzen lassen, sie drehte sich um, wollte die Treppe eben wieder hinabsteigen.

»Jann? Jann, ich gehe jetzt. Wir gehen. Hörst du? Ich meine es ernst.«

In diesem Moment brach ein erschütternder Lärm über sie herein. Unwillkürlich fasste sie nach dem Geländer, um sich zu stützen, doch es gab nicht Halt, sondern nach. Sie taumelte. Der Boden unter ihr, die Wände, der Staub in der Luft, alles schien auf einmal zu vibrieren. Ein Erdbeben? In Solikante? Sie wollte hinausrennen, um Sisal vor herabstürzenden Erkertürmen und Dachziegeln zu retten, doch da sah sie Jann im Türrahmen stehen. Von hinten. Es war die Tür zum Salonzimmer. Jann sah aus wie ein riesiges, exotisches Insekt, immer noch nackt, nun aber mit dicken Ohrenschützern, einem Plastikhelm auf dem Kopf, und, das begriff sie erst jetzt, dem elektrischen Abrisshammer in der Hand, mit dem er auf die Türöffnung einwirkte, als sei sie für seinen mageren Körper nicht breit genug.

Er sah so irr aus, dass sie lachen musste. Doch dann drehte er sich um. Auch über Nase und Mund trug er Arbeitsschutz, eine Art Ganzgesichtsmaske, das Schlimmste aber war sein Blick. Sie hielt ihm nicht stand. Warum schaltete er diesen verdammten Vorschlaghammer nicht aus? Er bediente ihn achtlos, als wollte er die Türöffnung nicht verbreitern, sondern ausfransen, hämmerte hier, hämmerte da, dann machte er einen Schritt auf sie zu.

»Jann, mach das Ding aus. Mach sofort das Scheißding aus!«

Sie hörte ihre eigene Stimme nicht in dem Lärm. Sie wedelte mit der Hand durch die Luft, als wolle sie dort, auf Höhe ihres Kopfes, etwas wegfegen. Sie bedeutet ihm, leise zu sein, dass sie reden wolle. Und siehe da, er stellte den Hammer aus.

»Jann. So geht das doch alles nicht weiter.«
»—«
»Hast du gar nichts zu sagen, zu alldem?«
»—«
»Nun nimm doch mal diese alberne Maske ab.«
»—«
»Wenn du mir nichts mehr zu sagen hast, dann fahren wir jetzt. Ich glaube wirklich, das ist besser so.«

In dem Moment stellte Jann den Abbruchhammer wieder an und ging einen Schritt auf sie zu. Das meinte er doch nicht ernst, mit dem laufenden Ding? Sie weigerte sich, ihrerseits einen Schritt zurück zu setzen, vor ihm zurückzuweichen, doch er kam noch näher, schwenkte den laufenden Abbruchhammer, zielte auf sie. Er kam noch näher, und sie roch schon das erhitze Motoröl in all dem Lärm. Und dann, bevor er ihr das Ding auf die Brust setzen konnte, ging sie doch einen Schritt zurück.

Er folgte ihr, langsam, ganz langsam, die Treppe hinab. Sie ging seitlich, behielt ihn immer im Blick. Ihr Puls hämmerte so sehr im Hals, dass es schmerzte. Jann rannte nicht los, ließ das Ding nicht aufheulen, stellte es aber auch nicht aus. Er hielt es nur in ihre Richtung, wie ein Zauberschwert, folgte ihr Stufe um Stufe, kam nochmals näher. Und dann verfing sich der Bohrkopf in ihrem Top und verdrehte es in Sekundenschnelle zu einem Tau, das sich um ihren Hals schloss. Sie bekam keine Luft mehr. Riss ihre Augen auf. Japste nach Luft. Ihr Kopf schien zu bersten unter dem Druck. Sie konnte nicht mehr schreien. Sie würde ersticken. Sie setzte einen letzten, wankenden Schritt zurück. Jann folgte ihr. Sie erstickte hier, bekam er das nicht mit? Auf halber Treppe war sein Kabel zu Ende, was er zu spät bemerkte, so dass der Stecker aus der Steckdose riss, mit einem Mal war es still, ohrenbetäubend still. Sie sackte zusammen und riss das Knäuel von ihrem Hals. Stützte sich dann auf die Knie. Atmete. Atmete erst einmal nur. Die letzten Stufen nach draußen taumelte sie, und als sie endlich in das gleißende Hochsommerlicht trat, wusste sie, dass nichts mehr so war wie zuvor.

2.

Erste Regel: Suche dir keine Frau. Zweite Regel: Kaufe ihr kein Haus. Dritte Regel: Zeuge ihr kein Kind. Kann alles gegen dich verwendet werden! Nicht sein Problem, wenn er nun irgendeinen Diskurs wieder auf null setzte, aber kein Mann brauchte eine Familie. Das war ja das Problem der Männer, dass sie den Frauen hörig waren. Dass sie sich so schnell einreden ließen, was ihnen alles fehle: Dunstabzugshauben. Kinder. Immobilien. Was wollte er denn mit einem Schloss? Konnte er so was von nicht gebrauchen. Hatte er ausschließlich ihr zuliebe gekauft. Sechsundzwanzig Zimmer? Nein, danke. Ihm reichte ein Bauwagen. Im Grunde: ein Zelt. War ihm doch egal, ob das chauvinistisch und plump und sexistisch war (im Gegenteil, er hoffte sogar, dass es das alles war). Aber offenbar war es doch so: Der Mann wollte es möglichst einfach, und die Frau machte es ihm schwer. Und das Hinterhältige an der Sache: Keine Frau war auch keine Lösung. Drehte man ja völlig durch, so ohne Frau. Trank man die ganze Zeit, sah man die ganze Zeit Pornos. Oh, wie hatte er sie satt, diese Verknechtung, diese Hörigkeit. Sollte sie doch abhauen mit ihrem hübschen Gesicht, mit ihrem *Jann! So geht das doch alles nicht weiter!* Er hatte hier ein Schloss zu renovieren. Dafür musste man nun mal einen Abrisshammer bedienen. Sie konnte froh sein, dass es ein elektrischer war. Mit einem Verbrennungsmotor oder mit einer dieser richtig schönen Hydraulikpumpen voller Kawumm wäre das anders ausgegangen. Da ruinierte er seine Gesundheit, atmete den ganzen Tag Schleifgift und Bohrstaub, um ihr ein Nest zu machen? Und sie? Zog nicht ein! Bemäkelte seinen Stil! Da konnte sie Sisal jetzt schön einreden, was für einen verrückten Vater sie hatte und dass sie sich fortan besser an ihre nicht verrückte Mutter hielte. Und Sisal glaubte ihr das dann alles. War ja brav. Deswegen hatte Ruth letztlich ein Kind: um endlich jemanden zu haben, der ihr alles glaubte, den gesamten feministischen Unsinn, der ihm zunehmend Kopfschmerzen bereitete. Er wollte Sex? Moment. Noch nicht. Er hatte ja den Tisch nicht abgewischt. Da, noch ein Kekskrümel. Weg? Na, dann komm her! Dann aber. Dann aber so richtig. Was er nämlich partout nicht ertrug: Dass zum Teufel sie ihn nicht wenigstens sexuell frustrierte! Das wäre doch ein Ansatz gewesen, eine ordentliche Portion Frustriertheit, mit der er ihretwegen durchs Leben ginge, allein: Es war nicht wahr! So einfach war es natürlich wieder nicht mit ihr, da hatte Ruth Korwaczek schon vorgesorgt, dass es schön komplex bliebe, das wäre ja auch zu einfach gewesen, wenn er schlicht die falsche Frau geheiratet hätte, wenn seine Wünsche, seine Bedürfnisse mit denen seiner Frau nicht harmoniert hätten, dieses ganze *Er-will-was-sie-nicht-will*-Gedöns, aber nein, das war ja das Schlimme: Sie! machte! ihn! glücklich! Zum ersten Mal in seinem Leben war er in einer Beziehung glücklich geworden! Aber was tat sie? Verschwand einfach. Das Schloss hatte offen und klar zutage gelegt, dass es so nicht weiterging. Er war ja nur mehr ein dressiertes Äffchen. Und ihre Majestät bestimmte mit einem Fingerschnipsen, wann, wo und wie lange er zu erigieren habe. Er fragte sich wirklich, was es ihr gab, ihn so dermaßen zu erniedrigen. Irgendeine Störung nach ICD, die sie täglich diagnostizierte, bei sich selbst aber übersah? War ja kein Geheimnis, dass nur diejenigen Psychologie studierten, die selbst nicht ganz sauber waren im Kopf. Vernünftige Menschen klärten ihre Probleme beim Bier. So, Sisal würde hierbleiben. Entschieden. Wofür machte er denn den ganzen Scheiß? Damit sein kleiner Engel an der Potsdamer Straße lebte? *Dein Schloss. Deine Renovierung. Und Sisal bleibt in Berlin.* Na, wenn das mal keine ergebnisoffene Diskursführung in einer gleichberechtigten Ehe war! In zwanzig Jahren würde in Berlin kein einziger Verbrennungsmotor mehr laufen. Und diese letzten zwanzig Jahre weltgeschichtlicher Anämie? Die sollte Sisal noch eben wegschnüffeln? Nicht mit ihm. Was ihre Mutter tat, war ihm egal. War ja nicht mehr zurechnungsfähig. Würde jetzt monatelang damit hausieren gehen, dass sie Opfer häuslicher Gewalt geworden war. Aber da machte er nicht mit. Er hatte sie nicht bedroht. Er hatte Nerven wie Hanfseile gehabt. Sonst wäre die Geschichte ganz anders ausgegangen mit diesem Hammer. Sollte sie fortan in Schöneberg bleiben. Würde er sich eben eine Frau suchen, die seine Arbeit schätzte. Ihn schätzte. Mit allen Stärken, und ja, von ihm aus, den paar Schwächen. Wer wollte denn einen Mann ohne Schwächen? Die sollte man doch offen zugeben, die Schwächen? Nein, doch nicht? Doch lieber keine Schwächen? Doch lieber nur Fassade? Aber das war ja auch wieder nicht recht, dass er mit der Fassade begann. Sollte sie doch mit all ihren Vorwürfen in den Zug steigen und seine erste vernünftige Tat seit Jahren zu einem Angriff stilisieren, ihm egal. Ihm ab sofort alles so was von egal. Nur Sisal, die sollte sie mal schön hierlassen. Andernfalls würde er sie sich holen.

SIEBTES KAPITEL

DREI MONATE SPÄTER

1.

Nach fünf Stunden war noch immer kein Arzt da. Und Ruth ein Wrack. Sie bezweifelte, ob man es jemals würde heben können, dieses Wrack. Wahrscheinlicher schien ihr, dass es seinen inneren Halt für immer eingebüßt hatte und nun endgültig in sich zusammenfiel.

»Du bist böse, Mama.«
»Sisal, hör auf, ich bin nicht böse.«
»Aber du machst nicht, dass das weggeht.«
»Ich kann es nicht wegmachen.«
»Aber du bist doch meine Mama. Und es tut so weh! Du bist böse.«

Sisal trommelte mit ihren kleinen Fäusten auf Ruths Brust ein, sie drehte sich weg. Sie fragte sich, ob es ihr nicht sogar noch schlechter gehe als Sisal, die zwischen den Kreissägeattacken wenigstens hin und wieder einige flaue Minuten lang in den Schlaf fiel, und dann schämte sie sich für den Gedanken, sie war die Mutter, sie hatte stark zu sein, Sisal war krank, Sisal war das Kind.

»Wenn du das jetzt nicht wegmachst, spreche ich nie wieder mit dir. Du bist eine böse, böse Mama.«
»Versuch zu schlafen, Schatz. Ich hab dich lieb.«

Deng. Deng. Deng. Wieder volle Kraft auf die Heizungsrohre. Die mussten doch längst abgedengelt sein, bei der Wucht. Dann wieder das Walzen, mit dem sie jeden Morgen geweckt wurden. Was war das eigentlich? Ein alter Mühlstein, eigens zum Zwecke der Mieterverschreckung auf den Dachboden geschafft?

»Ich will zu Papa!«
»Was? Warum das denn jetzt, mein Schatz?«
»Da ist es wenigstens nicht so laut.«

Ruths Augen zuckten. Eine nervöse Überreaktion, mehr nicht. Der Stress. Sie nahm Sisals Kopf von ihrem Schoß, bettete sie auf die Couch, und stand auf. In dem Durcheinander im Flur, an dessen Stelle sich in anderen Haushalten eine Garderobe befand, mussten doch noch Ohrenschützer aus dem letzten Winter liegen? Oder waren die schon wieder zu klein? War ja immer alles schon wieder zu klein. Da, Handschuhe. Der Schal. Der mit den Mottenlöchern. Konnte sie eigentlich auch mal wegwerfen.

»Mama, wo bist du?«
»Ich komme ja gleich.«
»Ich will aber, dass du jetzt kommst!«

Und was war dieser pinke Puschel hinter Janns Lederhandschuhen? Der Ohrenschützer, na bitte. Sie fummelte ihn aus dem Haufen und ging zurück zur Couch.

»Besser, mein Schatz?«
»Nein. Es kratzt.«
»Lass mal an, vielleicht gewöhnst du dich dran.«
»Nein, tu ich nicht.«

Und dann schlief sie ein. Mit Ohrenschützern. Auf Ruths Schoß. Schweiß auf der jungen Stirn. Den Mund zum Weinen in die Länge gezogen. Nun, da der Schlaf die Muskeln erschlaffte, zog er sich langsam zusammen. Was für ein hübsches, gebeuteltes Kind. Mit einem gewaltigen Krachen ging im Hof etwas zu Bruch. Dann wieder. Pause. Wieder das Krachen im Hof. Pause. Ruth legte Sisal abermals auf der Couch ab, wickelte ihr noch ein Handtuch um die Ohrenschützer und sah nach.

Hinter der grünen Gaze des Küchenfensters schien etwas zu Boden zu segeln. Dann erneut das Krachen. Offenbar hatten sie begonnen, das Dach abzudecken. Wunderbar. Ganz tolle Nachrichtenlage. Und wie viele Millionen Ziegel hatte so ein Dach? Sie sah auf die Uhr. Zwanzig vor zwölf. Mittagsruhe hatte sie bei der Hausverwaltung nicht durchgekriegt. Zack. Neuer Ziegel. Krachen und Bersten. Sie hatten also noch genüssliche sieben Stunden Zeit, sie im Fünfsekundenrhythmus fertigzumachen.

Sie ging zurück zur Couch. Sisal zuckte bereits mit den Lidern. Entspannte wieder. Zack. Neuer Ziegel. Sisal runzelte die Stirn. Entspannte wieder. Zack. Neuer Ziegel. Ruth griff zum Telefon. Wollte eigentlich den Medizinischen Notfalldienst der Kassenärztlichen Vereinigung anrufen. Rief dann aber ein Taxi.

Sie packte Geld, Anziehsachen für Sisal, Kekse, ein Tütchen Kakao, Ibuprofen und die Cortisonzäpfchen in ihren Rucksack, hob Sisals Arme vorsichtig in ihren Herbstmantel, knöpfte ihn zu. Zack. Neuer Ziegel. Krachendes Bersten. Dann nahm sie Sisal auf und legte sie sich um die Schulter wie einen kleinen, warmen Sack und stieg mit ihr die Treppe hinunter. Keine Handwerker. Keine Sprüche. Vielleicht war der Tiefpunkt durchschritten. Vielleicht hatte sie ab sofort wieder Glück.

Das Taxi stand bereits vor der Tür. Kein Umwelttaxi. Hatte sie vergessen, in der Hotline zu erwähnen. Ein tuckernder, stinkender Diesel.

»Haben Sie eine Sitzerhöhung? Wär schön, wenn sie nicht aufwacht.«
»Schon eingebaut, Madame.«

Geschafft. Das Taxi fuhr an, und Sisal schlief. Erschöpft sank Ruth gegen das Fensterglas, hielt Sisals Finger dabei fest in der Hand. Sie kamen zügig voran, bis sie die Spree querten, danach folgte nur noch Stop-and-go. Die Abgase des Lastwagens vor ihnen drangen ungefiltert ins Wageninnere. Sie bat den türkischen, deutschen Fahrer, den Innenraumfilter einzuschalten. Vor Jann hatte sie nicht einmal gewusst, dass es so etwas überhaupt gab. Sie nahm an, dass sie sich geirrt hatte, dass Jann zumindest hier von Anfang an recht gehabt hatte, aber das war nun auch egal. Wichtiger war, dass sie pünktlich ankamen.

»Fahren Sie bitte möglichst nah ran. Sie schläft noch so schön.«
»Weiter darf ich leider nicht.«
»Na, kommen Sie, die hundert Meter.«
»Ausnahmsweise. Aber nur für Sie, Madame.«

Eine Polin stellte sich für sie in die Lichtschranke, ein Student trug ihren Rucksack, ein Tourist half ihr, die schlafende Sisal auf einen Doppelsitz zu betten. Sie dankte reihum, und nein, sie brauche keine weitere Hilfe, und ja, sie komme ab nun alleine klar. Der Zug fuhr an, zuckelte langsam durch die östlichen Vororte. Brachflächen gingen auf, Reifenstapel und Schrottplätze, bald erste Wiesen, und dann, nach der Querung der Autobahn, die ersten Felder, Wälder, Weite, Horizont.

Sie freute sich auf den Moment, in dem sie aus dem Zug steigen würde. Die Leere am Gleis, der verblühte Flieder neben dem Bahnsteig. Die einsame Apfelallee. Nur würde es schwer werden, Sisal zu tragen. Ein Taxi würde sie nicht rufen können. Jann. Den könnte sie rufen. Sisals Vater. Ihren Mann. Etwas hatte sie zurückgehalten, im letzten Jahr, das Cranlower Luch als das zu sehen, was es war, als weite, leere Landschaft, die man aber füllen konnte, wenn einem danach war. Auf Frieda freute sie sich sogar. Die anderen, mein Gott. Irgendwann würde sie Frieden schließen, selbst mit Karl Ole. Ganz zwangsläufig. Weil man sich ja doch immer wieder über den Weg lief, da draußen. Weil er härter sprach, als er eigentlich war.

Ingala wollte Ruths Fahrkarte gar nicht erst sehen. Als sie Ruth erkannte, die schlafende, fiebrige Sisal auf ihrem Schoß, schenkte sie ihr einen Kaffee, den die Privatbahn eigentlich für einen Euro verkaufte.

»Raus zu Vati?«

Ruth lachte. Sie wusste nicht, ob Ingala ihren Vater Karl Ole meinte oder aber Sisals Vater Jann.

»Heim zu Vati, genau.«

Sisal wurde unruhig, im Halbschlaf drückte Ruth ihr weitere fünf Milliliter Schmerzsaft in den Mund, Sisal zutschelte die Chemieerdbeere vollständig aus dem Kolben, stöhnte, schlief weiter.

Ruth sah aus dem Fenster. Herbstmüde Sonnenblumen. In den Senken milchiger Nebel. Nichts, was ihre Gedanken führen würde. Nichts, was sie ablenkte. Ja, zugegeben: Es gab sie, vor dem *Lidl* in Cranlow, diese von Hoffnung weitgehend befreiten Jugendlichen, die ihre Reifen nach Geschäftsschluss auf dem riesigen Parkplatz zu Rauch fuhren, aber das war auch nicht dümmer als Axtwerfen im *Huxleys*. Fischessen in der *Künstlichen Beatmung*. Zuletzt gar diese *Sex-and-the-City*-mäßige *Ich-hab-da-einen-Mann-im-Bett*-Nummer. War es das? Wurde man so, wenn man alleine blieb? Wie die einsamsten ihrer Klienten auch?

Nicht nur beruflich verstand Ruth ihre Aufgabe in der Ermächtigung, in der Befähigung. Sie wollte den eigentlichen Charakter ihrer Mitmenschen wieder freilegen. Ihnen Ängste und Angewohnheiten nehmen, toxische Verhaltensmuster aufbrechen. Keiner ihrer Klienten war böse. Sie arbeitete mit ganz normalen, vom Alltag deformierten Menschen. Die galt es nicht zu therapieren, sondern zu befreien. Nicht anders erging es ihrem Mann. Auch Jann war schon lange nicht mehr, wer er war. Seine Schale war immer härter geworden in den vergangenen Jahren. Aber sie ahnte, dass sie gerade noch zu knacken war.

Wie er ihr in der *Madonna* sein eigenes Bier kaufte, alle vier Sorten, »*hier ein charakterstarkes Bantam Pils, hier ein ausgewogenes Pale Ale, da hast du ein frisches California Wheat Ale und hier eine zitronige Berliner Weisse*«. Wie er mit ihr auf diesen Brauereikongress nach London flog (Jann und sie! In einem Flugzeug!), er kam mit dieser unglaublich machohaften, schönen Lederjacke zurück. Wie er nach der Pleite auf einmal ganz klein wurde und in ihren Armen so weich, wie er »*Ich brauche dich jetzt, Ruth*« sagte, und »*Ruth, geh jetzt nicht weg!*« Wie sie am Fenster ihr Leben und eine Zigarette teilten –

Auf seine Entschuldigung konnte sie lange warten. Vielleicht war das überhaupt der Fehler gewesen, darauf zu warten. Vielleicht hatte sie seine Tat in all den Wochen auch ein wenig hochgespielt. Hatte sie wirklich keine Luft gekriegt? Ganz ehrlich? Es war höchste Zeit zu tun, was sie jedem ihrer Paare empfahl: eine Pause einzulegen in das Streiten und Rechten, eine Situation zu schaffen, in der sie selbst, aber auch Jann wieder sein konnte, wer man gewesen war, als man noch Liebe füreinander empfand. Ihm sagen, dass es ihr egal war, ob er Jungbrauer war und Geld verdiente oder nicht. Hatte sie ihm das eigentlich jemals gesagt?

Sie würde nicht bei ihm einziehen, das nicht. Musste sie auch gar nicht. Doch in dem Moment, in dem sie merkte, dass sie nur so lange nicht auf Berlin verzichten wollte, wie Jann es von ihr eingefordert hatte, konnte sie bereits eher darauf verzichten. Ganz ohne ihr Zutun entwickelte sich ein kleiner, leiser Plan. Ankommen. Einfach da sein. Präsent sein. Nicht reden. Nicht diskutieren. Spüren. In den Arm nehmen. Ganz fest in den Arm genommen werden. Alles andere hatte Zeit.

2.

Es gab keinen Syrer in Solikante. Hatte nie einen gegeben. Jann wusste nicht, ob er der Sache etwas Komisches abgewinnen konnte. Wie viele der zurückliegenden Streits hatten Ruth und er damit umsonst geführt? Er sah aus dem Fenster. Ein immer lichter werdender Kiefernwald. Die Autobahn. Und nach der Autobahn die Stadt, mit ihren Reifenlagern und Autofriedhöfen. Das war ihm schon öfter aufgefallen, dass er die Felder, die Koppeln und Dörfer als beruhigende Hintergrundsequenz kaum wahrnahm, dass erst mit dem Queren der Autobahn die bewusste Wahrnehmung einsetzte. Autos und Straßen. Straßen und Autos. Dazwischen hin und wieder ein verschrecktes Stück Mensch.

Vielleicht stimmte es auch gar nicht. Vielleicht hatte jeder einzelne Streit seine eigene, kleine Wichtigkeit gehabt. Es kam ihm vor, als hätten sie eine Prüfung abgelegt. Er war stolz auf Ruth, dass sie durchgehalten hatte. Sie waren doch nicht getrennt. Was für ein Unsinn, den sie sich einredete. Es war an der Zeit, sie darüber aufzuklären. Auch er hatte sich geirrt. Es gab kein Arkadien, schon gar nicht in Solikante. Die Luft wurde nicht besser, auch wenn er sie stündlich prüfte. Entweder er irrte. Dann gingen sie gar nicht alle unter. Oder aber Ruth irrte. Dann wollte er wenigstens mit ihr untergehen.

Seit einiger Zeit waren sie endlich aufgestanden, die Schülerinnen und Schüler, die nicht begriffen, warum ihre Eltern immer weitermachten, mit dem Flug auf die Antillen, mit dem höhergelegten Diesel-SUV, mit dem Elektro-Mini aus Kobalt und Coltan. Freitag für Freitag bestreikten sie ihre Schulen, um sich Gehör zu verschaffen. Und Jann ahnte, dass die Revolution, auf die er so lange gewartet hatte, längst im Gange war. Freitags streiken. Ja, das könnte die Lösung sein. Nicht nur an der Schule. Auch an den Flughäfen und Universitäten. In den Bahnhöfen und Ingenieurbüros. Auf den Autobahnen und an den Fließbändern. Bei Daimler, bei Amazon, bei DHL. Ein landesweiter Streik für das Klima. Freitag für Freitag. Ein Streik für eine andere Welt.

Es war ihm gleichgültig geworden, ob er jemals wieder nennenswert Geld verdiente. Ob er jemals wieder etwas auf den Markt brachte, dessen steigende Verkaufszahlen er verfolgen konnte wie andere ihren Aktienkurs. Vielleicht wollte er das alles gar nicht mehr. Gründen? Interviews geben? Sich wichtigmachen? Ja, zugegeben: letztlich doch ziemlich betrunken mit *Radio Eins* telefonieren?

»Herr Friedrich, die unabhängige Brauereiszene in Deutschland hat seit Jahren Aufwind. Aber Sie segeln der Konkurrenz nochmals voraus. Wie machen Sie das?«
»*Ja, man kann sagen, da braut sich ganz schön was zusammen, haha.*«
»Ähm. ja. Erklären Sie uns doch mal Ihr Modell.«
»*Das is ganz einfach. Hopfen und Malz – Gott erhalt's – kommen nicht weiter als pfirsich Kilometer von wech.*«
»Herr Friedrich?«
»*Hicks. Oh, Entschuldigung.*«

»Sie meinten, jede Zutat, die Sie verarbeiten, kommt aus der unmittelbaren Nachbarschaft?«

»Ich sagte nicht: hicks, ich sagte: nichts. Hicks. Oh. Entschuldigung.«

Und so weiter. Und so fort. Fünfundzwanzig quälende Minuten lang. Bis zum nächsten Nachrichtenblock.

Er griff nach seinem Handy. Kurz vor Ostkreuz ging er ein letztes Mal die Meldungen der Portale durch, die Ruth so hasste. Er würde sie blockieren. Gleich nach diesem letzten Aufruf. Eier wieder rehabilitiert. Nitratbelastung auf historischem Höchststand. Ozon das neue Stickoxid. Sitzen das neue Rauchen. Wurst das neue Sitzen. Und dann, ganz unten, fand er noch diese andere Meldung. China hatte mit sofortiger Wirkung das Luftmessgerät vom Markt genommen. Beim Messvorgang entstehe ionische Strahlung. Er las die Meldung zwei Mal. Dann stellte er das Handy aus.

Sie zogen ohne Halt an den Vorortbahnhöfen vorbei. Menschenschlangen, die auf geschlängelte S-Bahnen warteten. Signalanlagen. Gleiswechsel. Noch wenige Minuten bis Ostkreuz. Ob irgendein Verfahren auf ihn zukäme, des Feuers wegen? Und wenn schon. So teuer konnte das nicht sein. Es hatte nicht einmal einen Feuerwehreinsatz gegeben. Eine Strafgebühr, schlimmstenfalls. Er nahm an, dass das Geld aus dem Erlös von Solikante locker dafür reichte. Auch ohne jede Wertsteigerung. Auch ohne Syrer. Ja, er würde das Schloss noch am Abend, von Ruths Rechner aus, zum Verkauf ausschreiben.

Und er würde sich entschuldigen. Nicht, weil es ihn nichts kostete, sondern im Gegenteil, weil der Preis für eine Entschuldigung so hoch war. Ruth. Es tut mir leid. Sie in den Arm nehmen. Ich habe gebohrt und geschliffen und kein Ende gesehen. Ich hatte das Gefühl, ich mache das alles umsonst. Dass du es ohnehin nicht willst. Ich habe Angst um Sisal. Verstehst du. Wirklich Angst. Aber die Angst ist nicht weniger geworden, da draußen. Im Gegenteil. Wenn irgendwas auf der Welt in der Lage ist, mir diese Angst zu nehmen, dann nicht Solikante, sondern du. Es war egal, wo er lebte. Es war nur nicht egal, mit wem. Ob er ihr am Bahnhof Blumen kaufen sollte? Oder war das abgeschmackt? Ach, warum nicht. Zehn Jahre. Sie waren zehn Jahre ein Paar. Die wirft man doch nicht einfach weg, nur weil, nur weil –

Ja. Blumen. Auf jeden Fall. Gerade das, was ihm abgeschmackt vorkam, fand ja oftmals erst über die Schwelle, oberhalb deren Ruth es überhaupt erst als Liebeserklärung verstand. Er würde sogar den Satz sagen. Ohne Ironie. Ohne Grinsen. Ohne alles. Ach, und eins noch. Ruth? Ruthilein? Ich liebe dich. Er probierte es heimlich aus, mit abgewandtem Kopf, gegen das Zugfenster gehaucht. »Ich liebe dich. Ich liebe dich so.«

»Dit is aber schön, ick liebe Ihnen ooch. Kaffee?«

Jann sah der Schaffnerin völlig perplex ins Gesicht. Nicht Ingala, sondern einer älteren Kollegin, die Jann nicht kannte. Offenbar hatte Ingala gerade im Gegenzug Dienst.

»Ähm, ja. Gern.«
»Einen Euro, wenn ick bitten darf. Eigener Becher?«
»Hab ich vergessen.«
»Dit hamwa gern. Und hinterher über'n Müll klajen. Milch? Zucker?«
»Ja, bitte. Haben Sie Rührstäbchen?«

»Wat, wat hab ick?«

»Na, was zum Mischen.«

»Wat zum Müschen? Hier. Aber umrühren müssen Se selbst.«

DANK

Ich danke Euch beiden.

Ich danke Alfio Furnari, Florian Glässing, Julia Schade.

Vor allem aber wäre dieses Buch nicht entstanden ohne die verlassenen Weiten des Oderbruchs. Noch vor wenigen Jahren hätte ich nicht gedacht, dass das möglich ist: irgendwo anzukommen. Dafür bin ich »Solikante«, seinen Bewohnern, meinen (märkischen) Nachbarn und dem Oderbruch dankbar.

Ich danke dem Ministerium für Wissenschaft, Forschung und Kultur des Landes Brandenburg für die großzügige Unterstützung.

Björn Kern
Das Beste, was wir tun können, ist nichts
Band 03531

»Nichtstun heißt ja nicht, dass ich nichts tue. Nichtstun heißt, die falschen Dinge sein zu lassen.«

In seinem Buch ›Das Beste, was wir tun können, ist nichts‹ erzählt der preisgekrönte Schriftsteller Björn Kern, wovon wir alle träumen: Mehr Zeit, weniger Arbeit, mehr Leben. Wunderbar komisch und charmant schildert er seinen ganz eigenen Abschied von Fleiß und Tatendrang hin zu mehr Gelassenheit.

»Einziges notwendiges Selbsthilfebuch der Geschichte.«
Boris Pofalla, Frankfurter Allgemeine Sonntagszeitung

Das gesamte Programm gibt es unter
www.fischerverlage.de

Björn Kern
Im Freien
Geschichten vom Draußensein

Luft einatmen. Alles hinter sich lassen. Für einen kurzen, magischen Moment.

»Ich lehne mich im Schlafsack gegen eine der Kiefern und weiß, ich bin am Ziel. Im Freien. Frei. Ich beschließe, die Nacht genau hier, im Wald, zu verbringen. Ich sehne mich nicht mehr nach dem nächsten Tag, bereue nicht, dass ich den zurückliegenden am Rechner verbracht habe. Ich bin hier. Alle Anspannung ist abgefallen. Es ist der Moment, der süchtig macht.«

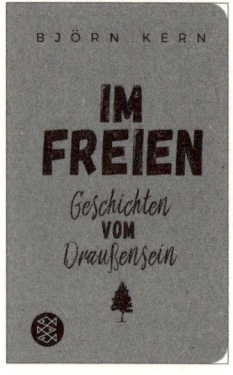

272 Seiten, gebunden

Weitere Informationen finden Sie auf
www.fischerverlage.de

AZ 596-52310/1

Björn Kern
Einmal noch Marseille
Roman

»Ich werde mich nicht mehr bewegen können«, sagt die Mutter des Ich-Erzählers in Björn Kerns Roman. »Ich werde nicht mehr schlucken können, und am Ende ersticke ich.«
Das Leben in der kleinen Familie aus Vater, Mutter und Sohn wird kompliziert, grotesk, eine Belastung für die Nerven, eine Herausforderung für die Liebe und für die Bereitschaft, zu bleiben.
Björn Kern erzählt mit Witz, Liebe und gänzlich unsentimental davon, was es bedeutet, mitten im Leben Abschied nehmen zu müssen. Seine präzise, poetische Sprache trägt den Leser durch diesen aufwühlenden und bewegenden Roman voller Szenen und Dialoge, die man nicht vergisst.

128 Seiten, broschiert

Weitere Informationen finden Sie auf
www.fischerverlage.de

AZ 596-70452/1